杜甫集

名家精注精评本

张忠纲
孙微
编选

凤凰出版社

图书在版编目（CIP）数据

杜甫集 / 张忠纲，孙微编选. -- 南京 : 凤凰出版社，2014.10（2024.12重印）
（名家精注精评本）
ISBN 978-7-5506-1740-7

Ⅰ. ①杜… Ⅱ. ①张… ②孙… Ⅲ. ①杜甫（712～770）—文学欣赏 Ⅳ. ①I206.2

中国版本图书馆CIP数据核字(2014)第160674号

书名	杜甫集
编选	张忠纲 孙 微
责任编辑	卞 岐 陆 扬
封面设计	徐 慧
责任监制	程明娇
出版发行	凤凰出版社(原江苏古籍出版社) 发行部电话025-83223462
出版社地址	江苏省南京市中央路165号,邮编:210009
照排	南京凯建文化发展有限公司
印刷	唐山楠萍印务有限公司 河北省唐山市芦台经济开发区场部
开本	787毫米×1092毫米 1/32
印张	10.125
字数	210千字
版次	2014年10月第1版
印次	2024年12月第5次印刷
标准书号	ISBN 978-7-5506-1740-7
定价	89.00元

(本书凡印装错误可向承印厂调换,电话:022-69381996)

目　录

前　言

一、家世与生平

杜甫(712—770)，字子美，自称杜陵布衣、杜陵野老、杜陵野客，世称“杜少陵”。郡望杜陵(今陕西西安东南)，祖籍襄阳(今湖北襄阳)，生于巩县(今河南巩义)瑶湾村。十三世祖杜预，是晋代名将、著名学者，人号“杜武库”。自称有“《左传》癖”，著有《春秋左氏经传集解》等，封为当阳县侯。曾祖杜依艺，为巩县令，遂迁居巩县。祖父杜审言，是初唐著名诗人、“文章四友”之一，官至膳部员外郎。父亲杜闲，曾任兖州(今属山东)司马、奉天(今陕西乾县)县令。杜甫外祖父的母亲，是唐高祖李渊第十八子舒王李元名的女儿。外祖母的父亲李琮，是唐太宗李世民的嫡孙，即太宗第十子纪王李慎的次子，被封为义阳王。杜甫的母亲崔氏是清河东武城(今属山东)人，她在杜甫的幼年就去世了。父亲杜闲续娶了卢氏，为杜甫的继母。但是杜甫并没有从卢氏身上得到多少母爱，反倒是他二姑担当了母亲的角色，把小杜甫抚育成人。杜甫的夫人杨氏，弘农(今河南灵宝)人，为司农少卿杨怡女。

杜甫早慧，七岁即能作诗，他说:“七龄思即壮，开口咏凤凰。”(《壮游》)可见杜甫是个早熟的孩子。杜甫幼年很是顽皮，他在晚年回忆自己孩提时说:“忆年十五心尚孩，健如黄犊走复来。庭前八月梨枣熟，一日上树能千回。”（《百忧集行》）这个早熟孩子超强的记忆力和出众的文学才能，给人们留下了深刻的印象。十四五岁时，杜甫即与文坛名士交往，受到他们的称许。大历五年（770）春，流寓潭州（今湖南长沙）的杜甫写下了《江南逢李龟年》：“岐王宅里寻常见，崔九堂前几度闻。正是江南好风景，落花时节又逢君。”诗中提到的岐王和崔九，即李范和崔涤，二人都卒于开元十四年（726），而当时杜甫才十五岁，这个充满自信的少年已经出入王侯宅第与宴酬唱、崭露头角了。在《奉赠韦左丞丈二十二韵》中亦云：“李邕求识面，王翰愿卜邻。”可见诗人的确是个早熟的天才。

杜甫在青年时代曾数次漫游。十九岁时，他出游郇瑕（今山西临猗）。二十岁时，漫游吴越，历时数年。开元二十三年（735），回故乡参加“乡贡”。二十四年在洛阳参加进士考试，结果落第。其父杜闲时任兖州司马，杜甫遂赴兖州省亲，开始齐赵之游。开元二十九年，他返回洛阳，筑室首阳山下。约在此时，与杨氏结婚。天宝三载（744）四月，杜甫在洛阳与被唐玄宗赐金放还的李白相遇，两人相约为梁宋之游。之后，杜甫又到齐州（今山东济南）。四载秋，转赴兖州与李白相会，二人一同寻仙访道，谈诗论文，结下了“醉眠秋共被，携手日同行”（《与李十二白同寻范十隐居》）的深厚友谊。秋末，二人握手相别，杜甫结束了“放荡齐赵间，裘马颇清狂”（《壮游》）的齐赵之游。

天宝六载，玄宗诏天下通一艺者到长安应试，杜甫也参加了考试。由于权相李林甫作梗，玩弄了一场“野无遗贤”的闹剧，使得参加考试的士子全部落选。科举之路既不通，杜甫为实现自己的政治理想，不得不奔走权贵之门，投赠干谒，但都无结果。天宝十载正月，玄宗举行祭祀太清宫、太庙和天地的三大盛典，杜甫乃于九载冬预献“三大礼赋”，得到玄宗的赏识，命待制集贤院，等候分配，然仅得“参列选序”资格，未实授官。直到十四载，才得授一个河西尉的小官，但杜甫不愿意任此“凄凉折腰”的官职，旋改右卫率府兵曹参军。十一月，杜甫往奉先省家，就长安十年的感受和沿途见闻，写成著名的《自京赴奉先县咏怀五百字》。就在这个月，“安史之乱”爆发。次年六月，潼关失守，玄宗仓皇逃往成都。七月，太子李亨即位于灵武，是为肃宗。这时，杜甫已将家搬到鄜州（今陕西富县）羌村避难，闻肃宗即位，即于八月只身北上，投奔灵武，途中不幸为叛军俘虏，押至长安。诗人目睹国家的残破以及叛军的残暴，感时伤事，写下了《春望》、《哀江头》、《哀王孙》等不朽诗篇。至德二载（757）四月，杜甫冒险逃出长安奔赴凤翔行在。五月十六日，被肃宗授为左拾遗，故世称“杜拾遗”。不料杜甫很快因疏救房琯，触怒肃宗，诏三司推问，幸赖宰相张镐救免，但从此受到肃宗的疏远。闰八月，敕放鄜州省家。乾元元年（758）六月，被贬华州司功参军，从此永远离开朝廷。

是年冬，杜甫由华州赴洛阳，二年春，返回华州，正值唐军九节度使邺城战役溃败，大肆抓丁以补充军力，杜甫就沿途所见所感，写成著名的组诗“三吏”、“三别”。七月，杜甫弃官去秦州（今甘肃天水），开始了“漂泊西南天地间”的人生苦旅。在漂泊的旅途中杜甫全家备尝艰辛，一度濒临绝境。十月，缺衣少食的杜甫携家离开秦州，南赴同谷（今甘肃成县），想解决衣食之忧。不料到同谷后，生活状况不仅没有改善，反而完全陷入饥寒交迫的绝境之中。杜甫在《乾元中寓居同谷县作歌七首》中，用字字血泪记录下这段最为艰苦的岁月。十二月初，杜甫于无奈之下再次逃难，携家离开同谷入蜀，于年底抵达成都。因为这一年之内奔波流离，不断逃难，杜甫称之为"一岁四行役"(《发同谷县》)。上元元年(760)春，杜甫一家在亲友们的帮助下，卜居于成都西郊草堂。二年岁末，杜甫的好友严武任成都尹兼剑南节度使，给予杜甫一家不少照顾。代宗宝应元年(762)七月，严武奉召入朝，杜甫送至绵州(今四川绵阳)。因剑南兵马使徐知道叛乱，被迫流寓梓州(今四川三台)、阆州(今四川阆中)一带。广德元年(763)，召补京兆功曹，不赴。二年正月，严武再镇成都，几次写信希望杜甫回来。六月，表荐杜甫为节度参谋、检校工部员外郎，故世又称"杜工部"。永泰元年(765)正月，杜甫退出幕府。四月，严武病逝。杜甫失去依靠，于五月离开成都乘舟南下，经嘉州(今四川乐山)、戎州(今四川宜宾)、渝州(今重庆)、忠州(今重庆忠县)至云安(今重庆云阳)，次年暮春迁居夔州(今重庆奉节)。杜甫居夔州近两年，写诗四百余首。大历三年(768)正月，杜甫携家出三峡，经江陵、公安，暮冬抵岳阳。之后，诗人漂泊湖南，贫病交加，濒临绝境。大历五年(770)冬，杜甫病死在湘江舟中，时年五十九岁。直到元和八年(813)，杜甫的孙子杜嗣业才"收拾乞丐，焦劳昼夜"，把停在岳阳的灵柩运回偃师，葬在首阳山下，紧靠着祖父杜审言、远祖杜预之墓。就这样，诗人的遗骨漂泊了四十三年才回到生前魂牵梦系的家乡。在迁移祖父灵柩路过荆州的时候，杜嗣业遇见大诗人元稹，便请求他给祖父写一篇墓志铭，元稹于是写了《唐检校工部员外郎杜君墓系铭》，盛称："诗人以来，未有如子美者。"

二、杜甫的思想

杜甫出身于一个“奉儒守官”的家庭，受的是儒家正统教育，他的政治理想就是“致君尧舜上，再使风俗淳”。“安史之乱”后，他过着颠沛流离的困苦生活，亲身经历了国家深重的苦难，接近了广大劳苦群众，他的积极入世的儒家思想至死不衰。杜甫是原始儒家思想即孔孟思想的继承者和实践者。他对原始儒家道统思想的阐释以及恢复“道统”的主张，远在韩愈之前。他继承和发扬了孟子的“大丈夫”精神，以天下为己任，忧国忧民，爱国爱民。杜甫忠君，但并非愚忠，他身历玄、肃、代三朝，对三代皇帝都有所讽谕和批评。杜甫崇高而深挚的爱国主义精神，深沉的忧国忧民的忧患意识，像一条红线一样贯穿于他坎坷的一生及其全部创作中。而他最可宝贵的，就是即使身处逆境，却仍旧情系国家，心想人民，一颗爱国爱民、忧国忧民的赤子之心，从没有停止过跳动。“朱门酒肉臭，路有冻死骨”。“穷年忧黎元，叹息肠内热”。他始终是把个人的命运与国家和人民的命运紧紧联系在一起的。杜甫有着一颗仁慈的心，一副博大的胸襟。杜甫的伟大之处正在于他经常能够从个人的痛苦之中超脱出来，将关切的目光落到广大人民群众身上。在《自京赴奉先县咏怀五百字》中，杜甫回家见到自己的“幼子饿已卒”，在极度悲痛中，他还是把目光投向广大的穷苦人民和远戍的战士：“因念远戍卒，默思失业徒”；当草堂的茅屋在风雨飘摇之中“床头屋露无干处”时，他还能想到在寒风中瑟瑟发抖的穷人们，大声疾呼：“安得广厦千万间，大庇天下寒士俱欢颜，风雨不动安如山！呜呼！何时眼前突兀见此屋？吾庐独破受冻死亦足!”有人据此认为,杜甫就是中国第一个提出安居工程的人,而这一口号的提出竟是在一千二百多年前!杜甫这种己饥己溺的仁者胸怀,在他的诗中都有生动的体现。可以说,杜甫对孔孟所倡导的忧患意识、忠恕之道、仁爱精神、恻隐之心等等,都有深刻的理解,并身体力行之。当然,杜甫在颠沛流离的艰难岁月里,也受到佛、道思想的一些影响,但那是次要的。前人说“少陵不学仙,而自有仙气”,“少陵不佞佛,抑又深通佛理”(刘凤诰《杜工部诗话》卷一),大致是不错的。

三、杜诗的艺术创新

杜甫是中国古典诗歌的集大成者。他被尊为“诗圣”,诗被誉为“诗史”,在中国文学史上享有崇高的地位。宋初诗人王禹偁说“子美集开诗世界”,在中国古典诗歌的发展史上,杜甫是一位勇于创新的诗人,在诗歌的内容和形式上都有诸多创新之举。

首先,在诗歌的内容方面,杜诗在唐代诗歌史上呈现出明显的两大转折——变先前诗歌以抒情为主转而为以叙事为主,变先前诗歌歌唱理想而为描写实际人生。通过叙事的手段真实地记录了大唐王朝由盛变衰的历史过程,这是以前任何诗人都没能做到的。杜甫用诗歌反映了重大的历史事件,被历史学家视为信史,如《悲陈陶》、《悲青坂》、《北征》、《喜闻官军已临贼境二十韵》、《收京三首》、《洗兵马》、《留花门》、《塞芦子》等,都记载了大量鲜活的唐代史实。杜甫的诗歌被后人称为“诗史”,但“诗史”又不同于史书,史书只是梗概地记录历史事件,杜诗却展开了丰富而生动的历史画面;史书要求撰写者冷静客观,杜诗却在记录事件中表现出强烈的爱憎情感，是一部描写动乱人生的情感史和心灵史。杜诗的写实手法揭开了诗歌史上的新篇章，此后，诗人白居易、元稹、韩愈、张籍、王建、皮日休、聂夷中、杜荀鹤，以及宋、元、明、清的众多诗人，都效法杜甫，创作出大量的叙事性、纪实性作品。

其二，创作"即事名篇，无复倚傍"的新题乐府。杜甫写作乐府诗歌，敢于摆脱乐府旧题，即如中唐诗人元稹所说："近代惟诗人杜甫《悲陈陶》、《哀江头》、《兵车》、《丽人》等，凡所歌行，率皆即事名篇，无复倚傍。予少时与友人乐天、李公垂辈，谓是为当，遂不复拟赋古题。"(《乐府古题序》)杜甫的《悲陈陶》、《兵车行》、《丽人行》、"三吏"、"三别"等新题乐府，继承了汉乐府"缘事而发"的精神实质，但是不再袭用汉乐府旧题，而是根据所写之事立题，使题目与内容合为一体，这种做法绝不仅仅是一个设立题目的问题，说到底，是他的现实主义创作精神的体现，是对乐府诗的创造性发展。杜甫的这一创举，直接引导了中唐时期白居易、元稹等人的新乐府运动。

第三，杜诗众体皆有，诸体兼擅，但杜甫对七律体式成熟所作的贡献，尤为卓著。杜甫之前的七律多被用来应制唱和，内容空泛，寡情繁彩。到了杜甫手里，七律在表现题材内容上才真正获得了与五律平等的身份，突出标志就是杜甫把动乱的时局、沉郁的感受写入诗中。能把忧时的题材内容引入七律，以忧时取代颂圣，表现出杜甫的超卓胆力。此外，杜甫还用七律写各种题材内容，议政、忧民、怀古、送别、山水、田园，以及个人漂泊流离的生涯，总之，无事不可写，无意不可入，七律在他的手中已经达到炉火纯青、出神入化的极致。如《闻官军收河南河北》、《登楼》、《阁夜》、《登高》、《诸将五首》、《秋兴八首》、《咏怀古迹五首》等，都是千古传诵的杰作。

另外，元稹在《唐检校工部员外郎杜君墓系铭并序》中论及杜甫排律艺术时说："铺陈终始，排比声韵，大或千言，次犹数百，辞气豪迈而风调清深，属对律切而脱弃凡近。"清人浦起龙《读杜心解·发凡》云："千言、数百言长律，自杜而开，古今圣手无两。"杜甫的长篇排律如《夔府书怀四十韵》、《秋日夔府咏怀奉寄郑监李宾客一百韵》等，都是登峰造极的长篇巨制，这些作品语言典雅，对仗整肃，学力深厚，情感深沉，思想博大精深，充分显示出杜甫海涵地负般的艺术功力和读破万卷的富赡才学。

在文学批评史上，杜甫还首开以诗的形式论述诗歌创作的先河。他在《戏为六绝句》中提出若干诗歌创作的主张，如主张对前代诗歌艺术兼收并蓄，博采众长，对六朝诗歌一分为二，拒绝全盘否定，从而纠正了王勃、杨炯、陈子昂、李白等在矫枉中出现的偏颇。杜甫又提倡"凌云健笔"、"碧海掣鲸"的诗风，同时，他还强调学习前人的"清词丽句"，这对于建构唐代诗学都是十分重要的。除了《戏为六绝句》外，他还有《偶题》、《解闷十二首》、《遣闷戏呈路十九曹长》等，也谈到了诗歌创作的主张。这种以诗论诗的新形式，对后人影响很大，金代元好问《论诗绝句三十首》就是继承了这种形式，后代人用这种形式论诗的，更是代不乏人。

杜甫的所谓"开诗世界"，肇示了诗歌由"唐韵"向"宋调"的转变。所以说，杜甫又是处在中国历史转折时期的一位继往开来的伟大诗人。清人叶燮说："杜甫之诗，包源流，综正变，自甫以前，如汉、魏之浑朴古雅，六朝之藻丽秾纤、澹远韶秀，甫诗无一不备；然出于甫，皆甫之诗，无一字句为前人之诗也。自甫以后，在唐如韩愈、李贺之奇奡，刘禹锡、杜牧之雄杰，刘长卿之流利，温庭筠、李商隐之轻艳；以至宋、金、元、明之诗家，称巨擘者无虑数十百人，各自炫奇翻异，而甫无一不为之开先。"（《原诗·内篇上》）杜甫的伟大之处，还在于他的诗歌创作艺术的超前性、现代性和世界性。正如美国著名汉学家宇文所安(Stephen Owen)说的那样："杜甫是最伟大的中国诗人。他的伟大基于一千多年来读者的一致公认，以及中国和西方文学标准的罕见巧合。在中国诗歌传统中，杜甫几乎超越了评判，因为正像莎士比亚在我们自己的传统中，他的文学成就本身已成为文学标准的历史构成的一个重要部分。杜甫的伟大特质在于超出了文学史的有限范围。"（《盛唐诗》第十一章《杜甫》）

四、杜甫的影响

作为世界文化名人的杜甫，对中国文学产生了广泛而深远的影响。可以说，杜甫之后中国诗坛上的杰出诗人，几乎没有一个不是受他影响的。历代的诗人无不推尊杜甫，学习杜甫。杜甫是我国优秀传统文化的典型代表。他的诗歌，堪称中国古典诗歌的范本；他的人格，堪称中华民族文人品格的楷模；他的思想，堪称中华民族传统思想的精华。诗圣杜甫那种"忧国忧民无已时，君圣民安死方休"的崇高精神，在其后一千多年的历史中，特别是在中华民族国难深重、危亡在即的关键时刻，不知影响和鼓舞了多少仁人志士，为民族的振兴、国家的强盛、人民的幸福而英勇献身！宋末民族英雄文天祥被俘后宁死不屈，在元大都狱中曾集杜句成诗二百首。他在《集杜诗·自序》中说："凡吾意所欲言者，子美先为代言之。日玩之不置，但觉为吾诗，忘其为子美诗也。乃知子美非能自为诗。诗句自是人情性中语，烦子美道耳。子美于吾隔数百年，而其言语为吾用，非情性同哉！"抗日战争胜利后，钱来苏在《关于杜甫》一文中说："他是我们中华民族历史上最有骨头的一个人。他在颠沛流亡、艰难困苦的环境中，甚至要穷死饿死的时候，还总是念念不忘国家。他的诗总是唤起朝野的人们赶快把胡寇逐出中国去。他的诗集里表现民族气节、民族意识的作品，是很多的。"闻一多更称誉杜甫是我国"四千年文化中最庄严、最瑰丽、最永久的一道光彩"(《唐诗杂论·杜甫》)。继承和发扬杜甫留给我们的这份宝贵遗产，对传承文明，弘扬中华民族的优秀传统，提高民族自信心和凝聚力，对促进社会主义精神文明建设，繁荣社会主义文化事业和文艺创作，仍然具有重大的现实意义。

杜甫不仅是中国的，而且是世界的，他对世界文明作出的贡献是不可低估的，他被戴上"世界文化名人"的桂冠是当之无愧的。杜诗在唐代就传入日本，给日本文学以深远影响。日本著名汉学家铃木修次(1923—1989)的《杜甫》即云："杜甫，虽然是古人，但他的作品，已超越时间，不断地给读者以新的刺激和感动。杜诗修辞艺术技巧，不仅给现在的中国诗人，也包括日本诗人以很大影响。杜甫苦心经营语言、观察事物之精细，令人吃惊。杜甫是超越时间、具有永恒价值的诗人。以'诗圣'名杜甫，不限于中国风土与历史，即使从全世界角度看，也同样如此。"杜诗很早还传入朝鲜半岛。高丽时期著名学者、诗人李仁老(1152—1220)在《破贤集》卷中说:“自雅缺风亡,诗人皆推杜子美为独步,岂惟立语精硬,刮尽天地菁华而已。虽在一饭,未尝忘君,毅然忠义之节,根于中而发于外,句句无非稷契口中流出,读之足以使懦夫有立志。玲珑其声,其质玉乎?盖是也。”韩国当代著名杜甫研究专家李丙畴说:“目前大约有十二个国家用不同的语言对杜诗进行过翻译。参加过注释的就有千人。朝鲜在1481年刊印的《杜诗谚解》恐怕是世界上最早的一部译作。世宗二十五年(1443),对当时最高级的学者进行了总动员,从开始翻译,前后苦干了四十年。比日译本早三百年。”又说:“朝鲜实行科举制度的时候,有百分之四十的题目出自杜诗。故不读杜诗者休想入科举之门。申紫霞曾有语云‘家家尸祝’,就是说家家户户都把杜诗当作祭文来念。”(高光植《杜诗研究三十载——南朝鲜杜诗研究者李丙畴一席谈》,《国外社会科学》1988年第5期)杜甫及其诗歌在欧美地区亦影响颇大。美国当代著名诗人、唐诗研究专家肯尼斯·鲁克斯罗斯(汉名王红公)是杜甫的忠实信徒和崇拜者,他曾说:“杜诗对我影响之巨,无人能比。我认为,杜甫是有史以来最伟大的诗人。在某些方面,杜甫可超越莎士比亚或荷马,其诗作更为自然,更为亲切。”研究杜甫,对促进国际文化交流,传布中华文明,拯救当前人类面临的精神危机和道德危机,提高中华民族的国际影响力,增强民族自豪感,都有不可低估的作用。大力弘扬杜甫精神,对于我们当今构建和谐社会也具有重要的现实意义。

本书选取的杜诗以中华书局1979年出版的仇兆鳌《杜诗详

注》为底本，参校他本，择善而从，一般不出校记。篇目以编年为序。注释力求简明精当，不作过多的繁琐考证。但在一些容易产生歧义之处，仍不避其繁，以便使读者能够更好地理解诗意。在注释过程中，本书吸收了国内外学界同仁的许多最新研究成果，限于篇幅，不再一一注明，在此一并致以谢忱。书中存在的疏失在所难免，敬祈读者批评指正。

望 岳

岱宗夫如何?① 齐鲁青未了。②
造化钟神秀,③ 阴阳割昏晓。④
荡胸生层云, 决眦入归鸟。⑤
会当凌绝顶, 一览众山小!⑥

【注释】

①岱宗:泰山别称。岱:始也;宗:长也。泰山为五岳之首,故称岱宗。在今山东省中部,主峰玉皇顶在泰安市北,海拔1545米。夫:指代词,即实指岱宗而言。 ②齐鲁:周代两大诸侯国名,并在今山东境内。齐在泰山之北,鲁在泰山之南。青:指山色。未了:没有尽头。 ③造化:谓天地,大自然。钟:聚。神秀:神奇峻秀。 ④阴:指山北。阳:指山南。山南向阳,故天色晓;山北背阴,故日色昏。一山之隔,判若昏晓,可见泰山之高大。割:分。 ⑤决:裂开。眦(zì):眼角。 ⑥会当:定当,表示心所预期。凌:登临。绝顶:最高峰。众山小:化用《孟子·尽心上》"孔子登东山而小鲁,登泰山而小天下"意。

【品评】

开元二十四年(736),应试落第的杜甫开始了"放荡齐赵间,裘马颇清狂"的漫游生活。他的父亲杜闲,时为兖州(今属山东)

司马。省亲漫游，可谓一举两得。这首诗即是他这次漫游时所作。诗题的“望岳”，望的是东岳泰山。题为“望岳”，全诗即着力突出一个“望”字，句句是望，望岳之色，望岳之情，充溢于字里行间。诗用四层写意：首联远望之色，次联近望之势，三联细望之景，末联极望之情。写得由远及近，层次分明，境界高远，寓意深刻。这首诗既生动地描绘了泰山巍峨的雄姿和壮阔的景象，更突出地表现了青年诗人广阔的胸怀和远大的抱负。“会当凌绝顶，一览众山小！”杜甫是实践了自己的诺言的。他晚年寓居夔州（今重庆奉节）时写的《又上后园山脚》诗说：“昔我游山东，忆戏东岳阳。穷秋立日观，矫首望八荒。朱崖著毫发，碧海吹衣裳。”可见诗人那时确实登上了日观峰。全诗写得极有气势，真可与岱岳争雄，堪称千古绝唱。所以清人浦起龙说“公集当以是为首”，“杜子心胸气魄，于斯可观。取为压卷，屹然作镇”（《读杜心解》卷一之一），是很对的。

房兵曹胡马[①]

胡马大宛名，[②] 锋棱瘦骨成。[③]
竹批双耳峻，[④] 风入四蹄轻。[⑤]
所向无空阔， 真堪托死生。[⑥]
骁腾有如此， 万里可横行。[⑦]

【注释】

①兵曹:兵曹参军事的省称。唐代诸州府置兵曹参军事(下州不置),掌武官选举、兵器甲仗、门卫、烽候、驿传等事。诸卫诸军、东宫诸率府及诸王府亦置此官。房兵曹:名字不可考。胡马:泛指当时西北边疆地区所产的马。 ②大宛(yuān):汉代西域国名,其地在今乌兹别克斯坦共和国境内,盛产良马。胡中良马,无如产自大宛者,故曰"大宛名"。 ③锋棱:形容胡马神旺气锐。④"竹批"句:形容马之双耳像削过的竹筒。批:削。峻:尖锐。北魏贾思勰《齐民要术》卷六:"(马)耳欲小而锐,如削筒。"又曰:"(马)耳欲得小而促,状如斩竹筒。" ⑤"风入"句:形容马在奔驰时四蹄轻快,犹如风驰电掣一般。 ⑥无空阔:意为不知有空阔,极言马之善走。堪:胜任。托死生:意谓此马可使人临危脱险,化险为夷。二句极写胡马的气概和品质,杜甫《题壁上韦偃画马歌》:"时危安得真致此,与人同生亦同死。"意同此。 ⑦"骁腾"二句:意谓房兵曹乘此良马即可立功于万里之外。骁腾:骁勇飞腾。杜甫《高都护骢马行》之"此马临阵久无敌,与人一心成大功"与末联意同。

【品评】

此诗大约作于开元末年。诗中称赞房兵曹的大宛胡马神骏异常,堪托生死,这种骁腾万里的龙马精神,也是杜甫人格的绝好写照。明人张綖曰:"前表其相之异,后状其用之神。四十字间,其种其相,其才其德,无所不备,而形容痛快,凡笔望一字不可得。"(《杜工部诗通》卷一)

画　鹰

素练风霜起，① 苍鹰画作殊。②
㧐身思狡兔，③ 侧目似愁胡。④
绦镟光堪摘，⑤ 轩楹势可呼。⑥
何当击凡鸟，⑦ 毛血洒平芜。⑧

【注释】

①素练：画鹰所用白绢。风霜：形容画鹰神态威猛如挟风霜。首句五字，鹰之猛鸷、画之神采俱现。　②作：创作。殊：殊异，谓画得特别出色。　③㧐(sǒng)身：犹竦身，有所思貌。思狡兔：想要攫取狡兔。　④侧目：侧目而视，即斜视。似愁胡：形容鹰的眼睛色碧而锐利。因胡人(指西域人)碧眼，故以为喻。愁胡：指发愁时的胡人。晋孙楚《鹰赋》："深目蛾眉，状似愁胡。"　⑤绦(tāo)：丝绳，指系鹰的绳子。镟(xuàn)：金属转轴，指鹰绳另一端所系的金属环。光堪摘：言绦镟之色鲜明可爱。堪：可以。此句极言鹰饰之美。　⑥轩楹：堂前廊柱，指画鹰所在地点。势可呼：样子似乎可以呼之去打猎。　⑦何当：何时。凡鸟：平凡的鸟。⑧平芜：荒原。

【品评】

这是一首题画诗，大约作于开元末年。作者通过描摹画鹰的威猛姿态和跃跃欲试的神情，因画及真，抒发了诗人自负不凡、痛恶庸碌的壮志豪情。清人边连宝评曰："笔力矫健，有龙跳虎卧之势，其疾恶如仇、硉矹不平之气，都从十指间拂拂出矣。"（《杜律启蒙》五律卷一）

夜宴左氏庄①

风林纤月落，　衣露净琴张。②
暗水流花径，　春星带草堂。③
检书烧烛短，　看剑引杯长。④
诗罢闻吴咏，　扁舟意不忘。⑤

【注释】

①左氏庄：不详所在。但从杜甫诗中的景物描写看，当在首阳山下洛水附近。　②纤月：初生之月。衣露：衣为夜露所湿。净琴：琴音清，故云。张：弹琴。　③暗水：月落后，但闻水声潺潺而不见形影，故云"暗水"。带：映带。因月落而星光增辉，映带草堂。　④检书：检阅书籍。因时间久，故"烧烛短"。长：深长。引杯长：即喝满杯，所谓"引满"。检书、看剑，正写春夜雅兴。⑤诗罢：诗成，即指此诗。吴咏：用吴音吟诗。吴：今江浙一带。扁舟：小船。杜甫早年曾漫游吴越，今闻吴咏，遂忆旧游，故曰"意不忘"。杜甫《春日梓州登楼二首》其二："思吴胜事繁。"《游子》诗："吴门兴杳然。"又《逢唐兴刘主簿弟》："轻舟下吴会。"足证杜

甫恋恋不忘游吴越也。

【品评】

此诗当为天宝二年至三年(743—744)间作。写夜宴庄园情景,寄兴闲远,状景纤悉,写情浓至,开阖参错,用意精绝。清人顾宸曰:"看此诗,鼓琴看剑,检书赋诗,生平乐事无不具。风林初月,夜露春星,以及暗水花径,草堂扁舟,天文地理,重叠铺叙一首中,浑然不见痕迹,却逐联紧接,一气说下,八句如一句,总说得'夜宴'二字。"(《辟疆园杜诗注解》五律卷一)清人黄生曰:"夜景有月易佳,无月难佳。三、四就无月时写景,语更精切。上句妙在一'暗'字,觉水声之入耳;下句妙在一'带'字,见星光之遥映。"(《杜诗详注》卷一引)

赠李白

秋来相顾尚飘蓬,① 未就丹砂愧葛洪。②
痛饮狂歌空度日, 飞扬跋扈为谁雄。③

【注释】

①相顾:犹见顾。飘蓬:随风飘转不定的蓬草,常喻人之流离飘泊。时李、杜二人皆浪迹山东,故以飘蓬为比。 ②就:炼成。丹砂:即朱砂,炼丹所用药。葛洪:自号抱朴子,东晋道教理论家、炼丹术家,曾在罗浮山炼丹,积年而卒,人以为尸解。此句是说李

白虽喜好炼丹，却没炼成，实有愧于先师葛洪。时李白已正式成为道教徒。 ③空度日：虚度年华。飞扬跋扈：不守常规，狂放不羁。李白嗜酒且好借酒浇愁，故云“痛饮狂歌”；又喜击剑，好任侠，故云“飞扬跋扈”。李白才华横溢，胸怀“使海县清一，寰区大定”之志，却未获大用，故云“空度日”、“为谁雄”。两句相对，且句中自对，颇具流动之美。

【品评】

天宝四载(745)秋，杜甫与李白在鲁郡(今山东兖州)相别，遂作此诗以赠。李集中也有《鲁郡东石门送杜二甫》诗，当同时之作。甫诗自叹失意浪游，而惜白怀才不遇。既是对李白的规戒，亦含自警之意。蒋弱六评此诗曰：“是白一生小像。公赠白诗最多，此首最简，而足以尽之。”(《杜诗镜铨》卷一引)

春日忆李白

白也诗无敌， 飘然思不群。①
清新庾开府， 俊逸鲍参军。②
渭北春天树， 江东日暮云。③
何时一樽酒， 重与细论文。④

【注释】

①飘然：高超之意。思(sì)：指才思。不群：不同于一般人。

谓白才思超群。二句对仗工巧。“白也”对“飘然”，白是人名，飘是风名，自可对偶。又连用也、无、然、不四个虚词，摇曳生姿，遂使“诗仙”李白的形象活灵活现地呈现在读者面前。 ②清新：自然新鲜，力避陈腐。俊逸：飘逸洒脱，不同凡俗。庾开府：即庾信，字子山。南朝梁代著名诗人，后入北周，官至骠骑大将军、开府仪同三司，故称“庾开府”。鲍参军：即鲍照，字明远。南朝刘宋时著名诗人，曾为前军参军，掌书记之任，故称“鲍参军”。二句以兼擅庾、鲍之长盛赞李白之诗。 ③渭北：渭水之北，借指长安一带，为杜甫所在地。江东：泛指长江以东地区，即今江苏南部与浙江北部一带，为李白当时所在地。二句互文见义，寓情于景，写二人天各一方，彼此都深相怀念之情。 ④樽：酒器。论文：即论诗。六朝以来，有所谓文笔之分，而通谓诗为文。李、杜同游齐鲁时，曾互相讨论作诗的甘苦心得，今别后追思，倍加神往。一个“重”字，隐含以前已相与论过；一个“细”字，暗示别后另有所悟，亟思重与论之。杜甫喜欢论诗，尤喜“细论”，其《敝庐遣兴奉寄严公》诗云：“把酒宜深酌，题诗好细论。”可发末二句之义。

【品评】

天宝四载(745)秋，杜甫与李白相别于山东兖州。不久，李白去江东漫游，杜甫赴长安求仕，此后二人再没有会面。这首诗是天宝五年春，杜甫在长安怀念李白而作。这首五律的上四句，盛赞李白诗才；下四句抒发对李白的深切怀念。结构谨严，情深意挚，全诗始终贯穿一个“忆”字。作者把对李白其人的深切怀念与对李白其诗的倾慕赞扬，水乳交融在一起。而对李白其人的怀念，又突出了一个“诗”字。由盛赞其诗始，以渴望“重与细论文”终，承接紧密，前后呼应，转折自然，情景相生，达到了出神入化的境地。

饮中八仙歌

知章骑马似乘船，[①] 眼花落井水底眠。[②]
汝阳三斗始朝天，[③] 道逢曲车口流涎，[④]
恨不移封向酒泉。[⑤] 左相日兴费万钱，[⑥]
饮如长鲸吸百川， 衔杯乐圣称避贤。[⑦]
宗之潇洒美少年，[⑧] 举觞白眼望青天，[⑨]
皎如玉树临风前。[⑩] 苏晋长斋绣佛前，[⑪]
醉中往往爱逃禅。[⑫] 李白一斗诗百篇，
长安市上酒家眠。 天子呼来不上船，
自称臣是酒中仙。[⑬] 张旭三杯草圣传，
脱帽露顶王公前， 挥毫落纸如云烟。[⑭]
焦遂五斗方卓然， 高谈雄辩惊四筵。[⑮]

【注释】

①知章：即贺知章，自号四明狂客，嗜酒，性放达。似乘船：形容他骑在马上的醉态，摇摇晃晃。 ②眼花：醉眼昏花。 ③汝阳：汝阳王李琎，为唐玄宗的侄子。杜甫居长安时，做过他家的宾客。朝天：朝见天子，入朝。 ④曲车：酒车。涎（xián）：口水。

⑤移封：改换封地。酒泉：郡名，即今甘肃酒泉，传说城下有泉，其味如酒，故名。 ⑥左相：李适之。天宝元年(742)做左丞相，天宝五载四月，为李林甫排斥而罢相，七月贬为宜春太守，到任后服毒而死。 ⑦"衔杯"句：李适之罢相后，曾赋诗云："避贤初罢相，乐圣且衔杯。为问门前客，今朝几个来？"(《旧唐书·李适之传》)乐圣：嗜酒。古称酒之清者为"圣人"，酒之浊者为"贤人"。 ⑧宗之：崔宗之，开元初吏部尚书崔日用之子，官右司郎中，与李白交情深厚。潇洒：洒脱无拘束。 ⑨觞(shāng)：酒杯。白眼：《晋书·阮籍传》："籍又能为青白眼(黑白眼)，见礼俗之士，以白眼对之。"这里借用以写崔宗之兀傲不羁的气质。 ⑩玉树临风：形容醉后摇曳之态。宗之潇洒，风姿秀美，故以玉树为喻。《世说新语·容止》：夏侯玄貌美，毛曾其貌不扬。"魏明帝使后弟毛曾与夏侯玄共坐，时人谓蒹葭倚玉树。" ⑪苏晋：开元年间任户部、吏部侍郎，太子左庶子。开元二十二年(734)卒。长斋：长期斋戒。绣佛：用彩色丝线绣成的佛像。 ⑫逃禅：有两义，一是逃出禅戒，一是遁世而参禅。此处指前者，"逃"有背离意。 ⑬"李白"四句：写李白饮起酒来，才思敏捷，酒醉之后，连皇帝也不放在眼里。《新唐书·李白传》载，李白初至长安，玄宗召见，"赐食，亲为调羹。有诏供奉翰林，白犹与饮徒醉于市"。又范传正《唐左拾遗翰林学士李公新墓碑》记：玄宗泛舟白莲池，召李白前来助兴，时白酣醉于翰林院，高力士扶以登舟。王仁裕《开元天宝遗事》卷下："李白嗜酒，不拘小节，然沉酣中所撰文章，未尝错误。而与不醉之人相对议事，皆不出太白所见，时人号为醉圣。"这四句集中刻画了醉中李白形象：斗酒百篇，言其才思敏捷；眠于长安酒家，

言其豪迈不拘于俗;天子呼不上船,言其醉甚,须扶之也。酒中仙:即酒仙,言其嗜酒如命——醉中的李白,既具"酒神"精神,又有傲岸风骨,是一个不可多得的形象。 ⑭张旭:著名书法家,善草书,有"草圣"之称。《新唐书·张旭传》:"旭,苏州吴人。嗜酒,每大醉,呼叫狂走,乃下笔,或以头濡墨而书,既醒自视,以为神,不可复得也,世呼张颠。"李颀《赠张旭》:"露顶据胡床,长叫三五声。兴来洒素壁,挥笔如流星。" ⑮焦遂:袁郊《甘泽谣》载:陶岘开元中家于昆山,自制三舟,"一舟自载,一舟置宾,一舟贮饮馔。客有前进士孟彦深、进士孟云卿、布衣焦遂,各置仆妾共载"。卓然:神采焕发貌。惊四筵:使四座的人为之惊叹。筵席分四面而坐,故称"四筵"。

【品评】

盛唐的贺知章、李琎、李适之、崔宗之、苏晋、李白、张旭、焦遂等八人,均以豪饮著称,故戏题为"饮中八仙"。据新、旧《唐书·李适之传》及《玄宗纪》,适之罢相在玄宗天宝五载(746)四月,则此诗最早亦必作于五年四月之后,时杜甫初至长安。全诗借用汉代品评人物的谣谚形式来写歌行,结构特别,句句押韵,一韵到底,且多押重韵,前后没有起结;内容并列地分写八个人,笔墨多寡不一,八人醉态各具特点,但都性格鲜明,如中国画中的条幅。

高都护骢马行①

安西都护胡青骢,② 声价欻然来向东。③

此马临阵久无敌，　与人一心成大功。④
功成惠养随所致，⑤　飘飘远自流沙至。⑥
雄姿未受伏枥恩，　猛气犹思战场利。⑦
腕促蹄高如踣铁，⑧　交河几蹴曾冰裂。⑨
五花散作云满身，⑩　万里方看汗流血。⑪
长安壮儿不敢骑，　走过掣电倾城知。⑫
青丝络头为君老，　何由却出横门道？⑬

【注释】

①高都护：即高仙芝，开元末曾为安西副都护。都护：官名。唐在边疆地区置六大都护府。安西都护府设置于唐太宗贞观十四年（640）。天宝六载（747），高仙芝破小勃律（唐时西域国名，其地在今帕米尔以南）。八载，奉诏入京，杜甫为作此诗。　②胡青骢：西域的青骢马。马青白色曰骢。《隋书·西域传》："吐谷浑尝得波斯草马，放入（青）海，因生骢驹，能日行千里，故时称青海骢马。"　③数（xū）然：突然。来向东：谓胡青骢从西而来东。④与人一心：意思是说骢马随主人心意而尽力奔驰。成大功：指高仙芝破小勃律，立功疆场。二句赞骢马驰骋疆场之英姿及助高仙芝成就大功的高德。"久无敌"，现其英姿；"与人一心成大功"，将其拟人化，扬其节操，正所谓"真堪托死生"（《房兵曹胡马》）者。二句人马夹写，神采奕然。　⑤惠养：恩养。随所致：随都护之所致，谓生死以之也。　⑥流沙：泛指我国西北沙漠地区。《汉书·礼乐志》载《天马歌》："天马来，从西极。涉流沙，九夷服。"　⑦"雄姿"二句：谓骢马不屑伏枥饱粟，尚想驰骋战场以建功立业。未受：

不愿意接受。伏枥：伏槽枥而秣之。枥：马槽。　⑧腕促蹄高：这是良马的特征。《相马经》："马腕欲促，促则健；蹄欲高，高耐险峻。"踣（bó）铁：谓马蹄坚硬，踏地如铁。踣：踏。　⑨交河：古河名，在今新疆吐鲁番境内。因河水流经此处为河中小岛分开后又合流，故称。《元和郡县图志·陇右道下·交河》："交河，出（交河）县北天山，水分流于城下，故称。"蹴：踏。曾：同"层"，积也。⑩五花：谓马毛色斑驳。云满身：身如云锦。　⑪"万里"句：极写骢马奔驰万里，方见流汗。汉代西域大宛国产汗血马，因汗流如血，故称。此汗血之姿，非万里无以见之，故云"万里方看"。⑫掣（chè）电：闪电，言马行迅捷。　⑬青丝络头：用青丝做的马笼头。何由却出：即如何方能出去作战之意。横（guāng）门：长安城北面西头第一门，门外有桥曰横桥，自横桥渡渭水而西，即是通往西域的大道。二句写骢马不愿过养尊处优的生活，仍思去西北战场立功。

【品评】

此诗赞骢马立功沙场，品格卓异，志向高远。"雄姿未受伏枥恩，猛气犹思战场利"，大有"老骥伏枥，志在千里"之慨。诗借马喻人，既颂扬高仙芝，又寄寓了自己抱负难展的感慨。妙在句句赞马，却句句赞英雄。清人吴瞻泰评曰："以往日之战场，今日之在厩，错叙成篇，以安西、流沙、交河、长安、横门为线，一东一西，遥遥相照，而中间正写侧写，笔笔精悍。咏马如人，空前轶后之作也。"（《杜诗提要》卷五）

兵车行

车辚辚，[1]马萧萧，[2]　行人弓箭各在腰。[3]
耶娘妻子走相送，[4]　尘埃不见咸阳桥。[5]
牵衣顿足拦道哭，　哭声直上干云霄。[6]
道旁过者问行人，[7]　行人但云点行频。[8]
或从十五北防河，　便至四十西营田。[9]
去时里正与裹头，[10]　归来头白还戍边。
边庭流血成海水，[11]　武皇开边意未已。[12]
君不闻汉家山东二百州，[13]　千村万落生荆杞。[14]
纵有健妇把锄犁，　禾生陇亩无东西。
况复秦兵耐苦战，[15]　被驱不异犬与鸡。
长者虽有问，[16]　役夫敢伸恨？[17]
且如今年冬，　未休关西卒。[18]
县官急索租，[19]　租税从何出？
信知生男恶，　反是生女好。[20]
生女犹得嫁比邻，[21]　生男埋没随百草。
君不见青海头，[22]　古来白骨无人收。[23]
新鬼烦冤旧鬼哭，　天阴雨湿声啾啾。[24]

【注释】

①辚辚（lín）：众车声。　②萧萧：马长嘶声。　③行人：出征

之人，唐人诗中亦称征人。即后所云“役夫”。 ④耶：同“爷”。⑤咸阳桥：在咸阳西南渭水上，汉时名便桥。 ⑥干：冲犯。此句犹言哭声震天。 ⑦过者：过路人，实即杜甫自己。 ⑧点行：即按丁籍强制征调。频：频繁，指下“防河”、“营田”等事。按“但云”以下，皆行人答语。借问答就行人口中说出苦情。 ⑨十五、四十：皆指年龄言。防河：是时吐蕃侵扰河右，曾征召陇右、河西、关中、朔方诸军防备，故云“防河”。营田：屯田。无事则耕，有事则战，寓兵于农。《新唐书·食货志三》：“开军府以捍要冲，因隙地以置营田，天下屯总九百九十二。” ⑩里正：唐以百户为里，每里设正一人，负责里中事务。裹头：古以皂罗三尺裹头，曰头巾。因年小从军，故里正为之裹头。按唐之丁中制，人有黄、小、中、丁之分。开元二十六年，“诏民三岁以下为黄，十五以下为小，二十以下为中”。“天宝三载，更民十八以上为中男，二十三以上成丁”（见《新唐书·食货志一》）。诗言十五防河，是当时兵役征发，已及于丁、中以下十五岁之少年。 ⑪边庭：边疆，边境。 ⑫武皇：本指汉武帝。武帝喜开边，唐玄宗亦好开边，犹似武帝，当时不便直斥，故比之武帝。唐人多如此。意未已：意犹未尽，指一味穷兵黩武。故《新唐书·杨炎传》云：“玄宗事夷狄，戍者多死。”⑬山东：指崤山或华山以东。亦称关东，因在函谷关以东。二百州：《钱注杜诗》卷一引《十道四蕃志》：“关以东七道，凡二百一十一州。”曰二百，实已尽天下矣。 ⑭落：人聚居之地。荆杞：因连年战争，兵乱地荒，遂尽生荆棘枸杞。 ⑮秦兵：即关中之兵。耐苦战：即能苦战。岑参《胡歌》：“关西老将能苦战，七十行兵仍未休。” ⑯长者：行人对杜甫之尊称。 ⑰敢伸恨：不敢申说怨恨，即所谓“敢怒而不敢言”。敢:岂敢。《旧唐书·杨国忠传》载:征南诏,“其征发皆中国利兵,然于土风不便,沮洳之所陷,瘴疫之所伤,馈饷之所乏,物故者十八九。凡举二十万众,弃之死地,只轮不还,人衔冤毒,无敢言者”。 ⑱关西:指函谷关以西。诗前言“山东”,后言“关西”,表明无处不用兵也。 ⑲县官:指朝廷,亦专指皇帝。《史记·绛侯周勃世家》:“庸知其盗买县官器。”司马贞《索隐》:“县官,谓天子也。所以谓国家为县官者,夏官王畿内县即国都也。王者官天下,故曰县官也。” ⑳信知:诚知。《水经注·河水》引杨泉《物理论》:“秦始皇使蒙恬筑长城,死者相属。民歌曰:‘生男慎勿举,生女哺用铺。不见长城下,尸骸相支拄。’”又褚少孙补《史记·外戚世家》所记民歌云:“生男无喜,生女无怒,独不见卫子夫霸天下。”二句本此。㉑比邻:犹近邻。邻为当时基层组织单位之一。《旧唐书·职官志二》:“四家为邻,五邻为保。” ㉒青海:古名鲜水、西海,北魏时始名青海,在今青海省境内。唐高宗龙朔三年,青海为吐蕃所并。玄宗开元中,王君㚟、张景顺、张忠亮、崔希逸、皇甫惟明、王忠嗣等先后破吐蕃,皆在青海西,死者甚众。天宝间,哥舒翰攻吐蕃石堡城,拔之,唐士卒死者数万。故下云“新鬼”、“旧鬼”。 ㉓白骨无人收:语出梁鼓角横吹曲《企喻歌》:“尸丧狭谷中,白骨无人收。” ㉔啾啾:即唧唧,呜咽声。李华《吊古战场文》:“往往鬼哭,天阴则闻。”“新鬼烦冤”与“旧鬼哭”当作互文解,新鬼与旧鬼既烦冤又悲哭,而衬之以“天阴雨湿”的凄凉环境,呜咽之声更惨。而其根源在上层统治者的穷兵黩武。故仇兆鳌评云:“青海鬼哭,则驱民锋镝之祸,至此极矣。”(《杜诗详注》卷二)

【品评】

史载，玄宗天宝十载(751)四月，剑南节度使鲜于仲通率兵六万讨南诏(今云南一带)，全军陷没。杨国忠掩其败状，仍叙其战功。又大募两京及河南、河北兵以击南诏。人闻云南多瘴疠，士卒未战而死者十八九，莫肯应募。杨国忠遂遣御史分道捕人，连枷强征入伍。于是行者愁怨，父母妻子送之，所在哭声震野。又玄宗连年用兵吐蕃，死伤甚众。杜甫亲见征人服役惨状，遂作此诗。《兵车行》是杜甫即事名篇的新题乐府。诗歌纯用客观叙述的表现手法，真实而深刻地揭露了穷兵黩武政策给人民带来的深重苦难。《唐宋诗醇》卷九云："此体创自老杜，讽刺时事，而记为征夫问答之词。言之者无罪，闻之者足以为戒，小雅遗音也。篇首写得行色匆匆，笔势汹涌如风潮骤至，不可逼视。以下接出点行之频，指出开边之非，然后正说时事，末以惨语结之。词意沉郁，音节悲壮，此天地商声，不可强为者也。"梁运昌《杜园说杜》卷七亦云："此一诗乃开、天间治乱关头，不比他人征戍篇什漫然而已。严沧浪谓此诗太白所不能作，今观其行文，不依傍古词，自成格调，风骨、气味、色泽并臻绝顶，尤能字字痛心，言言动魄，使人主闻之，因是念民瘼而戢侈心，岂非小雅之嗣音哉！"

前出塞九首(选五)

其　一

戚戚去故里，　悠悠赴交河。①

公家有程期，　亡命婴祸罗。[②]
君已富土境，　开边一何多![③]
弃绝父母恩，　吞声行负戈。[④]

【注释】

①戚戚:愁苦貌。去:离开。故里:故乡。悠悠:遥远貌。交河:唐贞观十四年置安西都护府,治交河城,在今新疆吐鲁番西北。　②"公家"二句:是说官家规定了行军期限,逃跑要招致法律的惩治。当时实行"府兵制",士兵有户籍,逃跑则会连累父母妻子。公家:犹官家。程期:行程期限。亡命:脱名籍而逃亡。婴:触犯。祸罗:法网。　③君:皇帝,此指玄宗。开边:发动边境战争。一何:何其,多么。二句与《兵车行》"武皇开边意未已"意同。"开边"为九首主脑。　④父母恩:指父母养育之恩。吞声:声将发而强止之,犹忍泣。

【品评】

《出塞》,为汉乐府横吹曲名。杜甫用此旧题来写时事,先后写了两组诗,因这组诗在前,故题曰"前出塞"。这组诗大约作于天宝十载(751)左右。论者多认为是写哥舒翰征吐蕃一事,但从涉及的范围来看,几乎涵盖了盛唐边塞诗的全部内容。诗用第一人称写法,通过一个战士戍边十年的亲身感受,反映了被征从军的艰苦,抨击了玄宗穷兵黩武的开边政策,歌颂了戍边战士的爱国主义精神。整组诗前后连贯,浑然一体。张綖曰:"别出一格,用古体写今事,大家机轴,不主故常,后人不敢议也,而称'诗史'

者以此。”(《杜工部诗通》卷二)这里选的是第一、二、三、六、九首。第一首写战士初别家乡远戍的情景。

其　二

出门日已远，　不受徒旅欺。①
骨肉恩岂断？　男儿死无时。②
走马脱辔头，　手中挑青丝。
捷下万仞冈，　俯身试搴旗。③

【注释】

①“出门”二句：是说离家日久，已习惯了军旅生活，故不再受伙伴的欺负。徒旅：军中伙伴。　②骨肉恩：即前首所说“父母恩”。死无时：时时可死。王嗣奭曰：“前章云‘弃绝父母恩’，而此又云‘骨肉恩岂断’，徘徊展转，曲尽情事。死既无时，而后作壮语，所谓‘知其不可如何而安之若命’者也，愈壮愈悲。”(《杜臆》卷三)　③走马：即跑马。脱：去掉。辔头：马络头。青丝：马缰。捷下：飞驰而下。仞：古代以八尺为一仞，一说七尺。万仞：极言其高。搴：拔取。以上四句描写出征战士在训练中的冒险和无畏：骑马奔驰不用络头，信手挑着马缰，从高冈上飞驰而下，练习俯身拔取军旗，一副视死如归的气概。

【品评】

这首诗写行军途中，生命随时不保，战士索性豁出性命，加强训练，视死如归。

其　三

磨刀呜咽水，　水赤刃伤手。
欲轻肠断声，　心绪乱已久。①
丈夫誓许国，　愤惋复何有？②
功名图麒麟，　战骨当速朽。③

【注释】

①呜咽水：指陇头水。《乐府诗集·梁鼓角横吹曲》有《陇头歌辞》："陇头流水，鸣声幽咽。遥望秦川，肝肠断绝。"轻：轻忽，不在意。肠断声：即指呜咽的陇头水声。四句意谓本不欲以此呜咽之声搅动乡愁，无奈心乱已久，故闻水声触耳，不觉慌乱而伤手。初尚不知，及见水赤才发觉。刻画入微，无限沉痛。　②丈夫：征夫自谓，犹言男儿。誓许国：誓死以身报国。愤惋：悲愤惋惜。③"功名"二句：意谓只要立功图像，战死也是值得的。图：画图，这里作动词用。麒麟：指麒麟阁。《汉书·苏武传》载，汉宣帝曾命人把霍光、苏武等十八人的像画于麒麟阁上，以示褒扬功臣。后遂以图像麒麟阁为建功立业之代称。"战骨当速朽"中的"当"字隐含无限悲愤。最后四句，语似壮而情实悲，正所谓"口中句句是硬语，眼中点点是血泪"。

【品评】

这首诗写途中心绪的烦乱，时而低沉，时而高亢。强以慷慨自励抑制悲伤，更见其沉痛。

其　六

挽弓当挽强，　用箭当用长。
射人先射马，　擒贼先擒王。①
杀人亦有限，　立国自有疆。②
苟能制侵陵，　岂在多杀伤!③

【注释】

①挽弓:拉弓。强:指硬弓。前四句的意思是说拉弓要拉强弓,用箭当用长箭。马倒则人束手就擒,所以要先射马;贼首就擒则贼众自散,所以要先擒王。张綖曰:“此章叙其制敌之略。一篇大意,只在‘擒贼先擒王’一句,上三句皆为此句起兴。”(《杜工部诗通》卷二)黄生曰:“四语似谣似谚,最是乐府妙境。”(《杜诗说》卷一)　②限:限度。疆:疆界。二句谓杀伤应有个限度,应尽量避免滥杀无辜,尊重各国疆界,不要随意开边,挑起战端。③苟:假如,如果。制侵陵:制止侵略。二句谓如果能够制止侵略,又何必大肆杀戮呢?

【品评】

这首诗借戍卒之口,发表反对穷兵黩武和兴兵滥杀的大道理。吴瞻泰曰:“此为九首扼要之旨,大经济语,借戍卒口中说出,托刺甚深。‘立国自有疆’,讽谏微妙,使开边者猛然自省。”(《杜诗提要》卷一)诗纯为议论,表达了作者对于战争目的和民族关系等重大问题的见解与思考,指出战争的目的是制止侵略,而不在肆意杀戮。其揭示的普遍意义远远超出了当时所针对的开边战争。

其　九

从军十年馀，　能无分寸功？①
众人贵苟得，② 欲语羞雷同。③
中原有斗争，　况在狄与戎？④
丈夫四方志，　安可辞固穷？⑤

【注释】

①能无：犹岂无，哪能没有？分寸功：极言功小。　②众人：指冒功邀赏者。贵：重视，追求。苟得：苟且贪得，不当得而得。③羞：耻于。雷同：不当同而同。　④中原：指中国内地。狄与戎：古称我国北方少数民族为“狄”，西方少数民族为“戎”。此泛指边疆少数民族。二句意谓中原尚且有斗争，何况边疆地区呢？⑤四方志：指为国戍边而言。安可：犹岂可。固穷：坚守素志而不失气节。语本《论语・卫灵公》：“君子固穷。”二句谓大丈夫志在四方，岂因未得封赏而改变初衷乎？亦是牢骚语。

【品评】

这首诗乃为军中冒功邀赏者而发。自己从军十多年，虽未得封赏，但固穷守节，羞与此辈为伍，表现了主人公高尚的情操。

奉赠韦左丞丈二十二韵[1]

纨袴不饿死，　儒冠多误身。[2]
丈人试静听，[3]　贱子请具陈。[4]
甫昔少年日，　早充观国宾。[5]
读书破万卷，[6]　下笔如有神。[7]
赋料扬雄敌，　诗看子建亲。[8]
李邕求识面，[9]　王翰愿卜邻。[10]
自谓颇挺出，[11]　立登要路津。[12]
致君尧舜上，　再使风俗淳。[13]
此意竟萧条，[14]　行歌非隐沦。[15]
骑驴三十载，　旅食京华春。[16]
朝扣富儿门，　暮随肥马尘。
残杯与冷炙，　到处潜悲辛。[17]
主上顷见征，　欻然欲求伸。
青冥却垂翅，　蹭蹬无纵鳞。[18]
甚愧丈人厚，[19]　甚知丈人真。
每于百僚上，　猥诵佳句新。[20]
窃效贡公喜，[21]　难甘原宪贫。[22]
焉能心怏怏，[23]　只是走踆踆。[24]
今欲东入海，　即将西去秦。[25]

尚怜终南山，　回首清渭滨。[26]
常拟报一饭，　况怀辞大臣。[27]
白鸥没浩荡，　万里谁能驯。[28]

【注释】

①韦左丞：即韦济。左丞：又称尚书左丞。尚书省设左右丞各一人，掌管省内诸司纠驳。左丞总吏、户、礼三部。　②纨：细绢。袴：同“裤”。纨袴：华美衣着，借指富贵子弟。儒冠：古时读书人戴的帽子，这里指读书人，杜甫自谓。“儒冠多误身”为一篇之纲。　③丈人：对年长者的尊称。此指韦济。试：与下句“请”为互文，皆有“聊且”义。　④贱子：年少位卑者自谦之辞，这里是杜甫自称。具陈：细说。　⑤“甫昔”二句：指开元二十四年(736)，杜甫以乡贡的资格在洛阳参加进士考试的事。那时他才二十五岁，就已是“观国之光”(参观王都)的王宾了，所以说“少年”、“早充”。观国宾：语出《易・观卦》：“观国之光，利用宾于王。”　⑥“读书”句：是说读书既多且透。破：其义有三：一是读书过万卷，言其多；一是万卷书读得烂熟，犹“韦编三绝”意；一是识破万卷之理，透彻领会。　⑦如有神：形容才思敏捷，运笔自如，若有神助。　⑧料：差不多，估量之意。敌：匹敌。看：比，比拟。与“料”意相近。亲：接近。扬雄：字子云，西汉著名辞赋家。子建：曹植的字，三国时著名诗人。二句谓自己作赋可与扬雄相匹敌，写诗可与曹植相比肩。　⑨李邕：唐代文豪、著名书法家。杜甫少年在洛阳时，李邕奇其才，曾主动去结识他，所以说“求识面”。　⑩王翰：当时著名诗人。卜邻：作邻居。相传古代卜地而

居。⑪自谓:自以为。挺出:特出。⑫津:渡口。要路津:比喻显要的地位。后人遂谓居要职者为要津。语出《古诗十九首·今日良宴会》:“何不策高足,先据要路津。”⑬“致君”二句:是说自己的理想抱负。致:引而至也,使……至也。君:皇帝。这里指唐玄宗。尧舜:中国古代传说中的两个圣明君主。上:超过。淳:淳朴、淳厚。自“甫昔少年日”至“再使风俗淳”十二句,说儒冠事业,自抒怀抱。⑭此意:指诗人上述之政治抱负。萧条:冷落。这里有落空意。⑮行歌:且行且歌。隐沦:隐逸之士。这句是说自己因穷困而行歌,并非隐沦之流。⑯“骑驴”四句:是说自己穷困潦倒,流寓长安。驴:贱者所乘,与乘马的达官贵人对比,正应“萧条”之意。三十载:清初卢元昌《杜诗阐》改作“十三载”,后仇兆鳌、浦起龙等人皆从之。按杜甫自叙云:“往者十四五,出游翰墨场。”(《壮游》)至写此诗已二十多年,大概言之,亦可曰“三十载”;且诸宋本杜集皆作“三十载”,似不宜轻改。旅食:寄食。京华春:形容国都长安的繁华,正与自己的“萧条”形成鲜明对比。⑰“残杯”四句:写自己在长安干谒奔波的苦况。富儿:对达官贵人的鄙称。残杯冷炙:指富儿残剩的酒食。潜:隐藏。⑱“青冥”四句:所指史实是:天宝六载(747),唐玄宗下诏征求有一艺之长者赴京应试,杜甫也参加了这次制举,宰相李林甫嫉贤妒能,使全部应试者都落选,还上表称贺“野无遗贤”。这对当时急欲施展抱负的杜甫是一次沉重的打击,使他“致君尧舜上”的理想化为泡影。主上:指玄宗。见征:被征召。欻(xū)然:忽然。欲求伸:意指希望表现自己的才能,实现致君尧舜的志愿。青冥:青天,高空。垂翅:飞鸟折翅,不能高飞。蹭蹬(cèng dèng):失意貌。无纵鳞:本指鱼不能纵身远游。这里比喻理想不得实现。自“此意竟萧条”至“蹭蹬无纵鳞”十二句,说儒冠误身,满含悲酸。⑲厚:厚望,厚待。 ⑳猥:承蒙,表示客气。 ㉑窃:私下。效:效法。贡公:指西汉人贡禹。他与王吉为友,闻吉贵显,高兴得弹冠相庆,以为自己也有出头之日。这里杜甫自比贡禹,以王吉比韦济,希望他能荐拔自己。 ㉒原宪:孔子的弟子,以贫穷出名,却能安于贫困。 ㉓怏怏:气愤不平貌。 ㉔踆踆(cūn):且进且退貌。 ㉕“今欲”二句:意谓即将离秦而东入海。“今欲”与“即将”意同。“今”犹“即”。东入海:指避世隐居。孔子曾说过:“道不行,乘桴浮于海。”(《论语·公冶长》)去:离开。秦:指长安。㉖“尚怜”二句:是说不忍离开长安。怜:留恋,恋恋不舍。终南山:山名,在长安南。渭:指渭水,流经长安北。离京东去,故曰“回首”。 ㉗拟:打算,想要。报一饭:报答一饭之恩。《后汉书·李固传》:“窃感古人一饭之报。”大臣:指韦济。二句谓:一饭之恩,尚不忘报,何况远离对自己有知遇之恩的大臣,哪能不告而别呢?说明赠诗的原因。 ㉘白鸥:一种水鸟。此杜甫自比。浩荡:广远貌,指无边波涛。没浩荡:灭没于浩荡的烟波之间。承上“东入海”。驯:驯服,引申为约束。二句显示了杜甫桀骜不驯的性格。全篇陈情,而无乞怜之态。

【品评】

据韦述《大唐故正议大夫行仪王傅上柱国奉明县开国子赐紫金鱼袋京兆韦府君(济)墓志铭》载:“天宝七载(748),转河南尹,兼水陆运使……九载,迁尚书左丞,累加正议大夫,封奉明县子。

十一载，出为冯翊太守。”则此诗当作于天宝九载至十一载（750—752）间。细味诗意，似于十一载暮春暂归东都时，与韦济告别而作，同时又有与崔国辅、于休烈告别而作的《奉留赠集贤院崔于二学士》。杜甫此前已有《奉寄河南韦尹丈人》、《赠韦左丞丈济》等诗，请求推荐。由于无结果，于是又写了这首诗。诗直抒个人抱负，自负才学，而困守长安，故多壮志难酬之郁愤。对韦济之推奖，表示深切感激之意，而对自己终因不得志而欲去，又表现为去而不忍之矛盾心情。王嗣奭评曰：“此篇非排律，亦非古风，直抒胸臆，如写尺牍；而纵横转折，感愤悲壮，缱绻踌躇，曲尽其妙。”（《杜臆》卷一）

曲江三章章五句

其　一

曲江萧条秋气高，　菱荷枯折随风涛，①
游子空嗟垂二毛。②
白石素沙亦相荡，　哀鸿独叫求其曹。③

【注释】

①曲江：即曲江池，在长安东南。萧条：寂寥冷落。二句写秋气肃杀，风涛所至，菱荷枯折，正是萧条景象。　②游子：杜甫自谓。二毛：头发斑白。垂二毛：年将老意。　③白石素沙：即净石白沙。相荡：谓白石素沙在水中相荡磨。哀鸿：孤雁哀鸣。曹：同

类。二句谓曲江秋景萧条，不独菱荷枯折，引人嗟叹，即此白石素沙，亦复感荡人情。时闻孤鸿哀鸣，益增身世孤独之感。

【品评】

杜甫于天宝九载(750)冬献“三大礼赋”，得到玄宗赏识，命待制集贤院，但久不授职。因仕途失意，秋游曲江，遂作此以遣闷。此诗大约作于天宝十载或十一载秋。这是一种每首五句的七言诗体，都在第三句上作顿，是杜甫的创体。查慎行曰：“七言五句成章，自我作古，历落可诵。”(《杜诗集评》卷五引)仇兆鳌曰：“首章自伤不遇，其情悲。次章放歌自遣，其语旷。三章志在归隐，其辞激。”(《杜诗详注》卷二)第一章借曲江萧条秋景，抒发孤独不遇的悲哀。

其 二

即事非今亦非古，① 长歌激越捎林莽，②
比屋豪华固难数。③
吾人甘作心似灰， 弟侄何伤泪如雨。④

【注释】

①即事：眼前事物。后因称以当前事物为题材的诗为即事诗。即事吟诗，随物抒怀，体杂古今，其五句成章，有似古体，七言成句，又似今体，所以说“非今亦非古”。 ②长歌：连章叠歌之意。激越：歌声浑厚高亢。捎：摧折。宋玉《风赋》：“蹶石伐木，梢杀林莽。”林莽：丛生的草木。此句意谓长歌当哭，悲愤激烈，声震

草木。 ③比屋豪华：形容富贵豪宅之多。比：相接连。此句谓曲江池畔，豪华宅第鳞次栉比，难以计数。 ④吾人：犹我辈，指杜甫自己。心似灰：语出《庄子·齐物论》："形固可使如槁木，而心固可使如死灰乎？"何伤：为何伤心。二句是说己意本不在富贵，故能甘心灰冷，弟侄辈又何必为我伤心落泪乎？表面旷达，实则悲愤不平，"甘作心似灰"，实则不甘也。

【品评】

第二章长歌当哭，将人之富贵豪华与己之心灰意冷作强烈对比。语似旷达，实则郁愤不平。

其 三

自断此生休问天，[①] 杜曲幸有桑麻田，
故将移住南山边。[②]
短衣匹马随李广， 看射猛虎终残年。[③]

【注释】

①自断：自己判断。休问天：不必问天。《楚辞·天问序》："《天问》者，屈原之所作也。何不言问天？天尊不可问，故曰天问也。"杜甫则一曰"自断"，再曰"休问天"，自是极愤激兀傲之词。 ②杜曲：地名。亦称下杜，在长安城南，是杜甫的祖籍。甫困居长安时，尝家于此。桑麻田：即唐之永业田。《新唐书·食货志一》："授田之制，丁及男年十八以上者，人一顷，其八十亩为口分，二十亩为永业。""永业之田，树以榆、枣、桑及所宜之木，皆有数。"规定

植桑五十株，产麻地另给男夫麻四十亩，故称“桑麻田”。永业田子孙世袭，皆免课役。甫之桑麻田，或即从其祖辈继承而来。南山：指终南诸山。杜曲在终南山麓，所以称“南山边”。 ③“短衣”二句：《史记·李将军列传》载：李广贬为庶人，家居数岁，尝于蓝田南山中射猎，“广出猎，见草中石，以为虎而射之，中石没镞，视之石也”。“广所居郡闻有虎，尝自射之”。甫本善骑射，多年前游齐赵、梁宋时曾“呼鹰”、“逐兽”，所以有此联想。蓝田与杜曲相距不远，因杜曲，故及南山，因南山，故及李广射虎。李广尚能“自射”，而己只能“看射”，一时感慨之情、豪纵之气，跃然纸上。残年：犹余生。

【品评】

第三章表示归老隐居以度余生，亦是忧愤之词。

同诸公登慈恩寺塔

高标跨苍穹，① 烈风无时休。②
自非旷士怀， 登兹翻百忧。③
方知象教力，④ 足可追冥搜。⑤
仰穿龙蛇窟，⑥ 始出枝撑幽。⑦
七星在北户， 河汉声西流。⑧
羲和鞭白日， 少昊行清秋。⑨
秦山忽破碎， 泾渭不可求。⑩
俯视但一气， 焉能辨皇州？⑪

回首叫虞舜，　苍梧云正愁。⑫
惜哉瑶池饮，　日晏昆仑丘。⑬
黄鹄去不息，　哀鸣何所投？⑭
君看随阳雁，　各有稻粱谋。⑮

【注释】

①高标：指塔。跨：凌跨。苍穹：青天。天形穹窿，其色苍苍。“跨”苍穹，极言其高。　②烈风：劲疾之风。　③自非：倘若不是。旷士：旷达绝俗之士。兹：指塔。翻：反而。二句意谓倘若不是旷达绝俗的人，登塔不仅不能消愁解闷，反而会生出许多忧愁。言外之意，自己正是这样的人。　④象教：亦作像教，即佛教。佛家有正、像、末三法之说：佛虽去世，法仪未改，谓正法时；佛去世久，道化讹替，真正之法仪不行，惟行像似之佛法，谓像法时；道化微末，谓末法时。至于三时之年限，各经所说不一。一般多采正法五百年，像法一千年，末法一万年之说。佛教传入中国，为佛灭五百年后之像法时，乃以形象而教人，故称佛教为像教或象教。没有佛教，就不会有此塔，所以说“象教力”。　⑤冥搜：犹言探幽。释作想象亦可。极言其建筑之宏伟高耸、巧夺天工，已极人间想象之能事。　⑥龙蛇窟：谓塔内登道屈曲而升，犹如穿龙蛇之窟。窟：洞穴。　⑦始出：指登临塔上。枝撑：指塔内斜柱。幽：幽暗。　⑧“七星”以下八句写登塔所见。七星：指北斗七星。河汉：银河，亦曰天河。声：将抽象的时间流逝形象化，可谓妙笔。七星、河汉：俱非白天可见，二句言塔之高。　⑨羲和：传说为日神的御者，故可用“鞭”。少昊，司秋之神，亦称白帝。以上四句集

中描绘登塔仰观之壮丽景象。 ⑩秦山:谓终南诸山。破碎:凭高一望,大小错杂,高低不等,有如破碎。泾渭:二水名。渭水清,泾水浊。不可求:谓清浊难辨。 ⑪但:只是。一气:一片迷蒙不清。皇州:天子之都曰“皇州”,此指长安。以上四句写登塔俯视所见。 ⑫“回首”以下八句写登塔所感。以虞舜比喻唐太宗,惋惜唐太宗励精图治的清明政治已难追寻。虞舜:我国传说中远古部落名,即有虞氏,舜为其首领,故称“虞舜”。苍梧:即九嶷山,在今湖南宁远东南。相传舜南巡死于苍梧之野。诗以虞舜苍梧,暗比太宗昭陵。因唐太宗受内禅于唐高祖,高祖谥号神尧皇帝,故以受尧禅位的舜比喻受唐高祖禅位的唐太宗。“回首”云云,有追想国初政治休明的“贞观之治”的意思。云正愁:表示追想而不可及的忧思。 ⑬瑶池:相传为西王母所居之仙境。《列子·周穆王篇》:“升昆仑之丘,以观黄帝之宫,而封之,以诏后世。遂宾于西王母,觞于瑶池之上。”昆仑丘:即昆仑山。唐玄宗和杨贵妃游宴骊山,与周穆王到昆仑山与西王母在瑶池宴饮,事有相类,故以为比。 ⑭黄鹄:大鸟名,一名天鹅。此喻贤才。何所投:意谓无处可投。此含自伤意。 ⑮随阳雁:雁为候鸟,秋由北而南,春由南而北,故曰“随阳雁”。此喻小人,志在随人,但为身谋,不为国计,深可忧也。稻粱谋:为利禄谋算。

【品评】

天宝十一载(752)秋,杜甫与高适、岑参、储光羲、薛据等同登长安慈恩寺塔,各赋诗一首,惟据诗失传。题下原注:“时高适、薛据先有此作。”杜甫奉和在后,故曰“同诸公”。同,即和。慈恩寺,贞观二十二年(648),唐高宗李治为太子时,为其母文德皇后所建,故以"慈恩"为名。塔则为玄奘于高宗永徽三年(652)所建,又名大雁塔,在今陕西省西安市南,共七层,高六十四米。诗以象征手法,通过登塔时所见景物之描写,曲折反映出其时危机四伏之社会现实,抒发了诗人忧国之深沉感慨。吴瞻泰曰:"登高望远,百忧皆集。三、四两句,为一篇扼要。言天下惟放达者无忧,我非其人,翻生百忧,反言见意。'虞舜',忧明皇之游幸;'瑶池',忧贵妃之荒宴;'黄鹤',忧君子之去位;'阳雁',忧小人之贪禄。皆暗以'忧'字串,而妙在不即接,又以'俯'、'仰'二段参错成章,几以为写登塔之景,而实隐其用笔之端。意奇法变,纵横跌宕,非可以寻常规矩求之也。"(《杜诗提要》卷一)

贫交行

翻手作云覆手雨,① 纷纷轻薄何须数?②
君不见管鲍贫时交,③ 此道今人弃如土。④

【注释】

①"翻手"句:喻人反复无常。后成语"翻云覆雨"即出杜诗。苏轼《和三舍人省上》诗:"纷纷荣瘁何能久,云雨从来翻覆手。"亦本杜句。 ②轻薄:轻佻浮薄,不敦厚。数:计数。何须数:意谓数不胜数。 ③管鲍:指管仲和鲍叔。二人皆为春秋时齐国人。据《史记·管晏列传》载,管仲和鲍叔曾一起经商,分红时,管仲常

欺鲍叔，自己多分些，鲍叔知道管仲家贫，不以其为贪。后齐桓公欲任鲍叔为相，鲍叔又推荐管仲。结果管仲相桓公，九合诸侯，成为春秋五霸之首。所以管仲说："生我者父母，知我者鲍子也。"后遂以管鲍之交为交友的典范。　④今人：指轻薄辈。

【品评】

作于天宝十一载（752）困守长安时。诗伤交道浇薄，世态炎凉，人情反覆，所谓"人情不古"。诗作"行"，却只四句，一句一转，转皆不可测。唐元竑评曰："只四句，浓至悲慨已极，诗正不贵多。"（《杜诗捃》卷一）

丽人行

三月三日天气新，　长安水边多丽人。①
态浓意远淑且真，　肌理细腻骨肉匀。②
绣罗衣裳照暮春，　蹙金孔雀银麒麟。③
头上何所有？　　　翠为匐叶垂鬓唇。④
背后何所见？　　　珠压腰衱稳称身。⑤
就中云幕椒房亲，　赐名大国虢与秦。⑥
紫驼之峰出翠釜，　水精之盘行素鳞。⑦
犀箸厌饫久未下，　鸾刀缕切空纷纶。⑧
黄门飞鞚不动尘，　御厨络绎送八珍。⑨
箫鼓哀吟感鬼神，　宾从杂遝实要津。⑩

后来鞍马何逡巡，　当轩下马入锦茵。[11]
杨花雪落覆白蘋，[12]青鸟飞去衔红巾。[13]
炙手可热势绝伦，　慎莫近前丞相嗔。[14]

【注释】

①三月三日：即上巳节。唐人非常重视这个节日，长安士女多于这天游赏曲江。水边：即指曲江。　②“态浓”二句：极写丽人天姿之美。态浓意远：姿态浓艳，神情高远。淑且真：贤淑纯真，毫不做作。肌理细腻：肌肤腠理，细嫩丰润。骨肉匀：体态匀称，胖瘦相宜。　③“绣罗”以下六句，极写丽人服饰之精美。绣罗：刺绣的丝织品。蹙(cù)金：一种刺绣工艺，指用金银丝线刺绣成皱纹状的织物，又名捻金。孔雀、麒麟：为衣裳上所绣物色。二句谓丽人身着绣有孔雀和麒麟图案的华丽衣服，与暮春旖旎的风光交映生辉。　④翠：翡翠。㔩(è)叶：妇女发髻上的花饰。鬓唇：鬓边。　⑤腰衱(jié)：裙带。这句是说裙带上缀以珠饰，压而下垂，十分合体。　⑥“就中”二句：转写杨氏姊妹之得宠。就中：其中。云幕：谓帐幕之多犹如重重云雾。椒房：汉代皇后所居之室，以椒末和泥涂壁，故称“椒房”。后世遂称后妃为椒房，称后妃亲属为椒房亲。此指杨贵妃姊妹。赐名：指玄宗天宝七载(748)封赐杨贵妃三姊为国夫人事。《旧唐书·杨贵妃传》：“有姊三人，皆有才貌，玄宗并封国夫人之号：长曰大姨，封韩国；三姨，封虢国；八姨，封秦国。并承恩泽，出入宫掖，势倾天下。”　⑦紫驼之峰：即驼峰，是骆驼脊背上隆起的肉。唐代贵族名食中有驼峰炙。翠釜：以翠玉为饰的锅。水精：即水晶。行：按次序传送。素鳞：

指鱼。二句极力形容杨氏姊妹饮食之华贵精美。 ⑧犀箸：用犀牛角做的筷子。厌饫(yù)：饱食生腻。久未下：是说因为吃腻了，面对精美的食品，没有胃口，反觉无以下箸。鸾刀：刀环系有小铃的刀。缕切：细切，谓切脍如丝缕之细。潘岳《西征赋》："雍人缕切，鸾刀若飞。"纷纶：犹纷纭，繁乱之意。空纷纶：是说因为贵妇们什么都吃腻了，不动筷子，害得厨师们空忙乱一阵。二句极写杨氏姊妹的骄奢挥霍。 ⑨"黄门"二句：是说皇帝命宦官送来许多珍贵食品。黄门：即宦官。以其服役黄门之内，故名。鞚：马勒。飞鞚：即驰马如飞。不动尘：形容驰马轻快，亦喻骑术高超，虽骑马飞驰而尘土不扬。御厨：专供皇帝用的厨房。亦指为皇帝做膳食的人。络绎：往来不绝。八珍：原指八种烹饪方法，后用以泛指珍贵的食品。据史载，天宝年间，玄宗曾以姚思艺为检校进食使，并经常将水陆珍馐颁赐杨氏兄妹，派宦官分送各家，"五家如一，中使不绝"。可见以上二句写杨氏恩宠，亦是写实。 ⑩箫鼓：两种乐器名。哀吟：指音乐宛转动人，故下云"感鬼神"，极力形容歌舞之盛，演奏之妙。宾从：宾客随从。杂遝(tà)：杂乱众多貌。实要津：语意双关，实写杨氏姊妹游春队伍塞满了道路，暗喻杨氏兄妹占据了各种重要职位。《古诗十九首》："何不策高足，先据要路津。" ⑪后来鞍马：指杨国忠。逡巡：徐行貌。轩：车的通称。锦茵：锦制的地毯。仇兆鳌释此二句云："秦虢前行，国忠殿后，鞍马逡巡，见拥护填街，按辔徐行之象。当轩下马，见意气洋洋，旁若无人之状。"(《杜诗详注》卷二) ⑫"杨花"句：古人认为蘋为萍之大者，又有"杨花入水化为浮萍"之说。苏轼《再和曾仲锡荔支》："柳花著水万浮萍。"自注云："柳至易成，飞絮落水中，经宿即为浮萍。”杨花：即柳花，又谐音杨姓。据此，则杨花、萍、蘋虽为三物，实出一体，故以杨花覆蘋影射杨国忠与虢国夫人的暧昧关系。唐章碣《曲江》诗有“落絮却笼他树白”之句，可见当时曲江杨柳甚盛，故有“杨花雪落”之景。又北魏胡太后尝逼杨白花私通，杨惧祸奔南朝梁，改名杨华，胡太后追思不已，遂作《杨白花》歌词：“阳春二三月，杨柳齐作花。春风一夜入闺闼，杨花飘荡落南家……秋去春还双燕子，愿衔杨花入窠里。”杜诗亦暗用此事。⑬青鸟：传说为西王母使者。隋薛道衡《豫章行》：“愿作王母三青鸟，飞来飞去传消息。”红巾：妇人所用红手帕。比喻男女传情之物。“衔”字用得微妙。二句为隐语，妙在结合眼前景物以刺杨国忠与从妹虢国夫人的淫乱丑行。《新唐书·杨贵妃传》：“虢国素与国忠乱，颇为人知，不耻也。每入谒，并驱道中，从监、侍姆百余骑，炬蜜如昼，靓妆盈里，不施帷障，时人谓为‘雄狐’。”《诗经·齐风·南山》有“雄狐绥绥”之句，乃讽齐襄公兄妹乱伦之诗。可见杜诗亦是实录。　⑭炙手：烫手。炙手可热：形容气焰灼人。势绝伦：权势无人可与伦比。慎莫：千万不要。丞相：指杨国忠。嗔：恼怒。最后二句，讽刺杨氏势倾天下，不知羞耻。

【品评】

此为即事名篇的新题乐府。玄宗天宝十一载(752)十一月，权相李林甫死，杨国忠为右相。诗云“三月三日天气新”，“慎莫近前丞相嗔”，当是天宝十二载春作。杨贵妃为玄宗宠妃，国忠为贵妃从兄，即所谓“国舅”，贵妃三姊皆封国夫人，诸杨得宠，势倾朝野。这帮无耻之徒过着骄奢淫逸的生活，时人为之侧目。杜甫巧借曲江游春这一特定事件，先用铺张扬厉的手法描绘了长安丽人的丰神、体貌、服色之丽，然后“就中云幕椒房亲”笔锋一转，着力描写杨氏姊妹的穷奢极欲和嚣张气焰，与前所写“丽人”相比，她们特有的并不是外表的美丽，而是恃宠骄纵，贪婪地追求口腹之欲和声色之娱，实际上不过是行尸走肉而已。“后来鞍马”之后，又把镜头对准杨国忠一人，用比兴含蓄的手法揭露他的丑行，更是禽兽不如。最后“慎莫近前丞相嗔”一句，直指丞相，“图穷匕首见”，真有画龙点睛之妙。通篇皆似铺张作赞，但却句句是贬，作者的讽刺艺术是很高明的，正如浦起龙所说：“无一刺讥语，描摹处，语语刺讥。无一慨叹声，点逗处，声声慨叹。”（《读杜心解》卷二之一）施补华也说：“《丽人行》前半竭力形容杨氏姊妹之游冶淫佚，后半叙国忠之气焰逼人，绝不作一断语，使人于意外得之，此诗之善讽也。”（《岘佣说诗》）

醉时歌

诸公衮衮登台省，[①] 广文先生官独冷。[②]
甲第纷纷厌粱肉， 广文先生饭不足。[③]
先生有道出羲皇，[④] 先生有才过屈宋。[⑤]
德尊一代常坎轲， 名垂万古知何用？[⑥]
杜陵野客人更嗤，[⑦] 被褐短窄鬓如丝。[⑧]
日籴太仓五升米，[⑨] 时赴郑老同襟期。[⑩]
得钱即相觅， 沽酒不复疑。[⑪]

忘形到尔汝，　　痛饮真吾师。⑫
清夜沉沉动春酌，　灯前细雨檐花落。⑬
但觉高歌有鬼神，　焉知饿死填沟壑。⑭
相如逸才亲涤器，　子云识字终投阁。⑮
先生早赋归去来，　石田茅屋荒苍苔。⑯
儒术于我何有哉？　孔丘盗跖俱尘埃！⑰
不须闻此意惨怆，　生前相遇且衔杯。⑱

【注释】

①诸公：谓当时幸进者。衮衮（gǔn）：相继不绝貌。台省：朝廷显要之职。台是御史台。省指中书、尚书和门下三省。　②广文先生：指郑虔。冷：清冷，指职微禄薄。“独”字意味深长。③甲第：指豪门权贵之宅第。厌：饱。粱肉：泛指美食。开头四句用对比手法，极写郑虔之潦倒。　④出：超出。羲皇：指伏羲氏。古以燧人、伏羲、神农为三皇。　⑤过：超过。屈宋：指屈原和宋玉，为楚辞代表作家。　⑥德尊一代：品德高尚，为世所尊。坎轲：同坎坷。车行失利貌，喻人失意，不得志。二句谓郑虔虽品德高尚，但生不逢时，死留虚名，又有什么用呢？亦是愤激之词。⑦杜陵野客：杜甫自称。嗤：讥笑。　⑧褐（hè）：粗布衣，贫者所服，入仕称“解褐”，时杜甫尚为布衣，故曰“被褐”。被褐短窄：极言贫贱寒苦。　⑨籴（dí）：买入米谷。日籴：即天天籴，言无隔夜粮。太仓：京师所设御仓。因去秋淫雨伤稼，故朝廷出太仓米以救济穷人。　⑩时赴：不时赴，时时赴。襟期：犹怀抱、抱负。同襟期：不独为饮酒，亦道同、才同、德同、名同也。李白《秋夜于安

府送孟赞府兄还都序》:“道合而襟期暗亲,志乖而肝胆楚越。”可为注脚。　⑪不复疑:不再迟疑。谓得钱即买酒,不考虑别的。上“时赴”,谓甫过郑;此“相觅”,是甫邀郑,正见其“沽酒不复疑”。⑫“忘形”二句:上句是说彼此亲昵,不拘行迹,不分你我。郑虔大杜甫二十多岁,故曰“忘形尔汝”。下句是说只要能痛饮酒,我就拜你为师,不必定指郑虔。　⑬沉沉:夜深貌。春酌:指酒。檐花有三解:一云檐前之花,一云檐前夜雨细如花,一云为檐雨之名。似以前解为长。方东树曰:“‘清夜’四句,惊天动地,此老胸襟笔性惯如此,他人不敢望也。”(《昭昧詹言》卷一二)　⑭高歌:犹放歌。有鬼神:似有鬼神相助,指文思喷涌。焉知:哪知。填沟壑:死于贫困。左思《咏史诗》:“当其未遇时,忧在填沟壑。”　⑮相如:指西汉司马相如,著名辞赋家。亲涤器:《史记·司马相如传》载:相如落拓时,曾和妻子卓文君在临邛开酒店,文君当垆,相如身著犊鼻裈,亲自洗涤酒器。“子云”句:《汉书·扬雄传》载:扬雄,字子云,博学多才,曾教弟子刘棻作奇字。王莽时,刘棻因献符命获罪,雄受牵连。当使者来收捕时,扬雄从天禄阁上“自投下,几死”,“京师为之语曰:‘惟寂寞,自投阁。’”二句谓自古文人不遇者多,非独你我二人也。　⑯归去来:指陶渊明辞彭泽令归田园隐居作《归去来兮辞》。石田:沙石薄瘠之田。二句劝虔弃官归隐。　⑰儒术:此不专指儒家学说,而泛指匡君济世之才学。何有:犹何用。孔丘:即孔子,儒家学说的创始人,封建时代奉为至圣先师。盗跖:相传为春秋时之大盗,姓柳下,名跖。俱尘埃:孔、跖并举,谓至圣大恶,同归于尽而已。《列子·杨朱》:“生则尧舜,死则腐骨;生则桀纣,死则腐骨。腐骨一矣,孰知其异?”意与此同。 ⑱闻此：指上“俱尘埃”句。惨怆：极悲伤意。衔杯：即饮酒。二句即“莫忧身外无穷事，且尽生前酒一杯”意也。亦愤懑无聊之词。

【品评】

天宝十三载(754)春作。题下原注：“赠广文馆博士郑虔。”郑虔为杜甫好友，诗、书、画兼擅，玄宗誉为“郑虔三绝”。虔虽德才学识过人，但遭遇坎坷，广文馆博士实属清冷之闲官。时杜甫困居长安已达九年，穷愁潦倒，比之郑虔遭遇更恶。二人同病相怜，过从甚密，痛饮狂歌，将一腔牢落不平之气，聊寄于曲蘖，以求自遣，故名之曰《醉时歌》。悲慨豪宕，兼而有之。王嗣奭评曰：“此篇总是不平之鸣，无可奈何之词，非真谓垂名无用，非真薄儒术，非真齐孔、跖，亦非真以酒为乐也。杜诗‘沉醉聊自遣，放歌破愁绝’即此诗之解。”(《杜臆》卷一)

渼陂行

岑参兄弟皆好奇，① 携我远来游渼陂。②
天地黤惨忽异色， 波涛万顷堆琉璃。③
琉璃漫汗泛舟入， 事殊兴极忧思集。④
鼍作鲸吞不复知， 恶风白浪何嗟及。⑤
主人锦帆相为开， 舟子喜甚无氛埃。⑥
凫鹥散乱棹讴发， 丝管啁啾空翠来。⑦

沉竿续蔓深莫测，　菱叶荷花静如拭。⑧
宛在中流渤澥清，　下归无极终南黑。⑨
半陂已南纯浸山，　动影袅窕冲融间。⑩
船舷暝戛云际寺，　水面月出蓝田关。⑪
此时骊龙亦吐珠，　冯夷击鼓群龙趋。⑫
湘妃汉女出歌舞，　金支翠旗光有无。⑬
咫尺但愁雷雨至，　苍茫不晓神灵意。⑭
少壮几时奈老何，　向来哀乐何其多。⑮

【注释】

①岑参：南阳（今属河南）人，当时著名诗人，与杜甫交好，时在长安，往来颇密。官终嘉州刺史，世称“岑嘉州”。参排行二十七，有亲兄弟五人，即谓、况、参、乘、垂。此处不能确指。好奇：好寻奇探胜。《唐才子传》卷三：“（参）放情山水，故常怀逸念，奇造幽致。” ②渼陂（měi bēi）：在今陕西户县。程大昌《雍录》卷六：“渼陂，在鄠县西五里，源出终南山，有五味陂，陂鱼甚美，因加水而以为名，其周一十四里，北流入涝水。” ③黤惨：天色昏暗貌。黤（yǎn）：青黑色。忽异色：天色骤变。堆琉璃：谓波涛涌起。琉璃：喻水之清澈。 ④漫汗：犹汗漫，水势浩瀚貌。事殊兴极：天已异色而犹泛舟，所历奇险，而兴致极高，正见“好奇”处。忧思集：即下“鼍作”二句所云。 ⑤鼍作鲸吞：极言风涛惊险。鼍（tuó）：一名鼍龙，又名猪婆龙，今称扬子鳄。作：起。不复知：不可知。何嗟及：犹嗟何及。《诗经·王风·中谷有蓷》：“啜其泣矣，何嗟及矣。”朱熹《诗集传》卷四：“何嗟及矣，言事已至此，末如

之何，穷之甚也。” ⑥主人：指岑参兄弟。舟子：船夫。氛埃：尘雾。 ⑦凫：野鸭。鹥（yī）：即鸥，一名水鸮。皆为水鸟。棹讴：即棹歌，为船工行船时所唱之歌。丝：指弦乐器，如琴、瑟、琵琶之类。管：指管乐器，如箫、笛、笙之类。啁啾（zhōu jiū）：细碎的声音，此指各种乐器合奏声。空翠来：谓云开而青天出。 ⑧沉竿续蔓：既有菱叶荷花，则陂水深不可知。而谓“沉竿续蔓深莫测”，乃极言之，故有人解作“言戏测其深也”。或解作沉竿与水中之蔓相续，则太泥。静：洁。拭：净。静如拭：极写菱荷之洁净鲜艳。⑨宛在中流：《诗经·秦风·蒹葭》：“宛在水中央。”渤澥清：极言陂水之空旷澄澈。渤澥（xiè）：即渤海。又通之沧海。终南：即终南山，在长安南，渼陂源于此。无极：无尽，无底。下归无极：承上“深莫测”来，言水底但见终南山影之黑而已，故下句即接“纯浸山”。 ⑩袅窕：动摇不定貌。冲融：陂水深广貌。 ⑪舷：船边。暝：日晚。戛（jiá）：摩擦之声。云际寺：指云际山大定寺，在鄠县东南六十里。蓝田关：即秦峣关，在渼陂东南，蓝田县东南九十八里。二句皆指水中倒影而言，云际之寺，远影落波，船舷经过，如与相戛，月映水中，如出蓝田关上。 ⑫骊龙：古谓黑色之龙。《庄子·列御寇》：“夫千金之珠，必在九重之渊，而骊龙颔下。”冯夷：水神名，又名冰夷、无夷、冯迟。曹植《洛神赋》：“冯夷鸣鼓。”⑬湘妃：传说中舜之二妃娥皇、女英。以舜南巡不返，死于苍梧之野，遂沉湘水而死，故曰“湘妃”。汉女：传说中汉水之神女。《诗经·周南·汉广》：“汉有游女，不可求思。”曹植《洛神赋》：“从南湘之二妃，携汉滨之游女。”金支：犹金枝。《汉书·礼乐志》载《安世房中歌》：“金支秀华，庶旄翠旌。”注引臣瓒曰：“乐上众饰，有流溯羽葆，以黄金为支，其首敷散，若草木之秀华也。”翠旗：以翠羽所饰之旌旗。光有无：言光或隐或现。以上四句极力描摹月出而乐作的奇丽景象，灯火遥映闪烁，犹如骊龙吐珠，远闻音乐间作，恰似冯夷击鼓，晚舟纷渡，宛若群龙争趋，美人歌舞，依稀湘妃汉女，服饰鲜丽，仿佛金支翠旗，置身其间，恍若神游异境。 ⑭咫尺：周尺八寸曰咫。此喻距离之近，亦喻时间短暂。苍茫：旷远迷茫貌。神灵：谓司雷雨之神。 ⑮“少壮”二句：用汉武帝《秋风辞》：“欢乐极兮哀情多，少壮几时兮奈老何。”此诗首叙“鼍作鲸吞”之可忧，中叙凫鹥菱荷与湘妃汉女之乐，末忧雷雨忽至，则又为之而愁。遂由自然的变化莫测而联想到人生之哀乐无常，感慨无限。

【品评】

天宝十三载(754)未授官时作。诗写与岑参兄弟同游渼陂所见所感，景色瑰丽，光怪陆离，奇诡变化，恍惚万状，词采精拔，极力突出一个“奇”字，而人生哀乐寓其间。夏力恕评曰：“奇字是此诗筋脉，而哀乐两字却是中间眼目。”(《杜诗增注》卷二)

奉先刘少府新画山水障歌[①]

堂上不合生枫树，　怪底江山起烟雾。[②]
闻君扫却赤县图，　乘兴遣画沧洲趣。[③]
画师亦无数，　好手不可遇。

对此融心神，　知君重毫素。[4]
岂但祁岳与郑虔，　笔迹远过杨契丹。[5]
得非玄圃裂，　无乃潇湘翻。[6]
悄然坐我天姥下，　耳边已似闻清猿。[7]
反思前夜风雨急，　乃是蒲城鬼神入。[8]
元气淋漓障犹湿，　真宰上诉天应泣。[9]
野亭春还杂花远，　渔翁暝踏孤舟立。[10]
沧浪水深青溟阔，　欹岸侧岛秋毫末。[11]
不见湘妃鼓瑟时，　至今斑竹临江活。[12]
刘侯天机精，　爱画入骨髓。[13]
自有两儿郎，　挥洒亦莫比。[14]
大儿聪明到，[15]　能添老树巅崖里。
小儿心孔开，　貌得山僧及童子。[16]
若耶溪，　云门寺。[17]
吾独胡为在泥滓？　青鞋布袜从此始。[18]

【注释】

①《文苑英华》卷二二九载此诗，题作《新画山水障歌》，题下注云："奉先尉刘单宅作。"刘少府即刘单。少府是唐人对县尉的尊称。刘单为天宝二年(743)状元，天宝六载任高仙芝安西幕判官。岑参有《武威送刘单判官赴安西行营便呈高开府》诗。其后代宗朝官至礼部侍郎。山水障：即画有山水的屏障。　②"堂上"二句：以惊讶之语赞扬画中景物的逼真，将画作真，奇语惊人。不

合：不该。底：什么，为什么。 ③君：指刘单。扫却：画成。扫：有一挥而就的意思。赤县：唐时京都所辖的县称赤县，此指奉先县。沧洲：滨水之地，古时常用以称隐士居住的地方。沧洲趣：隐逸的情趣。二句谓刘单刚画完了描绘奉先县的《赤县图》，又乘兴画出了这幅充满隐逸情趣的山水障子。 ④此：指山水障。融心神：全副身心都用进画里，即呕心沥血作画。君：指刘单。重毫素：重视绘画，酷爱绘画。毫素：毛笔和素绢，都是用来绘画的。二句意谓，从刘单呕心沥血画山水障子来看，可知他是酷爱绘画艺术的。 ⑤郑虔：杜甫好友，见前《醉时歌》。夏文彦《图绘宝鉴》卷二说他“善画山水，山饶墨，树枝老硬”。祁岳：与杜甫同时的著名画家。《图绘宝鉴·补遗》说他“工山水”。杨契丹，隋朝名画家，张彦远《历代名画记》卷八说他官至上仪同，列为“上品中”。笔迹：指绘画技法。二句谓刘画水平超过了杨契丹、祁岳和郑虔等著名画家。 ⑥“得非”二句：“得非”与“无乃”互文，都有莫不是意。玄圃：一作“县圃”。传说为昆仑山巅名，乃仙人所居之处。潇湘：指湖南的潇水、湘江，潇水在零陵县入湘江，合称“潇湘”。⑦悄然：不知不觉貌。天姥：山名，在今浙江嵊州东、天台西北。杜甫早年游吴越时曾到此，《壮游》诗有“归帆拂天姥”之句，可证。清猿：猿的叫声凄清。李白《梦游天姥吟留别》：“渌水荡漾清猿啼。”二句是说看了画中境界，不禁使自己仿佛回到早年游过的天姥山，又听到了猿猴凄清的叫声。 ⑧反思：回想。蒲城：即奉先县旧名。开元四年，以奉祀睿宗桥陵，改名奉先。 ⑨元气：生成天地万物的原始之气。淋漓：沾湿貌，酣畅貌。真宰：造物主，古时假想的宇宙主宰者。因画新成：墨迹未干，故曰“湿”；因湿联想到“元气淋漓”；又联想到女娲补天的神话传说，故有“天应泣”之语。想象奇瑰，运笔之妙全在一个“新”字。王嗣奭评曰：“最得画家三昧。”(《杜臆》卷一）以上八句，皆从虚处传神，极赞画之巧夺天工，真可谓惊天地，泣鬼神。 ⑩“野亭”以下六句：乃写画中实景。春还：春气回还。暝：暮色苍茫。 ⑪沧浪：水青苍色。青溟：大海。攲(qī)、侧：都有倾斜意。秋毫末：指所画景物细微逼真。秋毫：鸟兽在秋天新生的细毛。《孟子·梁惠王上》：“明足以察秋毫之末。”比喻极细微之物。 ⑫不见：犹云岂不见。湘妃：传说中舜的两个妃子娥皇、女英。舜南巡死于苍梧之野，二妃思念他，投湘水而死，成为湘水女神，亦称湘灵。《楚辞·远游》：“使湘灵鼓瑟兮。”斑竹：一种有斑纹的竹子，又叫“湘妃竹”。传说舜死，二妃痛哭，泪洒竹上而成斑，故名“斑竹”。二句谓湘妃已死，而江边斑竹犹活。 ⑬“刘侯”以下八句：赞刘单及其二子。刘侯：指刘单。天机精：天才绝顶。入骨髓：是说酷爱作画。 ⑭挥洒：指挥洒笔墨作画。亦莫比：也无人可比。 ⑮聪明到：犹言绝顶聪明。 ⑯心孔开：心窍机灵。貌：描画，描摹。以上四句典出《后汉书·祢衡传》：“少有才辩，而尚气刚傲，好矫时慢物……惟善鲁国孔融及弘农杨修，常称曰：‘大儿孔文举，小儿杨德祖，余子碌碌，莫足数也。’融亦深爱其才。” ⑰若耶溪：在今浙江绍兴东南，发源若耶山，今名平水江。云门寺：在今绍兴南云门山上。杜甫年轻时游吴越曾到此。 ⑱胡为：为什么。泥滓：泥垢，比喻俗世。青鞋布袜：隐者所服。二句言自己为刘单所画胜景吸引，不禁心驰神往，忽动出世之想。

【品评】

天宝十三载(754),秋雨成灾,长安米贵,杜甫携家往奉先(今陕西蒲城)安置,诗即在奉先所作。这是一首题画诗,先以惊人的起句叙起屏障山水,即所谓"沧洲趣"也。次赞其笔意超绝,并以"悬圃裂"、"潇湘翻",形容其迹侔仙界,以"风雨急"、"鬼神入",形容其巧夺天工。接着摹写山水中景物,亭花、岸岛属山,渔舟、沧溟属水,斑竹临江兼映山水。最后见画而思托身世外。可谓层层紧扣诗题"山水",笔笔绾合诗意"沧洲趣",以画法为诗法,以诗境写画境,刻画入微,逼真传神,天机盎然,生动有趣,富有生活气息,使人读来如身临其境。黄生评曰:"赞画似真,人皆知之,至其灵变超忽,则非馀人思路所及。描写与赞赏,分作数层,反复浓至。"(《杜诗说》卷三)而且"字字飞腾跳跃,篇中无数山水境地人物,纵横出没,几莫测其端倪"(杨伦《杜诗镜铨》卷三)。

戏简郑广文虔兼呈苏司业源明

广文到官舍,① 系马堂阶下。
醉则骑马归, 颇遭官长骂。②
才名三十年, 坐客寒无毡。③
赖有苏司业, 时时乞酒钱。④

【注释】

①广文:郑虔时任广文馆博士,故称。官舍:官署。 ②官

长：指郑虔的上司。以上四句描述广文馆博士郑虔放荡不羁、桀骜不驯的性格。 ③毡：指坐毡。此二句言郑虔虽有高才，但家境清贫窘迫。 ④苏司业：指杜甫的好友苏源明，时任国子司业。乞：给与。末二句言幸有好友苏源明时时周济酒钱。

【品评】

天宝十三载(754)冬，作于长安。广文馆博士郑虔，诗、书、画兼擅，玄宗誉之为“郑虔三绝”，杜甫曾在《醉时歌》中称其“先生有道出羲皇，先生有才过屈宋”。然其怀才不遇，仅位居广文馆博士这一清冷之闲职，以至家境窘迫不堪。诗前四句通过对郑虔上任随手系马于堂阶之下和酒醉而归的细节描述，刻画出其桀骜不驯的性格。继而述说其贫困潦倒的窘迫之态。杜甫此时困居长安已有九年，与郑虔同样穷困潦倒，不免有惺惺相惜之叹。末二句为兼呈苏司业，言郑虔虽怀才不遇，但幸有苏源明仍以挚友待之，表现出他们之间的深厚情谊。全诗用语生动，人物形象鲜活，浦起龙评道：“两人狂态侠态如生。”(《读杜心解》卷一之一)

天育骠图歌[①]

吾闻天子之马走千里，今之画图无乃是？[②]
是何意态雄且杰，　骏尾萧梢朔风起。[③]
毛为绿缥两耳黄，　眼有紫焰双瞳方。[④]
矫矫龙性含变化，　卓立天骨森开张。[⑤]

伊昔太仆张景顺，　　监牧攻驹阅清峻。⑥
遂令大奴字天育，　　别养骥子怜神骏。⑦
当时四十万匹马，　　张公叹其材尽下。⑧
故独写真传世人，　　见之座右久更新。⑨
年多物化空行影，　　呜呼健步无由骋！⑩
如今岂无騕褭与骅骝，时无王良伯乐死即休！⑪

【注释】

①诗题一作“天育骠骑歌”。天育：马厩名，养天子之马。骠(piào，今读 biāo)：黄色有白斑的骏马。骠骑：犹飞骑。　②天子之马：《穆天子传》卷一：“天子之马走千里。”指穆王八骏。无乃：岂非，莫非。系揣测之词。此亦表惊异。　③是何：与“无乃”相呼应，意在证明自己的推测。是：指画马。意态：犹神态。雄则气盛，杰则超群。骏尾：马尾。骏：一作“骔”(zōng)，马鬃。萧梢：摇尾貌。朔风：寒风。朔风起：谓马尾摇动可引起朔风。　④缥：淡青色。两耳黄：《穆天子传》卷一“绿耳”郭璞注：“魏时鲜卑献千里马，白色而两耳黄，名曰黄耳。”紫焰：紫光。《太平御览·兽部八》引《相马经》云：“眼欲得高巨，眼睛欲如悬铃紫艳光明。”双瞳方：双瞳呈方形。　⑤矫矫：桀骜超群貌。龙性：古人认为天马乃神龙之类，故多以龙拟良马。变化：指多姿多态。天骨：天生就雄伟骨干。森开张：耸立开展貌。　⑥伊昔：从前。伊：语助词。太仆：官名，掌舆马及牧畜之事。《新唐书·兵志》：“马者，兵之用也。监牧，所以蕃马也，其制起于近世……其官领以太仆。”张景顺：开元年间任太仆少卿兼秦州都督监牧都副使，善养马，元年牧

马二十四万匹,至十三年增至四十三万匹。开元十三年,玄宗曾予以嘉奖。攻驹:驯养马驹。阅:检阅。清峻:指马之骨相清瘦峭峻。 ⑦大奴:奴之长大者。此指张景顺的牧马奴。字:养育。别养:单独驯养。骥子:良马。此指骠骑。怜神骏:爱其神骏。神骏:指马神态骏逸。 ⑧"当时"二句:用对比手法极言骠骑之神骏出众。张公:即张景顺。材尽下:都是材质平庸的驽马,以反衬骠骑之神骏。 ⑨写真:画像,即前言"画图"。二句点明独画骠骑,因为爱赏,故挂之座右,百看不厌,历久弥新。 ⑩物化:化为异物,谓真马已死。骠骑已死,只画图空存,故曰"空行影"。马画得再好,也不能健步驰骋,故慨叹"无由骋"。 ⑪騕褭(yǎo niǎo):传说中神马,日行万里,明君有德则现。骅骝:赤色骏马,亦名枣骝,为周穆王八骏之一。王良、伯乐:皆春秋时人。王良善御马,伯乐善相马。结二句是抚天育骠图而兴叹,伤良马难逢王良、伯乐,而自慨不遇。浦起龙云:"结更从画马空存,翻出异材常有来。既为画马转一语,亦为奇士叫一屈,又恰与篇首呼应。其寓意也悲矣,其运法也化矣!"(《读杜心解》卷二之一)

【品评】

天宝十三载(754)冬作。诗由真马说到画马,又从画马说到真马,最后从画马空存,翻出异材常有,惜无识材之人。实以马自喻,抒发抱负不得施展的愤懑。吴瞻泰曰:"以真马起,以真马结,中间真马、画马错序,盖以画马虽得其形影,而不如真马之健步足骋千里为有用。'年多物化'二句,一篇关键。末更为真马惜无知己,则画马虽工何益哉?其言外之寄慨者深矣。"(《杜诗提要》卷五)

官定后戏赠①

不作河西尉，凄凉为折腰。②
老夫怕趋走，率府且逍遥。③
耽酒须微禄，④狂歌托圣朝。
故山归兴尽，回首向风飙。⑤

【注释】

①题下原注："时免河西尉，为右卫率府兵曹。"作于天宝十四载(755)十月，时困居长安多年的杜甫得到河西县尉的任命，但他未接受，改任右卫率府兵曹参军，掌管东宫武官考课、簿籍及仪卫之事。戏赠：以戏语自赠。 ②河西：县名，即今陕西韩城市，因在黄河之西，故称。折腰：指向长官行礼。县尉品秩低微，常要揖拜上官，故云"折腰"。 ③趋走：逢迎上官，奔走吏役。率府：指任右卫率府兵曹参军。逍遥：形容任职之清闲。 ④耽酒：喜好喝酒。微禄：微薄的俸禄。 ⑤故山：故乡。归兴尽：因耽于一官，不得归乡，故云。又因无可奈何，故对风飙而频频回首。

【品评】

素怀"致君尧舜上"宏志的杜甫，于天宝十四载十月，得到"右卫率府兵曹参军"这样一个小官，品秩是从八品下，长安困守十年，却换来如此令人啼笑皆非的结果，未免使得诗人心寒，然而迫于生计，却只好屈就，本诗中即流露出其受官后这种既不情愿又感无奈的复杂心情。

自京赴奉先县咏怀五百字

杜陵有布衣，[①] 老大意转拙。[②]
许身一何愚，[③] 窃比稷与契。[④]
居然成濩落，[⑤] 白首甘契阔。[⑥]
盖棺事则已， 此志常觊豁。[⑦]
穷年忧黎元，[⑧] 叹息肠内热。
取笑同学翁， 浩歌弥激烈。[⑨]
非无江海志，[⑩] 萧洒送日月。[⑪]
生逢尧舜君，[⑫] 不忍便永诀。
当今廊庙具，[⑬] 构厦岂云缺？[⑭]
葵藿倾太阳， 物性固难夺。[⑮]
顾惟蝼蚁辈，[⑯] 但自求其穴。
胡为慕大鲸， 辄拟偃溟渤？[⑰]
以兹误生理， 独耻事干谒。[⑱]
兀兀遂至今，[⑲] 忍为尘埃没？[⑳]
终愧巢与由， 未能易其节。[㉑]
沈饮聊自遣， 放歌破愁绝。[㉒]
岁暮百草零，[㉓] 疾风高冈裂。

天衢阴峥嵘，[24] 客子中夜发。[25]
霜严衣带断， 指直不能结。[26]
凌晨过骊山，[27] 御榻在嵽嵲。[28]
蚩尤塞寒空，[29] 蹴蹋崖谷滑。[30]
瑶池气郁律，[31] 羽林相摩戛。[32]
君臣留欢娱， 乐动殷胶葛。[33]
赐浴皆长缨，[34] 与宴非短褐。[35]
彤庭所分帛，[36] 本自寒女出。
鞭挞其夫家， 聚敛贡城阙。[37]
圣人筐篚恩，[38] 实愿邦国活。[39]
臣如忽至理，[40] 君岂弃此物？
多士盈朝廷，[41] 仁者宜战栗。[42]
况闻内金盘，[43] 尽在卫霍室。[44]
中堂舞神仙， 烟雾蒙玉质。[45]
暖客貂鼠裘， 悲管逐清瑟。[46]
劝客驼蹄羹，[47] 霜橙压香橘。[48]
朱门酒肉臭，[49] 路有冻死骨。
荣枯咫尺异，[50] 惆怅难再述。[51]
北辕就泾渭，[52] 官渡又改辙。[53]
群水从西下，[54] 极目高崒兀。[55]
疑是崆峒来，[56] 恐触天柱折。[57]
河梁幸未拆，[58] 枝撑声窸窣。[59]
行李相攀援，[60] 川广不可越。

老妻寄异县,[61] 十口隔风雪。
谁能久不顾? 庶往共饥渴。[62]
入门闻号咷,[63] 幼子饿已卒。[64]
吾宁舍一哀, 里巷亦呜咽。[65]
所愧为人父, 无食致夭折。[66]
岂知秋禾登,[67] 贫窭有仓卒?[68]
生常免租税, 名不隶征伐。[69]
抚迹犹酸辛,[70] 平人固骚屑。[71]
默思失业徒,[72] 因念远戍卒。
忧端齐终南,[73] 澒洞不可掇![74]

【注释】

①杜陵布衣:作者自称。杜陵:地名,在长安南。杜甫祖籍杜陵,困守长安时,亦曾居此。 ②老大:这年杜甫四十四岁。拙:笨拙,此指不通世故。实际上是反话,意思是不同流俗。 ③许身:期望自己。 ④稷、契(xiè):都是传说中尧舜时代的贤臣。稷:即后稷,曾教民稼穑。契:曾佐禹治水。 ⑤居然:竟然。濩(huò)落:为叠韵连绵字,犹言落拓。 ⑥契阔:勤苦,劳苦。《诗经·邶风·击鼓》:"死生契阔,与子成说。"毛传:"契阔,勤苦也。" ⑦"盖棺"二句:言死而则已,只要活着就总是希望实现自己的抱负。盖棺:指死亡。觊豁(jì huò):希望达到目的。 ⑧穷年:一年到头。黎元:老百姓。 ⑨"取笑"二句:意思是别人越讥笑,自己意志越坚决。"翁"字在这里有嘲讽意味。浩歌:高歌。 ⑩江海志:隐遁江海的愿望。 ⑪萧洒:同"潇洒",无拘无束,自由自

在的样子。送日月：犹度日月。⑫尧舜君：尧舜似的皇帝。此代指唐玄宗。⑬廊庙具：朝廷中栋梁之臣。廊庙：朝廷。⑭构厦：比喻成就稷、契的事业。⑮“葵藿”二句：语本曹植《求通亲亲表》：“若葵藿之倾叶，太阳虽不为之回光，然终向之者，诚也。”葵：葵菜。藿：豆叶。难：一作“莫”。⑯顾惟：自念。如杜甫《寄题江外草堂》：“顾惟鲁钝姿，岂识悔吝先。”蝼蚁辈：喻地位低下的小人物。此为愤慨性的自喻。⑰辄拟：总打算。偃：伏卧，休息。溟渤：指大海。⑱“以兹”二句：以此耽误了自己的生计，却仍不肯去奔走权门，营求富贵。干谒：钻营请托。⑲兀兀(wù)：劳苦貌；又为穷困貌。⑳忍：岂忍。尘埃没：没于尘埃，被埋没。㉑“终愧”二句：是说自己终于无法改变自己的初衷而效法巢、由的避世。巢：巢父。由：许由。传说中尧时的两个隐士。作者这里是婉转地说反话。㉒愁绝：愁极。㉓零：凋谢。㉔天衢(qú)：天空。天空广阔，任意通行，如世之广衢，故称。阴峥嵘：阴云重叠如山。峥嵘：本山高貌，这里形容云盛貌。杜甫《羌村》：“峥嵘赤云西，日脚下平地。”用法与此同。㉕客子：旅居在外的人。这里是作者自指。中夜：半夜。发：出发。㉖指直：手指冻得僵直。能：一作“得”。㉗骊山：在今陕西省临潼东南，离长安六十里。骊山有温泉，唐玄宗置温泉宫，天宝六载(747)改名华清宫，每年十月带着杨贵妃及其姊妹到此避寒。㉘“御榻”句：指皇帝住在骊山。嵽嵲(dié niè)：本山高貌，此处指代骊山。㉙蚩(chī)尤：上古神话中人物，相传蚩尤与黄帝作战时，曾作大雾以迷惑对方。此借指雾。㉚蹴(cù)：踩，踏。㉛瑶池：古代传说中昆仑山上的池名，西王母所居。此指骊山温泉。郁律:烟雾蒸腾貌。 ㉜羽林:羽林军,皇帝的禁卫军。摩戛(jiá):犹摩擦。 ㉝殷:盛,引申为充塞。胶葛:深远广大貌,此指天空。 ㉞长缨:长帽带,指权贵。 ㉟短褐:粗布短衣,指平民。㊱彤庭:朝廷。汉代宫殿以朱漆涂饰,故称。后亦泛指皇宫。㊲聚敛:横征暴敛。城阙:本为城门上的建筑物,此指京城、朝廷。㊳圣人:君主时代对帝王的尊称。《礼记·大传》:"圣人南面而治天下,必自人道始矣。"仇兆鳌注曰:"《通鉴》注:唐人称天子皆曰圣人。"筐、篚:都是盛东西的竹器。古礼,皇帝宴会,以筐篚盛币帛赏赐大臣。 ㊴愿:一作"欲"。邦国:国家。 ㊵忽:忽视,轻视。至理:最正确的道理。 ㊶多士:群臣。 ㊷仁者:此指体恤民劳的官员。战栗:战抖,引申有警惕的意思。 ㊸内金盘:内廷的金盘。内:大内,皇帝的宫禁。 ㊹卫霍:卫青、霍去病,都是汉武帝的外戚,这里借指杨氏家族。 ㊺"中堂"二句:形容杨国忠兄妹之家,姬侍众多,室中香烟缭绕,望之若神仙。神仙:唐代人常用以比喻美女、歌妓。烟雾:云烟、雾气。此指富贵人家室中熏香所生的烟。玉质:指肌肤洁腻的美女。 ㊻"悲管"句:指管瑟合奏。悲、清:都是形容乐器的音色。逐:伴随。 ㊼劝客:敬客。驼蹄羹:用骆驼蹄做成的肉汤,即八珍之一。 ㊽霜橙:极言果品之新鲜。 ㊾朱门:指贵族官僚之家。 ㊿荣:指朱门的荣华。枯:指冻死骨。咫尺:形容距离近。八寸为咫。 51惆怅:伤感。52北辕:车辕向北,即车向北行。北:使动用法。就:靠近。泾渭:二河名,这里指昭应县(今陕西临潼)泾渭合流的地方。 53官渡:官家设的渡口。此指官府在昭应县泾渭合流处设的渡口。改辙:改道,指渡口又换了地方。 54群水:指泾渭诸水。 55崒

(zú)兀：高而险貌。　㊻崆峒(kōng tóng)：山名，在甘肃平凉西，泾河发源地。　㊼“恐触”句：形容水势凶猛。天柱：神话传说中支撑天的支柱。　㊽河梁：桥。拆：一作“坼(chè)”，裂开。㊾枝撑：指桥的支柱。窸窣(xī sū)：象声词，形容轻微细碎之声。㊿行李：行人。《左传·僖公三十年》：“行李之往来，共其乏困。”杜预注：“行李，使人。”又《左传·襄公八年》：“亦不使一介行李，告于寡君。”杜预注：“行李，行人也。”相攀援：相互牵拉。　61寄：寄居。异县：他县，此指奉先县。　62庶：庶几，表示希望和意愿的副词。　63号咷(táo)：放声大哭。　64卒：死。　65“吾宁”二句：谓我哪能忍住悲痛呢，连邻居都呜咽流泪。宁：岂能。舍：割舍。里巷：指里巷邻人。　66夭折：人幼年死亡。　67登：庄稼成熟。　68贫窭(jù)：贫穷，指贫苦人家。窭：贫。仓卒(cù)：突然，此指发生突然事故，即幼子夭折。　69隶：属。征伐：征讨，此指被征从军。　70抚迹：犹抚事，回忆发生的事。　71平人：平民，一般老百姓。固：本应。骚屑：本是形容风吹的声音，这里形容人心惊慌不安。　72失业徒：失去产业(土地)的人。　73忧端：忧思的端绪。齐终南：和终南山一样高。终南：山名，在西安南，为秦岭山脉的主峰。　74澒洞(hòng dòng)：绵延，弥漫。掇(duō)：收拾。

【品评】

天宝十四载(755)十一月间，安禄山已反，但消息尚未传至长安。杜甫就任右卫率府兵曹参军后，由长安赴奉先县(今陕西蒲城)探望家属，沿途所见所闻所感，已预感到大乱将至，忧心忡忡，遂作此诗。这一千古名篇，既反映出“山雨欲来风满楼”的社会实况，也表现出杜甫的内心矛盾和伟大人格，也是杜甫长安十年生活的总结。全诗分三大段：第一段从开头到“放歌破愁绝”，写自己拯世济民的抱负；第二段从“岁暮百草零”到“惆怅难再述”，写途经骊山的所见所闻所感；第三段从“北辕就泾渭”到结尾，主要写到家后之景况和感慨。“穷年忧黎元”为全诗主脑。正因“穷年忧黎元”，才能从“朱门酒肉臭”想到“路有冻死骨”，才能在“幼子饿已卒”的悲惨情景中而“默思失业徒，因念远戍卒”，忧国忧民无已时，故而“忧端齐终南，澒洞不可掇”，这正是“人饥己饥”、“人溺己溺”之仁者心的写照，真不愧为一代诗史。杜甫此类五古长篇，发挥赋的铺陈排比的手法，夹叙夹议，便于表达复杂的感情、错综的内容。五古前人多以质厚清远胜，而杜甫出之以沉郁顿挫。

月　夜

今夜鄜州月，　闺中只独看。①
遥怜小儿女，　未解忆长安。②
香雾云鬟湿，③ 清辉玉臂寒。④
何时倚虚幌，⑤ 双照泪痕干？⑥

【注释】

①鄜(fū)州：今陕西富县。闺中：指妻子。　②未解：不懂得。“未解忆”含两层意：一是儿女尚小，不知道想念身陷长安的父亲；二是小儿女天真无知，不懂得母亲看月是在想念他们的父

亲。 ③香雾：雾本无香，乃鬟香透入夜雾，故云。 ④清辉：指月光。 ⑤虚幌：薄帷。 ⑥双照：指妻子与自己双方而言。

【品评】

此诗作于至德元载（756）八月初陷贼时。本年五月，杜甫携家避难鄜州。七月，肃宗即位于灵武。八月，杜甫闻讯只身奔赴行在，中途为叛军所执，拘于长安。诗即被禁长安望月思家而作。诗写离乱中两地相思，构思新奇，情真意切，明白如话，深婉动人，真可谓天下第一等情诗。首联点题，起势不凡。入手即从对面着笔，不言我在长安思念家人，却说家人在鄜州望月思我，蹊径独辟。次联流水对，用笔尤为隐曲委婉，寓意深微。以小儿女的不解忆，反衬闺中只独看、独忆，突出首联“独”字，益见深情苦忆。三联着力描写想象中妻子独自看月的形象。雾湿云鬟，月寒玉臂，语丽情悲。“湿”字、“寒”字，见出夜深，衬出闺中伫望之久，思念之切，虽“云鬟湿”、“玉臂寒”而不知，可谓忘情之至也。末联以希冀重逢作结：“何时倚虚幌，双照泪痕干？”“泪痕干”，则今夜泪痕不干矣！“双照”而泪痕始干，则“独看”而泪痕不干明矣！今夜两地看月而各有泪痕，则愈益不干也甚矣！黄生说：“‘照’字应‘月’字，‘双’字应‘独’字，语意玲珑，章法紧密，五律至此，无忝称圣矣！”（《杜诗说》卷四）

悲陈陶

孟冬十郡良家子，血作陈陶泽中水。①

野旷天清无战声，四万义军同日死。②
群胡归来血洗箭，仍唱胡歌饮都市。③
都人回面向北啼，日夜更望官军至。④

【注释】

①孟冬:冬季第一个月,即阴历十月。十郡:泛言士兵占籍之广。良家子:清白人家的子弟。陈陶泽:即陈陶斜,又名陈涛、陈涛斜,在今陕西咸阳市东。 ②“野旷”二句:极言官军伤亡惨重。据《新唐书·房琯传》载:琯自请将兵讨贼,十月辛丑,“遇贼陈涛斜,战不利。琯欲持重有所伺,中人邢延恩促战,战败,士死麻苇……初,琯用春秋时战法,以车二千乘缭营,骑步夹之。既战,贼乘风噪,牛悉髀栗,皆震骇。贼投刍而火之,人畜焚烧,杀卒四万,血丹野,残众才数千,不能军。”“野旷”句:指激战过后,全军覆没,战场一片死寂。义军:谓官军为国而战,乃正义之师。③“群胡”二句:愤安史叛军之得志骄横。群胡:指安史叛军。血洗箭:兵器上沾满了血。箭:指代兵器。都市:国都长安的街市。④“都人”二句:写长安士民亟盼光复。都人:京都士民。当时,肃宗迁至彭原(今甘肃西峰),地处长安西北,所以说“回面向北啼”。《资治通鉴》卷二一八载:“民间相传太子北收兵来取长安,长安民日夜望之,或时相惊曰:‘太子大军至矣!’则皆走,市里为空。贼望见北方尘起,辄惊欲走。”

【品评】

至德元载(756)十月二十一日,宰相房琯率军与安史叛军大战于陈陶斜，此时贼势方盛，而官军轻敌遂致大败，死伤四万余人。杜甫时陷长安，闻之而作此诗，字里行间充满悲愤之情。浦起龙曰："陈陶之悲，悲轻进以致败也。官军之聊草败没，贼军之得志骄横，两两如生。结语兜转一笔好，写出人心不去。"(《读杜心解》卷二之一)

悲青坂

我军青坂在东门，① 天寒饮马太白窟。②
黄头奚儿日向西， 数骑弯弓敢驰突。③
山雪河冰野萧瑟， 青是烽烟白人骨。④
焉得附书与我军， 忍待明年莫仓卒！⑤

【注释】

①"我军"句：谓青坂东门就是唐军驻地。青坂：故址当在今陕西省咸阳市东，距陈陶斜不远。 ②太白：山名，在今陕西太白县东南，为秦岭主峰，关中第一高峰，因山顶终年积雪，故名。窟：指水塘。 ③黄头奚儿：唐有黄头室韦，为当时室韦二十余部之一，在今黑龙江齐齐哈尔一带，兵强人众，为当时强大部落之一。安史叛军多由奚、契丹、室韦等部族组成，而奚、契丹、室韦都属东胡系，故此"黄头奚儿"系泛指安史叛军的精锐部队。日向西：天天向西进犯。数骑：少数精锐骑兵。驰突：横冲直撞。二句写安史叛军得胜后的骄纵之状。 ④"山雪"二句：极写战后原野凄冷

阴森景象。萧瑟：萧条冷落。烽烟：烽火台报警之烟。此指战后原野弥漫的烟尘。白人骨：即白是人骨，"是"字从上省略。⑤焉得：怎么能够。附书：托人捎信。忍待：耐心等待。仓卒：即仓猝。史载，房琯与叛军对垒，本欲持重以伺之，怎奈宦官邢延恩等督战，苍黄失据，遂致惨败。杜甫分析当时敌我双方的形势，认为唐军当充实力量，待机再战，不可急躁冒进。吴瞻泰曰："我军既失于前，当谨于后。故曰'忍待明年'，又曰'莫仓卒'，一句中两番谆嘱，此杜公之诗法，亦即杜公之兵法也。"（《杜诗提要》卷五）

【品评】

此与前诗作于同时。陈陶斜惨败后，由于宦官催战，十月二十三日，房琯率残军复与叛军战于青坂，又大败。杜甫既对官军的惨败深表痛惜，又劝朝廷不要轻举妄动，重蹈覆辙。"焉得附书与我军，忍待明年莫仓卒"，表现了诗人对国家命运的深切关怀和高度的爱国主义精神。

对　雪

战哭多新鬼，愁吟独老翁。①
乱云低薄暮，急雪舞回风。②
瓢弃樽无绿，炉存火似红。③
数州消息断，愁坐正书空。④

【注释】

①多新鬼：指陈陶斜、青坂战败伤亡之众。老翁：杜甫自谓。当时叛军盘踞下的京城，许多达官贵人纷纷投降安禄山，无人关心国家危亡，故用一“独”字。 ②“乱云”二句：写冬景的肃杀，兼寓世乱时危之象。薄暮：傍晚。回风：旋风。 ③“瓢弃”二句：写雪天穷困景况。瓢弃：无酒可舀，故瓢可弃。樽：酒杯。无绿：无酒。酒色绿，亦称“绿蚁”，后遂以绿代指酒。“炉存”句：是说有炉而无火，但往往仍觉得炉火正红，不自觉地伸手向空炉取暖。④数州消息：当时杜甫的家属和弟、妹分散数州，消息难通。书空：《世说新语·黜免》篇载：殷浩被废后，终日向空中写字，作“咄咄怪事”四字。

【品评】

这首诗作于至德元载(756)冬，房琯大败于陈陶斜、青坂之后。诗人身陷长安，对雪感慨时事而作，表现了对国家局势的忧虑和对亲人的思念。

塞芦子

五城何迢迢， 迢迢隔河水。①
边兵尽东征，② 城内空荆杞。③
思明割怀卫，④ 秀岩西未已。⑤
回略大荒来， 崤函盖虚尔。⑥

延州秦北户，　关防犹可倚。[7]
焉得一万人，　疾驱塞芦子。
岐有薛大夫，[8] 旁制山贼起。[9]
近闻昆戎徒，　为退三百里。[10]
芦关扼两寇，[11] 深意实在此。
谁能叫帝阍，　胡行速如鬼。[12]

【注释】

①五城：指唐代在河套地区设置的五座军城，即定远（今宁夏平罗）、丰安（今宁夏中卫）及中、西、东三个受降城（均在今内蒙古自治区），都在黄河以北，故曰“隔河水”。迢迢：遥远貌。　②边兵：边塞驻军。尽东征：都调到东边去抵御叛军。　③空：空虚。荆杞：因连年战争，兵乱地荒，遂尽生荆棘枸杞。　④思明：史思明，为宁夷州突厥杂胡，与安禄山同乡里，俱以骁勇闻名。安禄山反，使其经略河北，封为范阳节度使。至德二载正月，史思明舍弃怀、卫二州而进兵太原。割：舍弃，离开。怀州（今河南沁阳）与卫州（今河南卫辉），唐时俱属河北道。　⑤秀岩：高秀岩，本为哥舒翰部将，后降安禄山，伪署河东节度使。此时也正率兵西进，与史思明合兵十余万攻太原。西：向西挺进。未已：不停止。　⑥回略：迂回包抄。大荒：荒远之地，指西北朔方、河、陇等地。崤函：崤山和函谷关的合称，相当今陕西潼关以东至河南新安一带，是从中原到西北必经的咽喉要地。当时已为叛军占据。二句是说叛军意图突破芦子关迂回占领西北边远地区，以包抄彭原、凤翔等地，那样像崤函之固的险要之地，也就形同虚设了。《资治通

鉴》卷二一九载："思明以为太原指掌可取，既得之，当遂长驱取朔方、河、陇。"可见杜甫揣摩叛军的战略意图是很准确的。 ⑦延州：治所在今陕西延安。秦：指关中地区。关防：驻兵防守的关隘，即指芦子关。二句是说延州为关中地区北方的门户，而芦子关又是防守延州的要冲。 ⑧岐：指凤翔府扶风郡，本岐州，天宝元年改扶风郡，至德元载改凤翔郡，二载升为府。治雍县(今陕西凤翔)。薛大夫：即薛景仙，或作薛景先。马嵬事变时，任陈仓县令，杀杨国忠妻裴柔、幼子杨晞、虢国夫人及其子裴徽。至德元载七月任扶风太守。乾元二年三月，以太子宾客为凤翔尹、本府防御使。 ⑨"旁制"句：《旧唐书·李抱玉传》载："广德元年冬，吐蕃寇京师，乘舆幸陕，诸军溃卒及村闾亡命相聚为盗，京城南面子午等五谷群盗颇害居人，朝廷遣薛景仙领兵为五谷使招讨。"这是后来的事。想叛军攻陷长安时，亦必有此类情况。山贼：当指此类溃卒亡命乘安史叛乱之机入山为盗而祸害百姓者。因其不是当时的主要敌人，故曰"旁制"。旁制山贼：是为了维持地方治安，以便更有力地打击叛军。 ⑩"近闻"二句：指至德元载七月叛军派兵攻扶风，为薛景仙击退一事。昆戎：古代西戎族名，这里借指安史叛军，或谓指吐蕃。以上四句是表彰薛景仙击败叛军，旁制盗贼，保卫了岐州，立了大功。《资治通鉴》卷二一八载："贼兵力所及者，南不出武关，北不过云阳，西不过武功。江淮奏请贡献之蜀、之灵武者，皆自襄阳取上津路抵扶风，道路无壅，皆薛景仙之功也。"所以德宗即位，封至德功臣二百六十五人，左羽林军大将军、检校户部尚书、兼御史大夫薛景仙在其中。 ⑪扼：扼制。两寇：指史思明和高秀岩。 ⑫叫：叩。帝阍：天门。此指朝廷。二句是说希望有人能去报知朝廷，说明叛军行动诡秘迅速，若不赶快派兵扼守芦子关，恐怕来不及了。言外之意，若芦关失守，将危及全局，这也就是前面所说的“深意”。

【品评】

至德二载(757)正月，叛军史思明、高秀岩合兵攻太原，意欲西进，威胁唐肃宗驻地彭原、凤翔一带的安全。杜甫时身陷长安，闻之焦急万分，遂作此诗，主张迅速塞断芦子关，阻止叛军西进。芦子关，又名芦关，在今陕西志丹县北与靖边县交界处，因所在土门山两崖峙立如门，形如葫芦而得名，是由太原向陕、甘西进所经之重要关口。唐时属延州。诗不仅表现了杜甫心忧天下的爱国精神，而且显示出诗人筹边御敌的军事卓识。王嗣奭评曰：“此篇直作筹时条议，剀切敷陈，灼见情势，真可运筹决胜。若徒以诗词目之，则犹文人之见也。”(《杜诗详注》卷四引)

哀江头

少陵野老吞声哭，① 春日潜行曲江曲。②
江头宫殿锁千门，③ 细柳新蒲为谁绿？④
忆昔霓旌下南苑，⑤ 苑中万物生颜色。⑥
昭阳殿里第一人，⑦ 同辇随君侍君侧。⑧
辇前才人带弓箭，⑨ 白马嚼啮黄金勒。⑩
翻身向天仰射云， 一笑正坠双飞翼。⑪

明眸皓齿今何在？　血污游魂归不得。[12]
清渭东流剑阁深，[13]　去住彼此无消息。[14]
人生有情泪沾臆，[15]　江水江花岂终极！[16]
黄昏胡骑尘满城，[17]　欲往城南望城北。[18]

【注释】

①少陵：为汉宣帝许皇后陵墓，在宣帝杜陵东南，杜甫曾住家于此，故自称“少陵野老”。吞声：不敢出声。吞声哭：犹饮泣。②潜行：秘密行走。曲江：在唐国都长安（今陕西西安）东南，当时为游赏胜地。曲江曲：指曲江深曲隐僻之地。　③江头宫殿：指曲江边紫云楼、芙蓉苑、杏园、慈恩寺等建筑物。因无人居住，一片荒凉，故曰“锁千门”。　④细柳新蒲：据康骈《剧谈录》卷下载，曲江“花卉环周，烟水明媚”，“入夏则菰蒲葱翠，柳阴四合，碧波红蕖，湛然可爱”。时当春日，蒲新生，柳丝细，故曰“细柳新蒲”。国破无主，无人欣赏，故曰“为谁绿”。三字沉痛。　⑤霓旌：云霓般的彩色旗帜，指天子仪仗。南苑：指芙蓉苑，在曲江之南。　⑥生颜色：谓皇帝游幸，万物增辉。　⑦昭阳殿：汉代宫殿名。汉成帝皇后赵飞燕居昭阳殿，甚得宠幸。此以赵飞燕比杨贵妃。⑧辇：皇帝乘坐的车子。同辇随君：《汉书·外戚传》载：“成帝游于后庭，尝欲与（班）婕妤同辇载，婕妤辞曰：‘观古图画，圣贤之君皆有名臣在侧，三代末主乃有嬖女，今欲同辇，得无近似之乎？’上善其言而止。”此暗用班婕妤事以讽玄宗和杨贵妃。　⑨才人：宫中女官名。《新唐书·百官志二》：“（内官）才人七人，正四品。掌叙燕寝，理丝枲，以献岁功。”　⑩啮（niè）：咬。黄金勒：以黄金为

饰的马嚼口。《明皇杂录》卷下:“上将幸华清宫,贵妃姊妹竞车服”,“竞购名马,以黄金为衔勒,组绣为障泥”,“将同入禁中,炳炳照灼,观者如堵”。 ⑪仰射云:仰射空中飞鸟。一笑:指杨贵妃因才人射中飞鸟而为之一笑,系用如皋射雉事。《左传·昭公二十八年》:“贾大夫恶(指貌丑),娶妻而美,三年不言不笑,御以如皋,射雉获之,其妻始笑而言。”正坠双飞翼:已暗含玄宗、贵妃马嵬死别事。 ⑫明眸皓齿:指杨贵妃。二句指杨贵妃在马嵬坡被缢死事。马嵬坡在今陕西兴平市北,西距长安百余里。归不得:一是贵妃已死,二是长安沦陷,故云。昔之“明眸皓齿”与今之“血污游魂”形成强烈而鲜明的对比。 ⑬清渭东流:指贵妃葬于渭滨。马嵬南滨渭水,由西向东流向长安。剑阁:在今四川剑阁县北,为玄宗西行入蜀所经之地。《北史·魏本纪》载:北魏孝武帝元修永熙三年(534),为高欢所逼,去洛阳至关中,时当七月,“八月,宇文泰遣大都督赵贵、梁御甲骑二千来赴,乃奉迎,帝过河谓御曰:‘此水东流而朕西上,若得重谒洛阳庙,是卿等功也。’帝及左右皆流涕”。清渭东流:玄宗西去,时亦相当,事亦相类,用典恰切。后《秦州杂诗二十首》其二:“清渭无情极,愁时独向东。”亦用此典。 ⑭去住彼此:指玄宗、贵妃。去指玄宗幸蜀西去,住指贵妃死葬渭滨。彼去此住,生死相隔,故曰“无消息”。此句即白居易《长恨歌》所云“一别音容两渺茫”意。 ⑮臆:胸膛。 ⑯终极:犹穷尽。岂终极:是指水自流,花自开,无知无情,年年依旧,永无尽期。水:一作“草”。“岂终极”与上句“人生有情”相对,又与前“为谁绿”相照应。 ⑰胡骑:指安史叛军。 ⑱欲往:犹将往。城南:原注:“甫家居城南。”时已黄昏,应回住处,故欲往城南。望城北：是盼望官军北来收复长安。时肃宗在灵武，地处长安西北。《悲陈陶》"都人回面向北啼，日夜更望官军至"，亦是此意。

【品评】

至德二载(757)春陷贼长安时作。曲江为唐时游赏胜地，唐玄宗与杨贵妃常游幸于此。今玄宗奔蜀，杨妃缢死，诗人身陷贼中，旧地重游，抚今追昔，哀思有感，遂作此诗。诗写作者春日潜行曲江而感玄宗与杨妃生离死别之事，着力突出一个"哀"字。全诗分三层写哀：开头四句为第一层，是写诗人潜行曲江，目睹乱后衰败凄凉景象而引起的深哀隐痛。从"忆昔霓旌下南苑"到"一笑正坠双飞翼"八句为第二层，是用追叙的手法极写昔日游苑之盛与杨妃的恃宠豪奢。表面上是写昔日之"乐"，但"乐"中含哀，以乐衬哀，倍增其哀。"明眸皓齿今何在"之后八句为第三层，乐极生悲，又从往昔跌回现实，悲杨妃之不幸，哀国家之多难，愤叛军之猖獗。今昔对比，深悲巨痛，彻人心肺。哀乐关乎国运。哀江头，哀杨妃也，哀玄宗也，哀国破之痛也。全诗词婉而雅，意深而微，讽而含情，极尽开阖变化之妙。清人黄生说："此诗半露半含，若悲若讽。天宝之乱，实杨氏为祸阶。杜公身事明皇，既不可直陈，又不敢曲讳，如此用笔，浅深极为合宜。善述事者，但举一事，而众端可以包括，使人自得其于言外。若纤悉备记，文愈繁，而味愈短矣。"(《杜诗说》卷三)

一百五日夜对月①

无家对寒食，有泪如金波。②
斫却月中桂，清光应更多。③
仳离放红蕊，想象颦青蛾。④
牛女漫愁思，秋期犹渡河。⑤

【注释】

①一百五日：冬至后一百零五天为寒食，在清明前二日。是日禁火而寒食，为中国传统节日。　②无家：时杜甫陷居长安，故云。金波：月映波中，如金光闪烁。此借波说泪。起二句对起，三四散承，谓之“偷春格”。　③斫(zhuó)：用刀、斧砍。斫却：砍掉。月中桂：传说月中有桂树。《酉阳杂俎》前集卷一：“月桂高五百丈，下有一人常斫之，树随创随合。人姓吴名刚，西河人，学仙有过，谪令伐树。”二句隐喻平定安史之乱，盼望亲人团聚、国家统一意。辛弃疾词《太常引·建康中秋夜为吕叔潜赋》中“斫去桂婆娑，人道是清光更多”之句即本杜句。　④仳(pǐ)离：夫妻离散。红蕊：红花。颦(pín)青蛾：皱眉头。青蛾：谓女子之眉。想象：设想。因夫妻不在一起，不能亲见，故曰“想象”。　⑤牛女：牛郎织女。漫愁思：犹言漫漫相思之愁。河：天河。传说每年七月七日夜牛女渡河相会。二句谓牛女犹能秋期相会，而自己却不能，深切地表达了渴望夫妻团圆的心情。

【品评】

这首诗是至德二载(757)寒食节杜甫陷贼长安时对月思家而作。全诗造语新奇,布局严整。吴瞻泰曰:"结用牛女,彼此双绾,用秋期倒应寒食,布局之整,线索之细,真所谓隐隐隆隆,蛛丝马迹也。"(《杜诗提要》卷七)

春　望

国破山河在，城春草木深。①
感时花溅泪，恨别鸟惊心。②
烽火连三月，家书抵万金。③
白头搔更短，浑欲不胜簪。④

【注释】

①国:指国都。国破:谓长安陷落。山河在:山河依旧。草木深:草木丛生,意谓人烟稀少。　②感时:感伤时局。花溅泪:见花开而溅泪。鸟惊心:闻鸟鸣而心惊。司马光评以上四句云:"'山河在',明无馀物矣;'草木深',明无人矣。花鸟,平时可娱之物,见之而泣,闻之而悲,则时可知矣。"(《温公续诗话》)　③烽火:战火。连三月:接连三个月不断,谓整个春天都在打仗。一说连逢两个三月,谓从去年到现在一直在打仗,亦通。家书:家信。抵:抵当。抵万金:极言家书之难得。上句忧乱感时,下句思家恨别;下句因上句而生。二句极写战乱之久,思家之切。清佚名《杜

诗言志》卷三曰:“所望者家书耳,而道途阻绝,邮寄无从,不啻万金之难得。” ④白头:指白发。短:短少。浑欲:简直,几乎。不胜:犹不能。簪:用来束发于冠的饰具。鲍照《拟行路难十八首》其十六中有“年去年来自如削,白发零落不胜冠”,二句化用鲍诗。自言发白更短,乃忧乱思家所致,拳拳爱国之心,跃然纸上。

【品评】

至德二载(757)三月,杜甫陷贼长安,伤春感时而作此诗。上四句写春望之景,睹物伤怀,妙在寓情于景,情景交融。下四句抒春望之情,忧乱思家之心,跃然纸上。全诗语语沉痛,字字血泪凝成,国破家亡之深忧巨痛,读来撼人心魄。方回许为“第一等好诗”(《瀛奎律髓》卷三二),诚不为过。

喜达行在所三首(选一)

死去凭谁报? 归来始自怜![①]
犹瞻太白雪, 喜遇武功天。[②]
影静千官里, 心苏七校前。[③]
今朝汉社稷, 新数中兴年。[④]

【注释】

①“死去”二句:起语沉痛,正是喜极而悲的真实写照。意谓如果在逃归途中死去,又有谁能报信呢?又有谁能明我心迹呢?

现在回想起来，还不禁有些后怕。“始”字意深，谓死里逃生，在路时犹不自觉，及至归来方愈知怜惜。　②太白、武功：皆山名。太白山南连武功山，于诸山中最为秀杰。二山均在西安以西，离凤翔不远，故对举而言。犹瞻：是就上“死去”言，死则不得瞻，今生还犹得瞻。当时叛军所及，西不过武功。武功一带有郭子仪所率唐军驻守，故杜甫逃至武功，得瞻圣朝日月，犹如重见天日，故曰“喜遇”。　③影：身影，指自己。静：严肃，安详。千官：犹言百官，系指文臣。七校：乃指武将。汉武帝时，武官校尉有中垒、屯骑、步兵、越骑、长水、胡骑、射声、虎贲，凡八校尉。胡骑不常设，故称七校。一说中垒为北军，非汉武初置，不在七校之列。苏：醒，复活。二句写授官列朝的欣喜之情。初归朝廷，身列朝班，目睹威仪，整齐肃穆，惊喜莫名。　④汉：以汉喻唐。社稷：国家的代称。社指土神，稷指谷神。中兴：指国家由衰转盛。上联千官七校，文臣武将，济济一堂，正是“中兴”气象。最后二句寄希望于肃宗中兴唐王朝。浦起龙说得好：“七八结出本意，乃为‘喜’字真命脉。”(《读杜心解》卷三之一)

【品评】

至德二载(757)二月，肃宗将行在所迁至凤翔(今属陕西)。四月，杜甫冒险出长安金光门，间道逃归凤翔，故原诗题注云：“自京窜至凤翔。”五月十六日，被肃宗授为左拾遗。这三首诗就是杜甫授左拾遗后不久写成的。赵汸曰：“题言‘喜达行在所’，而诗多追说脱身归顺、间关跋涉之情状，所谓痛定思痛，愈于在痛时也。”(《杜律赵注》卷上)第一首叙自己由长安抵凤翔一路惊险之状；第二首叙方达行在所时惊喜之状。这里选的是第三首，写授官立朝后对社稷中兴的欣喜之情。

述　怀

去年潼关破，　妻子隔绝久。[①]
今夏草木长，　脱身得西走。[②]
麻鞋见天子，　衣袖露两肘。[③]
朝廷愍生还，　亲故伤老丑。[④]
涕泪授拾遗，　流离主恩厚。[⑤]
柴门虽得去，　未忍即开口。[⑥]
寄书问三川，　不知家在否？[⑦]
比闻同罹祸，　杀戮到鸡狗。[⑧]
山中漏茅屋，　谁复依户牖？[⑨]
摧颓苍松根，　地冷骨未朽。[⑩]
几人全性命，　尽室岂相偶？[⑪]
嵚岑猛虎场，　郁结回我首。[⑫]
自寄一封书，　今已十月后。[⑬]
反畏消息来，　寸心亦何有？[⑭]
汉运初中兴，　生平老耽酒。[⑮]
沉思欢会处，　恐作穷独叟。[⑯]

【注释】

①“去年”二句：天宝十五载(756)六月，安禄山破潼关，玄宗仓皇奔蜀。七月，太子李亨即位灵武，是为肃宗，改元至德。八月，杜甫只身投奔灵武，途中被叛军俘至长安，与家人隔绝，至此已近一年，故云“隔绝久”。 ②今夏：指至德二载(757)四月。草木长：比较容易隐蔽逃脱。陶渊明《读山海经》：“孟夏草木长。”凤翔在长安西，故云“西走”。 ③“麻鞋”二句：写刚逃至凤翔时衣履不整的狼狈窘迫之状。 ④愍：同“悯”，哀怜。亲故：亲友故旧。老丑：形容憔悴苍老。 ⑤“涕泪”句：因感激皇帝授官而涕零，更因身处艰苦乱离中得官，才倍觉皇帝恩情之厚。至德二载五月十六日，肃宗任命杜甫为左拾遗。 ⑥“柴门”二句：谓刚授拾遗，不便开口请假探亲。柴门：指在鄜州的家。即：立即。 ⑦寄书：寄家信。三川：县名，治今陕西富县三川驿，唐属鄜州。杜甫家即在三川。 ⑧“比闻”以下八句，都是作者的推想之词。反映了安史之乱祸及面之大之广之深之残酷。比闻：近来听说。罹祸：遭难。 ⑨“山中”二句：担心在鄜州的家属遭遇不测。茅屋、户牖：都指自己的家。 ⑩“摧颓”二句：是作者所作最坏的推测，大概家人已死于叛军之手，尸骨埋于苍松之下，不知腐烂没有？摧颓：摧残，摧毁。 ⑪“几人”二句：是说希冀全家团聚岂不是做梦？全：保全。尽室：全家。偶：偶然，侥幸。 ⑫嵚(qīn)岑：山高峻貌。猛虎：喻叛军的残暴。猛虎场：指叛军纵乱之地。郁结：心中的疙瘩。回我首：思念顾望。 ⑬“自寄”二句：言久未得家中回信。十月：指经过了十个月。 ⑭“反畏”二句：将战乱中因家人生死未卜而忐忑不安的微妙心情活现纸上，真切感人。仇兆鳌曰：“书

断则疑，书来则畏，正恐家室亡尽，将来欢会之处，反成穷独之人耳。”（《杜诗详注》卷五）申涵光曰：“非经丧乱，不知此语之真。”（《杜诗集评》卷一引）　⑮汉运：以汉喻唐，谓唐朝国运。初中兴：这时两京都还未收复，但形势已经有了转机，故云。耽酒：嗜酒。　⑯“沉思”二句：痛言自己幻想全家欢聚的奢望，恐怕会变成孤老一人的悲惨结局。穷独叟：孤独穷苦的老人。

【品评】

至德二载（757）夏，杜甫自贼中窜归凤翔行在，拜左拾遗，惊魂稍定，因思及在鄜州三川的妻儿而作此诗。王慎中曰：“首尾结构，无毫发遗憾，使读者想见逃贼从君，间关受职，顾念家门，不能舍君言者，千古之下悲苦凄然。”（《五家评本杜工部集》卷二）申涵光曰：“此等诗，无一语空闲，只平平说去，有声有泪，真《三百篇》嫡派。人疑杜古铺叙太实，不知其淋漓慷慨耳。”（《杜诗详注》卷五引）

彭衙行

忆昔避贼初，①　北走经险艰。
夜深彭衙道，②　月照白水山。③
尽室久徒步，　逢人多厚颜。④
参差谷鸟鸣，　不见游子还。⑤
痴女饥咬我，　啼畏虎狼闻。

怀中掩其口，　反侧声愈嗔。[6]
小儿强解事，　故索苦李餐。[7]
一旬半雷雨，　泥泞相牵攀。[8]
既无御雨备，[9]　径滑衣又寒。
有时经契阔，　竟日数里间。[10]
野果充糇粮，　卑枝成屋椽。[11]
早行石上水，　暮宿天边烟。[12]
少留同家洼，[13]　欲出芦子关。[14]
故人有孙宰，[15]　高义薄曾云。[16]
延客已曛黑，　张灯启重门。[17]
暖汤濯我足，　剪纸招我魂。[18]
从此出妻孥，　相视涕阑干。[19]
众雏烂熳睡，　唤起沾盘飧。[20]
誓将与夫子，　永结为弟昆。[21]
遂空所坐堂，　安居奉我欢。[22]
谁肯艰难际，　豁达露心肝？[23]
别来岁月周，[24]　胡羯仍构患。[25]
何当有翅翎，　飞去堕尔前？[26]

【注释】

①“忆昔”句：指去年六月避兵乱事。通篇都是追述往事，只末六句是作者的感慨，故用“忆昔”领起。　②彭衙：地名，故址在今陕西白水东北六十里。　③白水山：白水境内的山。　④“尽

室”二句：是说全家人长途跋涉，非常狼狈，逢人难免厚颜求食，窘迫异常。尽室：全家。厚颜：感到惭愧。 ⑤“参差”二句：写谷鸟啼鸣，一路荒凉，少有人还。参差：杂乱，不整齐。此指鸟儿上下翻飞。游子：指逃难外出的人。 ⑥“痴女”四句：写小女儿饿得直咬人，大人因怕哭声被虎狼听到，在怀里捂住她的嘴不让出声，但小孩因感到不舒服，哭得更厉害了。反侧：挣扎。嗔：怒哭声。⑦强解事：稍懂事。强：稍微。故：故意。苦李：一种野生李子。二句是说小儿故意要苦李吃，以示自己懂事。 ⑧“一旬”二句：十天里有一半是雷雨天，全家在泥泞里相互牵扶着行走。 ⑨御雨备：指雨具。 ⑩“有时”二句：谓有时候经过难走的地方，一整天只能走几里路。经契阔：是说碰到特别难走处。竟日：整天。⑪“野果”二句：谓以野果充饥，在树下露宿。糇(hóu)粮：干粮。卑枝：低树枝。椽：屋顶上的圆木。 ⑫“早行”二句：写全家旅途苦况。因多雷雨天，故老在水里走；因露宿山中，故多伴山间雾气。 ⑬少留：短期逗留。同家洼：孙宰所居村庄，当在白水境内。 ⑭芦子关：关隘名，是陕北关防要地。见前《塞芦子》。⑮故人：老朋友。孙宰：生平不详。 ⑯薄曾云：形容义气之高。薄：迫近。曾：同“层”。高义薄曾云：语袭《宋书·谢灵运传论》：“高义薄云天。” ⑰延：邀请。已曛黑：已经是日落昏黑。启重门：打开层层门户。 ⑱暖汤：热水。濯：洗。剪纸招魂：是古代民俗，表示给途中备受惊险的诗人一家压惊。 ⑲从此：接着。出妻孥：又唤出家人。涕阑干：涕泪纵横的样子。 ⑳“众雏”二句：写孩子们已经疲惫地睡着了，又把他们叫起来吃饭。烂熳睡：睡得十分香甜的样子。沾盘飧(sūn)：吃晚饭。飧：晚饭。

㉑“誓将”二句:是孙宰对杜甫说的话,要永远结为兄弟。夫子:对杜甫的尊称。弟昆:兄弟。 ㉒“遂空”二句:写孙宰把房间腾出来,安排作者一家安然住下。 ㉓“谁肯”二句:总结以上十四句,进一步表示自己的感激。豁达:待人宽厚。露心肝:推心置腹,极言坦诚相待。 ㉔岁月周:已满一年。 ㉕胡羯:指安史叛军。构患:制造灾祸。 ㉖何当:怎能。翅翎:翅膀。堕:落下。尔:指孙宰。

【品评】

至德元载(756)六月,安史叛军攻陷潼关,杜甫携家从白水逃往鄜州,路经同家洼(在彭衙北),受到友人孙宰的盛情接待,一直铭记不忘。至德二载闰八月,杜甫由凤翔回鄜州,途经彭衙,忆及往事,但不能绕道相访,故作此诗以志感。诗的绝大篇幅忆及去年逃难遇孙宰时受到的热情招待,表现了故人间的深挚友谊,真实感人,明白如话,充分显示了诗人写实的才能和坦荡的胸怀。

羌村三首(选一)

峥嵘赤云西,① 日脚下平地。②
柴门鸟雀噪, 归客千里至。
妻孥怪我在,③ 惊定还拭泪。
世乱遭飘荡, 生还偶然遂。④
邻人满墙头, 感叹亦歔欷。⑤

夜阑更秉烛，　相对如梦寐。⑥

【注释】

①峥嵘：山高貌。此处形容云峰。赤云：云为落日映红，故云。②日脚：云间透出的阳光。　③妻孥(nú)：本指妻和子，此处仅指妻。④飘荡：颠沛流离。遂：如愿。战乱中侥幸不死，喜与家人团聚，故曰“偶然遂”。　⑤歔欷(xū xī)：哽咽，抽泣。　⑥“夜阑”二句：写乱离中与亲人久别乍逢情状，逼真传神。夜深不寐，秉烛相对，面面相觑，疑信参半，犹似在梦中。夜阑：夜深。

【品评】

羌村，在鄜州城北，旧址在今陕西富县西北十公里茶坊镇大申号村。至德二载(757)闰八月，杜甫忤肃宗意，墨敕放还，从凤翔回鄜州的羌村探望家小。这组诗是回到家后所作。共三首，这里选的是第一首，写战乱中流离失散的亲人相见，悲喜交集。诗写得朴素精警，真挚动人。吴瞻泰评云：“此是还鄜州初归之词”，“通首以‘惊’字为线，始而鸟雀惊，继而妻孥惊，继而邻人惊，最后并自己亦惊。总是乱后生还，真如梦寐，妙在以傍见侧出取之”(《杜诗提要》卷二)。王慎中亦云：“三首俱佳，第一首尤绝。一字一句，镂出肺肠，令人莫之措手，而婉转周至，跃然目前，又若寻常人所欲道者。”(《五家评本杜工部集》卷二)

北　征

皇帝二载秋，闰八月初吉。①

杜子将北征，苍茫问家室。[2]
维时遭艰虞，朝野少暇日。[3]
顾惭恩私被，诏许归蓬荜。[4]
拜辞诣阙下，怵惕久未出。[5]
虽乏谏诤姿，恐君有遗失。[6]
君诚中兴主，经纬固密勿。[7]
东胡反未已，臣甫愤所切。[8]
挥涕恋行在，道途犹恍惚。[9]
乾坤含疮痍，忧虞何时毕？[10]
靡靡逾阡陌，人烟眇萧瑟。[11]
所遇多被伤，呻吟更流血。[12]
回首凤翔县，旌旗晚明灭。[13]
前登寒山重，屡得饮马窟。[14]
邠郊入地底，泾水中荡潏。[15]
猛虎立我前，苍崖吼时裂。[16]
菊垂今秋花，石戴古车辙。[17]
青云动高兴，幽事亦可悦。[18]
山果多琐细，罗生杂橡栗。[19]
或红如丹砂，或黑如点漆。[20]
雨露之所濡，甘苦齐结实。[21]
缅思桃源内，益叹身世拙。[22]
坡陀望鄜畤，岩谷互出没。[23]
我行已水滨，我仆犹木末。[24]

鸱鸟鸣黄桑，野鼠拱乱穴。[25]
夜深经战场，寒月照白骨。[26]
潼关百万师，往者散何卒！[27]
遂令半秦民，残害为异物。[28]
况我堕胡尘，及归尽华发。[29]
经年至茅屋，妻子衣百结。[30]
恸哭松声回，悲泉共幽咽。[31]
平生所娇儿，颜色白胜雪。[32]
见耶背面啼，垢腻脚不袜。[33]
床前两小女，补绽才过膝。[34]
海图拆波涛，旧绣移曲折。
天吴及紫凤，颠倒在裋褐。[35]
老夫情怀恶，呕泄卧数日。[36]
那无囊中帛，救汝寒凛栗？[37]
粉黛亦解包，衾裯稍罗列。[38]
瘦妻面复光，痴女头自栉。[39]
学母无不为，晓妆随手抹。[40]
移时施朱铅，狼籍画眉阔。[41]
生还对童稚，似欲忘饥渴。[42]
问事竞挽须，谁能即嗔喝？[43]
翻思在贼愁，甘受杂乱聒。[44]
新归且慰意，生理焉得说？[45]
至尊尚蒙尘，几日休练卒。[46]

仰观天色改，坐觉妖氛豁。[47]
阴风西北来，惨澹随回纥。[48]
其王愿助顺，其俗善驰突。[49]
送兵五千人，驱马一万匹。[50]
此辈少为贵，四方服勇决。[51]
所用皆鹰腾，破敌过箭疾。[52]
圣心颇虚伫，时议气欲夺。[53]
伊洛指掌收，西京不足拔。[54]
官军请深入，蓄锐可俱发。[55]
此举开青徐，旋瞻略恒碣。[56]
昊天积霜露，正气有肃杀。[57]
祸转亡胡岁，势成擒胡月。[58]
胡命其能久？皇纲未宜绝。[59]
忆昨狼狈初，事与古先别。[60]
奸臣竟菹醢，同恶随荡析。[61]
不闻夏殷衰，中自诛褒妲。[62]
周汉获再兴，宣光果明哲。[63]
桓桓陈将军，仗钺奋忠烈。[64]
微尔人尽非，于今国犹活。[65]
凄凉大同殿，寂寞白兽闼。[66]
都人望翠华，佳气向金阙。[67]
园陵固有神，扫洒数不缺。[68]
煌煌太宗业，树立甚宏达。[69]

【注释】

①皇帝二载:即肃宗至德二载(757)。初吉:朔日,即阴历每月初一。一说自朔日至上弦(初八日)为初吉。 ②杜子:杜甫自谓。苍茫:怅惘貌。因时当世乱,家信难至,不知家中情形究竟如何,加之忧时伤乱,恋阙难舍,所以有苍茫之感。问:探望。③维时:犹是时,当时。艰虞:指紧张困难的局势。暇日:闲暇的日子。 ④"顾惭"二句:是说自感惭愧,皇帝的恩泽加于我个人,诏许回家探望。其实是话中有话,为什么在"朝野少暇日"这么紧张的关头,放杜甫回家探亲呢?是因为疏救房琯惹恼了肃宗,才墨制放还,这是变相的放逐。蓬荜:用草和树枝搭成的简陋房屋,指贫苦人家。 ⑤拜辞:拜别。诣:到。阙下:宫阙,指朝廷。怵惕:惶恐不安貌。久未出:言依恋而不忍去。 ⑥谏诤:直言规劝。谏诤姿:谏官的品质和才干。杜甫为左拾遗,谏诤是他的职责。虽乏:是谦辞。君:指肃宗。 ⑦中兴主:复兴国家的君主,指肃宗。经纬:指治理国家。密勿:为双声,声转为黾勉。《诗经·小雅·十月之交》:"黾勉从事。"《汉书·刘向传》引作"密勿从事",颜师古注:"密勿,犹黾勉从事也。" ⑧"东胡"二句:安禄山本营州柳城(今辽宁朝阳)胡人,故称"东胡"。这年正月,其子安庆绪杀父自立,据洛阳称帝,继续作乱,故云"反未已"。对此,杜甫愤恨至极,故曰"愤所切"。 ⑨行在:行在所的简称,天子所居之地,指肃宗临时所在地凤翔。恍惚:心神不宁貌。二句谓恋阙难舍,挥泪而别,回家途中,依然精神恍惚。 ⑩乾坤:天地,天下。疮痍:创伤。忧虞:忧虑,忧愁。二句是说因安史之乱的破坏,遍地疮痍,自己忧国忧民,何时能了? ⑪靡靡:行步迟缓貌。

《诗经·王风·黍离》:“行迈靡靡,中心摇摇。”逾:跨越。阡陌:田间小路。南北曰阡,东西曰陌。眇:少。萧瑟:萧条,荒凉。二句谓因战乱破坏,沿途所见,人烟稀少,一片荒凉。 ⑫“所遇”二句:谓沿途所见,多是受伤流血的人(包括兵与民)。 ⑬回首:因心在朝廷,故不时回望。凤翔县:即行在所。旌旗飘动,在落日余照中,或隐或现。 ⑭“前登”二句:言前行登上重重寒山,多次碰到饮马的水池。重:重叠。饮马窟:饮马用的水池,正是战争遗留的痕迹。 ⑮邠(bīn):邠州,今陕西省彬县。郊:郊原。邠州郊原是个盆地,从山上往下看,如在地底,故曰“入地底”。泾水:即今泾河,为渭河支流,从邠州北境流过。荡潏(yù):水流动貌。⑯“猛虎”二句:承前写山势险峻难攀。苍崖状如猛虎,蹲踞于前,怪石嶙峋开裂,好像猛虎张口吼叫似的。 ⑰戴:印上之意。这句是说古老的山路上留有车辙的痕迹。 ⑱“青云”二句:是说走在山上,头顶青天,凭高望远,激起极高的兴致,连山中幽微的景物也令人喜悦。幽事:指山中景物。 ⑲琐细:细小。罗生:丛生。橡栗:即栎树的果实,似栗而小,长圆形,又名橡子。 ⑳丹砂:即朱砂。点漆:黑而发亮。二句形容山果或红或黑的色泽。㉑“雨露”二句:言草木只要受到雨露滋润,无论其实或甘或苦,在秋天都会结果。这是大自然的恩赐。言外感叹人反不能及。濡:滋润。 ㉒缅思:遥想。桃源:即陶渊明《桃花源记》所写的世外桃源。诗人见山水清幽如桃花源,令人向往,更加感叹自己身处尘世的愚拙。 ㉓坡陀:山冈起伏不平貌。鄜畤(zhì):指鄜州。春秋时,秦文公在此筑坛以祭神,称为鄜畤。畤:祭祀天地及古代帝王的坛场。杜甫家在鄜,望鄜畤实即望家。岩谷:山岩和深谷。

互：交互。　㉔“我行”二句：是说自己已经下山到达水滨，而仆人还走在山上，隐含急于到家与妻子相见的迫切心情。犹：尚。木末：树梢，指山上。　㉕鸱鸟：即鹞鹰。一作“鸱枭”，即猫头鹰，专吃鼠、兔一类小动物。拱：用力扒开，用力撅开。拱乱穴：谓野鼠乱扒洞。一说山陕田野中，有一种黄鼠，见人则交其前爪而立，如人拱手作揖，称为拱鼠，又名礼鼠。　㉖“寒月”句：描写夜间所见战场恐怖惨状。　㉗以下四句即因上二句所见而联想到去年的潼关之败，所以说“往者”。天宝十四载十二月，安禄山陷洛阳，玄宗命哥舒翰率兵二十万守潼关。因杨国忠促战，被迫出关迎敌。十五年六月，大败于灵宝，全军溃散，死者数万。百万师：非实指，极言其多。卒：同“猝”，仓促。　㉘“遂令”二句：接上言哥舒翰战败后，遂使众多秦地百姓，为叛军所残杀。半秦民：极言其多。为异物：化为异物，指死亡。　㉙堕胡尘：身陷贼中，指被俘至长安事。及归：指由长安逃至凤翔。尽华发：头发都花白了。　㉚经年：杜甫于去年八月离开鄜州，今年闰八月才回到家中，整整经过了一年。茅屋：指在鄜州的家。衣百结：形容衣服破烂不堪，打满补丁。　㉛“恸哭”二句：谓家人乍见恸哭之声使松涛、泉流都为之共鸣。恸哭：痛哭，大哭。幽咽：低声哽咽。　㉜所娇儿：所宠爱的孩子，指宗文、宗武等。白胜雪：回想离家那时娇儿的容颜是雪白可爱的，而如今呢，即是下二句所写之惨状。　㉝耶：同“爷”，俗称父曰爷。背面啼：因怕生而背过脸去哭。垢腻：肮脏。不袜：光着脚。形容穷苦至极。　㉞补绽：指缝补过的旧衣。才过膝：刚到膝盖，言衣裳短小。　㉟“天吴”四句：是说用绣有海景波涛的旧衣料来缝补裋褐，所以天吴、紫凤这些图案，被“曲折”、

"颠倒"得东倒西歪。坼(chè):裂开。天吴:虎身人面,是八首八足八尾的水神。波涛、天吴、紫凤:都是指"旧绣"的花纹和图案。裋(shù)褐:粗布短衣。 ㊱情怀恶:心情不好。呕泄:上吐下泻。卧:卧病。 ㊲那:犹"奈",那无:奈何没有。其实并不是没有,而是说稍微有一些,与下文"衾裯稍罗列"互文见义。凛栗:冻得发抖。 ㊳粉黛:古代妇女用的化妆品。粉:用以搽脸。黛:用以画眉。解包:打开包袱。衾裯:被与帐。 ㊴面复光:脸上又见了光泽。头自栉:自己梳头。栉(zhì):梳、篦一类梳发用具。这里名词作动词用。 ㊵无不为:事事照着作。随手抹:信手胡乱涂抹。㊶移时:过了一段时间。朱铅:指胭脂和铅粉。狼籍:散乱不整,言把眉毛画得不成样子。 ㊷"生还"二句:是说在战乱中生还,见到孩子们,高兴得好像忘了饥渴。 ㊸"问事"二句:写来家时间一长,孩子们就无拘无束地争着扯着他的胡须问这问那,可谁又忍心发怒喝止他们呢。问事:问这问那,诸如陷贼和逃归等事。嗔喝:发怒呵斥。 ㊹"翻思"二句:是说孩子们虽然吵闹,但回想在长安陷贼时思归不得的愁苦,却感到是一种乐趣。翻思:回想。聒(guō):声音嘈杂,吵闹。 ㊺"新归"二句:意谓历尽艰难,能活着归来就已经很欣慰了,至于一家的生计又怎么谈得到呢?慰意:心情获得慰藉。生理:生计。 ㊻至尊:皇帝。蒙尘:君主流亡在外,蒙受风尘之苦。此指玄宗奔蜀,肃宗在凤翔,都未回长安。几日:犹何时。休练卒:指战乱停止。 ㊼"仰观"二句:谓时局有好转的迹象。天色改:气运改变,中兴有望。坐觉:顿觉。妖氛:指叛军气焰。豁:裂开,澄清。 ㊽"阴风"二句:写至德二载九月,肃宗听从郭子仪建议,借兵回纥平乱。回纥怀仁可汗派遣太子叶护及将军帝德将兵四千馀人至凤翔，表示愿意帮助唐朝收复两京。回纥：即今维吾尔族。一作“回鹘”。按回纥，其先匈奴人，元魏时亦号高车部，或曰敕勒，讹为铁勒，至隋大业中，自称回纥。唐德宗贞元四年(788)，回纥第四代可汗与唐和亲，特遣使至长安，表请改“回纥”为“回鹘”，始有“回鹘”之名，杜甫当时是不称“回鹘”的。惨澹：黯淡无光貌。因杜甫反对向回纥借兵，认为后患无穷，故以阴风、惨澹来形容回纥兵的剽悍和杀气腾腾。因回纥居住我国西北，故曰“西北来”。 ㊾其王：指回纥怀仁可汗。李唐是正统天子，安史叛乱为逆，助唐平叛，乃顺天之意，故曰“助顺”。善驰突：善于骑马作战。 ㊿一万匹：回纥兵善骑射，一人备两马，故曰“一万匹”。 51此辈：指回纥兵。少为贵：人数少而战斗力强。一说杜甫认为应少借回纥兵以免难治。或谓回纥以少壮为贵。《汉书·匈奴传》云：“壮者食肥美，老者饮食其余。贵壮健，贱老弱。”均可参。服勇决：都服其骁勇果决。 52“所用”二句：言所来皆精兵。鹰腾：像鹰一样飞腾搏击。过箭疾：极言破敌之速，迅疾如箭。 53“圣心”二句：写肃宗一心想倚赖回纥平定安史之乱，当时朝中虽有不赞成借兵的，但慑于皇帝威严，也不敢坚持。史载，回纥军至凤翔后，肃宗接见叶护，“宴劳赐赉，惟其所欲”，并命广平王李俶和叶护结为兄弟。圣心：皇帝之意。虚伫：虚心期待。时议：指当时持不同意见的议论。 54“伊洛”二句：言收复东、西两京(洛阳和长安)，易如反掌。伊、洛：二水名，均流经洛阳。指掌收：形容很快就能收复。西京：长安。不足拔：不堪一击。 55官军：唐朝军队。请深入：应该深入敌后。蓄锐：养精蓄锐，指精兵。可俱发：谓官军与回纥一同进击。《资治通鉴》卷二二〇载，回纥军至后，“元帅广平王(李)俶，将朔方等军及回纥、西域之众十五万，号二十万，发凤翔”。 ㊻“此举”二句：谓收复两京后，要乘胜打开青、徐，然后北略恒、碣，直捣叛军老巢。此举：指上述唐军与回纥联合进攻。青、徐：青州、徐州，今山东、苏北一带。旋瞻：转眼之间。略：攻取。恒、碣：恒山和碣石山，指山西、河北一带。 ㊼昊天：秋天。秋于五行属金，有肃杀之气。杜甫认为自然界时当肃杀的秋天，平叛局势的发展应是与其相一致的，国家正宜于此时一举肃清妖氛，平定叛乱。 ㊽上句与下句互文见义，意谓叛军灭亡被擒，当在今年秋季。祸转：厄运已经转到叛军一边。 ㊾其：义同“岂”。皇纲：皇朝的纲纪，指唐王朝的正统地位。绝：断绝。 ㊿“忆昨”句：上句乃追忆去年潼关失守、玄宗逃往四川的事。狼狈初：指玄宗仓皇出走。与古先别：与古代君王遭遇到类似情况时的处置有所不同，指下文奸臣被铲除事。 (61)奸臣：指宰相杨国忠。竟：最终。菹醢(zū hǎi)：剁成肉酱。同恶：指杨国忠的亲属和党羽。荡析：扫荡，消灭。二句乃指以下史实：至德元载六月，龙武大将军陈玄礼领禁兵扈从玄宗逃难入蜀，至马嵬驿，发动兵变，诛杀杨国忠，军士“争啖其肉且尽，枭首以徇”。韩国、虢国二夫人亦为乱兵所杀。国忠之妻裴柔与子暄、晞等，也都被杀。其余党羽或被杀，或坐诛。 (62)“不闻”二句：谓周幽王宠爱褒姒，殷纣王宠爱妲己，招致亡国之祸。这与玄宗之宠杨贵妃引起安史之乱情况虽相似，但玄宗能从国家大局出发，同意将杨贵妃缢死，是与历史上的亡国之君不同的。此即上文所云“事与古先别”之意。夏殷：宋人马永卿引作“商周”，胡仔认为当作“殷周”，以与下句“褒妲”对应，似通。然下文有“周汉”，似犯重复。仇兆鳌则以“夏殷”为是，为了对应，擅将“褒妲”改为“妹妲”，即妹喜（夏桀宠幸美女）、妲己。其实不必拘泥，顾炎武曰：“不言周，不言妹喜，此古人互文之妙。”（《日知录》卷二十七）言夏、殷，实亦包括周；言褒姒、妲己，实亦包括妹喜。 ⑥③周汉：喻唐朝。宣光：周宣王和东汉光武帝刘秀，两人都是中兴之主。这里指肃宗。期望肃宗再复兴唐室。 ⑥④桓桓：勇武貌。陈将军：即陈玄礼。仗钺奋忠烈：指陈玄礼率兵杀死杨国忠及其党羽事。钺：古代兵器，形似大斧。 ⑥⑤微：没有。尔：指陈玄礼。二句谓假如没有你，人们已非唐朝的臣民；由于有了你，到现在国家还存在。⑥⑥大同殿：在长安兴庆宫勤政楼北，玄宗常在此朝见群臣。白兽闼：即白兽门，长安宫中禁苑南门，在凌烟阁之北、太极殿西南。言旧宫殿之凄凉、寂寞，是表达人民期盼皇帝早日收复京城，即下文之“望翠华”。 ⑥⑦都人：京都长安的人民。翠华：以翠羽为饰的旗，为皇帝所用仪仗。佳气：中兴、祥瑞之气。金阙：指朝廷。二句谓人民渴盼皇帝回来，光复长安。 ⑥⑧园陵：唐历代帝王的陵墓。固有神：言有先帝的神灵护佑。扫洒：祭扫。数：礼数。 以上四句即上云“皇纲未宜绝”之证。 ⑥⑨煌煌：光明宏大貌。二句谓唐太宗李世民所开创的唐朝基业宏伟昌盛，光照后世。这是诗人对唐朝开国之君的赞颂，也是对唐肃宗中兴唐室的期望。唐太宗是唐王朝的实际缔造者，又有“贞观之治”的政治典范，故称“太宗业”。宏达：宏伟昌盛。

【品评】

至德二载（757）秋作。这年二月，唐朝政府由彭原进驻凤翔。

四月，杜甫由长安逃至凤翔，五月授左拾遗。因疏救房琯，触怒肃宗，下三司推问，赖张镐等人相救获免。闰八月，放还鄜州（今陕西富县）省家，这首诗就是归家后写的。北征，即北行。因鄜州在凤翔东北，故曰“北征”。题下原注：“归至凤翔，墨制放往鄜州作。”墨制，即墨敕，墨写的诏书。肃宗墨制放还，实是对杜甫的政治放逐。全诗一百四十句，七百字，是杜集中最长的一首五言古诗。诗以归途中和回家后的亲身见闻为题材，以陈述时事为主，表达了诗人对政局的见解。作者把国家大事与个人遭遇相结合，广泛而深刻地反映了当时的社会现实，表现了深沉的忧国忧民情怀。胡小石《杜甫〈北征〉小笺》评云：“杜甫兹篇，则结合时事，加入议论，撤去旧来藩篱，通诗与散文而一之，波澜壮阔，前所未有，亦当时诸家所不及（元结同调而体制未弘），为后来古文运动家以‘笔’代‘文’者开其先声。”全诗可分为五大段：从开头到“忧虞何时毕”为第一大段，写奉诏探家，动身之前的复杂矛盾心情；从“靡靡逾阡陌”到“残害为异物”为第二大段，写归家途中的所见所闻所感；从“况我堕胡尘”到“生理焉得说”为第三大段，写归家以后的悲喜情况；从“至尊尚蒙尘”到“皇纲未宜绝”为第四大段，写对时政的意见，对借兵回纥，表示忧虑；从“忆昨狼狈初”到结束为第五大段，是全诗的总结，也是对安史之乱的初步总结。激励肃宗继承太宗遗业，完成中兴大业。这是杜甫最有名的巨制之一，全篇铺陈终始，夹叙夹议，表情曲折，描写细腻，结构完整，充分体现了杜诗博大精深、沉郁顿挫的风格。《唐宋诗醇》卷十赞曰：“以排天斡地之力，行属词比事之法，具备万物，横绝太空，前无古人，后无来者。自有五言，不得不以此为大文字也。问家室者，事之主；

愤艰虞者，意之主。以皇帝起，太宗结。恋行在，望匡复，言有伦脊，忠爱见矣。道途感触，抵家悲喜，琐琐细细，靡不具陈。极穷苦之情，绝不衰馁。”向被誉为“古今绝唱”。

春宿左省①

花隐掖垣暮，啾啾栖鸟过。②
星临万户动，月傍九霄多。③
不寝听金钥，因风想玉珂。④
明朝有封事，数问夜如何。⑤

【注释】

①宿：是宿直，即今所谓值夜班。左省：即门下省。据《唐六典》卷七载：东内大明宫宣政殿前有两廊，各有门，其东曰日华，日华之东为门下省，故称东省，亦称左省，又称左掖。杜甫时任左拾遗，属门下省，故题曰“左省”。 ②掖垣：本谓宫殿围墙。唐代门下、中书两省称左右掖垣，此指左掖，点题中“左省”。花、鸟点“春”。啾啾：象声词，此指鸟鸣声。栖鸟：归巢之鸟。 ③临：照临。傍：靠近。 ④金钥：即金锁。此指开启宫门锁钥的响动声，故用“听”字。玉珂：即马铃，以贝饰之，色白如玉，振动有声。⑤封事：即密封的奏章。唐代拾遗，掌供奉讽谏，大事廷议，小则上封事。数(shuò)：屡次。夜如何：《诗经·小雅·庭燎》：“夜如何其？夜未央。庭燎之光。君子至止，鸾声将将(锵锵)。”

【品评】

乾元元年(758)春作。全诗写任左拾遗的作者在左省值夜时的所见、所闻、所感,诗人那种小心翼翼、兢兢业业的情态,宛在目前。明唐元竑称此诗为"五言近体中之精妙者"(《杜诗捃》卷一)。所谓"精妙",即指全诗章法谨严,针线细密,情景交融,含蓄蕴藉,宛如一件耐人观赏的精致工艺品,极富艺术感染力。此诗就结构而言,上四写宿省之景,下四写宿省之情。首联二句写薄暮之景,字字点题。颔联二句生动地写出了帝居之夜的特异景象。上句写月出之前景象,月未出则星倍明,星斗满天,照临宫中千门万户,金碧辉映,流光溢彩,"动"字传神。少焉月出九霄之上,则入夜渐深。"九霄",语意双关:一谓天穹高远,一喻帝居尊崇。君门深邃,宫殿高耸云霄,与月为近,故得月独多,"多"字奇警。颈联出句"不寝"二字束上启下。二句写作者宿直左省,谨于职守,宫门金钥响动,他疑心是朝门开启;风吹檐间铎鸣,他仿佛听到了百官乘马上朝的马铃声。末联二句交代"不寝"的原因。后四句化用《庭燎》诗意,贴切自然,全不露斧凿痕迹。而"数问"二字,更活现出诗人诚惶诚恐、战战兢兢的紧张心理状态。故吴瞻泰评曰:"'不寝'二字,一篇关键。由日暮而星临,而月出,宜寝矣;而听钥,而想珂,而问夜,则何尝一息就寝!一片精诚爱国、坐而假寐之意,俱于层次中序出。后人早朝寓直诗,纵极典丽,不能及此深沉也。"(《杜诗提要》卷七)

题省中壁

掖垣竹埤梧十寻,洞门对霤常阴阴。[①]

落花游丝白日静，鸣鸠乳燕青春深。[②]
腐儒衰晚谬通籍，退食迟回违寸心。[③]
衮职曾无一字补，许身愧比双南金。[④]

【注释】

①掖：左掖，即左省。垣、埤：均指墙，高者为垣，低者为埤。寻：古代长度单位，八尺为一寻。霤：屋檐下接水的长槽。这二句写左省的清幽景象。　②“落花”二句：写春日左省的生机盎然，暗中含有年华虚度的感慨。　③腐儒：诗人自指。衰晚：年纪大。通籍：籍录官员姓名年纪的竹牒，以便出入禁中。此指做官。谬通籍：意为误入仕籍。退食：散朝回家。因杜甫志在匡救时弊，然此时已遭皇帝疏远，难以进言，令他感到心有不甘，故曰“迟回”、“违寸心”。　④衮：帝王之衣服。衮、补：喻为皇帝拾遗补阙，这是左拾遗的职责，故曰“衮职”。双南金：喻珍宝。张载《拟四愁诗》其四：“佳人遗我绿绮琴，何以赠之双南金。”因身为谏臣，而于皇帝一字无补，故曰“愧比双南金”。

【品评】

本诗与上首诗作于同时。杜甫四十六岁始拜左拾遗，未尽言责，徒违素心，身愧之际，借题门下省壁以自警。前四句描写省中暮春之景，竹埤高梧与阴阴洞门，渲染出省中清幽深邃景象。“落花游丝白日静，鸣鸠乳燕青春深”，尤为传诵千古的名句。二句乍看是院中春景，落花游丝、鸣鸠乳燕，都是眼前实景；深究则是遣怀，白日静，慨己素餐，青春深，惜时已迈。叶梦得以“禅宗论云门三种语”而喻杜诗，即举此联为“随波逐浪句”，谓其“随物应机，不主故常”(《石林诗话》卷上)。其随物所应之机则是失意、自遣、自警。后四句即对景而抒此怀，谓自己乃一介腐儒，且年事已高，还没有建立半点功勋，真是愧对君王！写出了诗人身为谏官却无补朝政的无奈，也暗含对肃宗冷落的不平与愤慨。

曲江对酒

苑外江头坐不归，水精宫殿转霏微。①
桃花细逐杨花落，黄鸟时兼白鸟飞。②
纵饮久判人共弃，懒朝真与世相违。③
吏情更觉沧洲远，老大徒伤未拂衣。④

【注释】

①苑：指芙蓉苑，即南苑，因其在唐长安东南，又在曲江池南，故称。唐康骈《剧谈录》卷下：“曲江池，本秦世隑洲。开元中疏凿，遂为胜境。其南有紫云楼、芙蓉苑。”水精宫殿：指曲江边的宫殿，因其近水，故称。霏微：春光掩映貌。　②“桃花”二句：写曲江对酒时所见之景。细：轻盈貌。　③“纵饮”二句：写出诗人仕途失意，懒于为官的心曲。判：甘愿。　④吏情：为官之情。沧洲：指隐士的居所。拂衣：振衣而去，指隐退。末二句抒发为微官束缚，不得归隐山林之慨。

【品评】

乾元元年(758)春，作于长安，时杜甫在左拾遗任上。全诗主要写其怀才不遇、仕途失意之慨，故有归隐山林之念。前四句以曲江起兴，描绘眼前曲江迷离之景，也正是诗人酒醉所见。后四句则以“纵饮”开头，照应题目中的“对酒”，表达出诗人困惑于仕进与退隐之间的踌躇心境，虽对景遣怀，借酒消愁，仍不得开解。其中颔联“桃花细逐杨花落，黄鸟时兼白鸟飞”为精巧的当句对，写春游曲江，久坐不归，闲寂无聊中所见绚丽春色，形、神、声、色、香俱于十四字中写出，对仗工整，精炼而形象。汪灏曰：“‘桃花’二语，开后世无限叠字句，然细玩之，真是难学。公盖只用四样飞舞空中物，上不粘天，下不粘地，所以不嫌重笨。”(《树人堂读杜诗》卷六)

至德二载，甫自京金光门出，间道归凤翔。乾元初，从左拾遗移华州掾，与亲故别，因出此门，有悲往事[①]

此道昔归顺，[②] 西郊胡正繁。[③]
至今犹破胆， 应有未招魂。[④]
近侍归京邑，[⑤] 移官岂至尊？[⑥]
无才日衰老， 驻马望千门。[⑦]

【注释】

①金光门:长安外郭城西面有三门,中曰金光门。间道:偏僻小路。掾:属官通称。华州掾:即指华州司功参军。移:实即贬降,不说贬,而说移,是门面话。往事:即指由长安窜归凤翔事。诗题抚今追昔,不胜感慨。　②归顺:指逃脱叛军回归朝廷。③胡:指安史叛军。繁:多而乱。　④破胆:丧胆。二句谓现在回想往事,尚觉胆战心惊,好像魂魄尚未招回似的。应:料想之词。⑤近侍:指左拾遗。拾遗为皇帝侍从谏官,故云。京邑:指华州。因属京城近畿,故曰"京邑"。　⑥移官:实即贬官。至尊:皇帝。对肃宗不便直言,故曰"岂至尊",反问见讽。　⑦千门:指宫殿,形容门户之多。驻马望千门:写恋阙难舍之情。

【品评】

至德二载(757)二月,肃宗从彭原(今甘肃西峰)迁驻凤翔(今属陕西)。四月,杜甫从金光门逃出长安,间道奔赴凤翔行在,谒见肃宗。五月十六日,被授为左拾遗。这就是他在《述怀》诗中所说的"今夏草木长,脱身得西走。麻鞋见天子,衣袖露两肘……涕泪授拾遗,流离主恩厚"。九月,长安收复。十月,肃宗从凤翔还长安。乾元元年(758)六月,杜甫因疏救房琯,直言获罪,被贬华州(今陕西华县)司功参军,又出金光门赴任,有感而作此诗。此诗写得委婉曲折,缠绵悱恻,很是得体。吴瞻泰评曰:"一句一转,风神欲绝,实公生平出处之大节。自觉孤臣去国,徘徊四顾,凄怆动人。"(《杜诗提要》卷七)

义鹘行

阴崖二苍鹰，养子黑柏颠。
白蛇登其巢，吞噬恣朝餐。①
雄飞远求食，雌者鸣辛酸。②
力强不可制，黄口无半存。③
其父从西归，翻身入长烟。④
斯须领健鹘，痛愤寄所宣。⑤
斗上捩孤影，噭哮来九天。
修鳞脱远枝，巨颡拆老拳。⑥
高空得蹭蹬，短草辞蜿蜒。⑦
折尾能一掉，饱肠皆已穿。⑧
生虽灭众雏，死亦垂千年。⑨
物情有报复，快意贵目前。⑩
兹实鸷鸟最，急难心炯然。⑪
功成失所往，用舍何其贤。⑫
近经潏水湄，此事樵夫传。⑬
飘萧觉素发，凛欲冲儒冠。⑭
人生许与分，只在顾盼间。⑮
聊为义鹘行，用激壮士肝。⑯

【注释】

①“阴崖”四句:写白蛇吞噬苍鹰幼子的暴戾恣睢,这是一种以强凌弱的暴行。子:鹰雏。颠:顶端。吞噬:吞食。恣:放纵,肆无忌惮。 ②雄:指雄鹰,鹰雏之父。雌:指雌鹰,鹰雏之母。③力强:指白蛇凶狠。制:制止,制服。黄口:指鹰雏。 ④其父:指雄鹰。长烟:指空中云雾。二句谓雄鹰从西归来,见此情景,自量力不敌蛇,于是翻身飞向长空去搬救兵,引出下文义鹘侠行。⑤斯须:片刻,一霎。健鹘:雄健的鹘。“痛愤”句:谓苍鹰在对健鹘的宣诉中寄予了自己失子的悲痛和对白蛇的愤恨。宣:宣泄,宣诉。 ⑥斗上:陡然飞起。捩(liè)孤影:指鹘张翅回旋之势。捩:扭转。噭(jiào)哮:厉声长鸣。修鳞:指白蛇。巨颡(sǎng):巨额,大脑门儿。指白蛇之头。拆老拳:受到鹘翼和利爪的打击。拆:拆开,撕裂。四句极写义鹘劲猛特异之形象,“刻画处十分痛快淋漓,如有杀气英风闪动纸上”(《杜诗镜铨》卷四)。 ⑦蹭蹬(cèng dèng):遭到挫折,失势貌。此指白蛇在高空拼力挣扎。辞:失去。蜿蜒:蛇爬行貌。辞蜿蜒:指白蛇落地后便不能爬行了。⑧“折尾”二句:是说从高空摔落的白蛇死前挣扎扭动,连吃饱的肠子都已摔穿。能一掉:指白蛇摔折的尾部尚能摆动一下。⑨“生虽”二句:言蛇虽逞一时之快,吞噬了众雏,但难免要遭到报复,其死可以垂戒千年。 ⑩“物情”二句:是说报仇是物之常情,但最快意的是眼前即能实现。指白蛇立即遭到义鹘的击杀。物情:事物之间的常情。报复:指报恩或报仇。 ⑪兹:指鹘。鸷鸟:猛禽。最:最杰出的。急难:急人之难。炯然:高洁光明貌。指心地坦荡。 ⑫失所往:不知所往。用舍:进退。二句盛赞义

鹘之非凡侠义性格,有功不居,功成身退,杳然不知所往,是何等的高尚!王嗣奭曰:“借端发议,时露作者品格性情。”(《杜诗详注》卷六引) ⑬滈(yù)水:为关中八川之一,发源于陕西长安县南秦岭。唐时滈水在韦曲(今陕西西安韦曲镇)东南,西北流经今下塔坡、丈八沟西、六村堡西,北入渭水,即今皂河。湄:水边。此事:指义鹘为苍鹰报仇事。 ⑭飘萧:稀疏貌。素发:白发。凛:凛然。冲儒冠:谓为鹘的侠义行为所感,以至于白发冲冠而起。⑮“人生”二句:此乃从无限侠义与友谊事中总结出的人生真谛与妙语,即许身于朋友或社稷,只在顾盼之间,来不得半点的犹豫与虚假。许与:应人请求而给予帮助。分:谓分谊。顾盼间:一瞬间。⑯聊:姑且。激:激励。壮士:见义勇为之人。肝:指忠肝义胆。最后二句说明作诗的用意,是想用这个故事来激励人们见义勇为的侠义精神。

【品评】

这是一首寓言诗,作于乾元元年(758)。鹘是一种很凶猛的鸟,又名隼。诗借猛鹘向吞噬幼鹰的白蛇复仇的故事,热情赞扬了爱憎分明、见义而动的侠义行为。借物以寄怀,表现了诗人嫉恶如仇的精神。唐代是一个崇尚侠义的时代,杜甫同时代的李白、高适等人,都有慷慨任侠的经历。所以杜甫在诗中记录了这样一个“急难心炯然”的义鹘形象,正好反映了时代好尚。另外,杜甫对“功成失所往,用舍何其贤”、“人生许与分,只在顾盼间”这种侠义精神的激赏,不仅是时代风尚使然,而且还有着强烈的个人原因。杜甫的家世中本来就有着侠义的基因,如其先祖杜叔眦，因兄为曹策所害，白昼手刃仇人，然后从容面缚请就戮；叔父杜并十六岁就为父报仇身死，当时人称“孝童”。而杜甫写作这首诗时，正当因为仗义疏救房琯而刚刚被贬之际，则其对侠义的呼唤，正可以作为他自己侠义精神的写照。所以卢世漼指出：“子美千古大侠，司马迁之后一人。子长为救李陵，而下腐刑；子美为救房琯，几陷不测，赖张相镐申救获免，坐是蹉跌，卒老剑外，可谓为侠所累。”（《杜诗胥钞·大凡》）杨伦曰：“记异之作，愤世之篇，便是聂政、荆轲诸传一样笔墨，故足与太史公争雄千古。得之韵言，尤为空前绝后。”（《杜诗镜铨》卷四）

望　岳

西岳崚嶒竦处尊，　诸峰罗立如儿孙。①
安得仙人九节杖，　拄到玉女洗头盆？②
车箱入谷无归路，③ 箭栝通天有一门。④
稍待西风凉冷后，　高寻白帝问真源。⑤

【注释】

①西岳：即华山。崚嶒：山势高峻貌。竦（sǒng）：耸立。首二句状华山山势险峻之貌。　②九节杖：《太平御览》卷六七五《真诰》：“有一老人，著绣裳，戴芙蓉冠，倚赤九节杖而立。”又卷七一〇引《刘根别传》：“孝武皇帝登少室，见一女子以九节杖仰指日，闭左目，开右目……东方朔曰：‘妇人食日精者。’”玉女洗头盆：

华山名胜之一，在华山中峰玉女峰玉女祠前。传说为秦穆公女弄玉升仙后洗头的地方，为五个石臼，其水雨旱皆不增减。《太平广记》卷五九引《集仙录》：“（华山）玉女祠前有五石臼，号曰玉女洗头盆。其中水色，碧绿澄澈，雨不加溢，旱不减耗。” ③车箱：指车箱谷，在华山莲花峰二仙桥西崖下。谷如车箱，西端有一巨石，平如刀切，石纹如木板纹理，正如大车进入谷内，进退不得。故曰“无归路”。 ④箭栝(guā)：华山山峰名。从苍龙岭往南有山脊，因其北低南高如箭在弦上，又其山脊两侧古代长有栝树（即桧松，宋周密《癸辛杂识·前集·松五粒》称为华山松），故称箭栝峰。箭栝峰东为黄甫峪，峰西即三峰口，入金锁关，可至东、中、西、南各峰。今峰上有通天门，即取杜诗“箭栝通天有一门”而命名。旧注多未晓箭栝峰方位，或认为杜诗有文字错讹。清屈大均作《登华记》，认为箭栝峰即百尺峡至千尺幢之间山脊，后人相沿成说，多有误解。阎尔梅《箭栝》诗也指百尺峡。 ⑤白帝：为古代主管西方的天帝，道教认为华山归白帝掌管。真源：本源。末尾二句借寻仙访道，寓含诗人退隐之意。

【品评】

乾元元年(758)夏，杜甫贬官华州司功参军时望西岳华山所作。全诗描写了华山的奇伟险峻之貌，并在篇末流露出因遭受贬谪而欲求仙访道的苦闷心情。相比而言，诗中已无其早年望东岳泰山时那种“会当凌绝顶，一览众山小”的气概。石闾居士云，起联“已将西岳之崇高阔大写尽，故以下全从‘望’字上著笔，以传其神”，次联承上，三联转下，末联扩进一步以回应首联，“此诗亦七律中之变体，乃句句从‘望’字中传西岳之神，尤为升天入渊之思，追魂摄魄之笔。末联较‘望岱’之收结更深透一层，殊非人拟议所能到，为诗至此，安得不令人叹为奇绝之至！”（《藏云山房杜律详解》七律卷上）黄生曰：“‘玉女洗头盆’……五字本俗，因用‘仙人九节杖’五字作对，遂变俗为妍，句法更觉森挺，此诚掷米丹砂之巧矣。”（《杜诗说》卷八）

九日蓝田崔氏庄

老去悲秋强自宽，兴来今日尽君欢。①
羞将短发还吹帽，笑倩旁人为正冠。②
蓝水远从千涧落，玉山高并两峰寒。③
明年此会知谁健？醉把茱萸子细看。④

【注释】

①悲秋：宋玉《九辩》：“悲哉秋之为气也！”强自宽：强自宽解。兴：兴致。浦起龙曰：“‘老去’、‘兴来’，一篇纲领。”（《读杜心解》卷四之一） ②“羞将”二句：翻用孟嘉落帽事。《晋书·孟嘉传》：“（嘉）为征西桓温参军，温甚重之。九月九日，温燕龙山，僚佐毕集。使佐吏并著戎服，有风至，吹嘉帽堕落，嘉不之觉。温使左右勿言，欲观其举止。嘉良久如厕，温令取还之，命孙盛作文嘲嘉，著嘉坐处。嘉还见，即答之，其文甚美，四坐嗟叹。”老杜以不落为风流，不免含有老去悲秋之情。倩（qiàn）：使。 ③蓝水：亦称蓝

溪，为灞水支流。源出陕西商州西北秦岭，西北流入蓝田县界。玉山：即蓝田山，一名覆车山，在县东二十八里。玉山去华山近，故曰“高并两峰”。“寒”字，见秋景萧瑟意。 ④“明年”二句：此结穴于“老去悲秋”，与首句相应。此会：指九日相会。把：把玩。把玩者茱萸，看者亦茱萸。只因异乡逢此佳节，故而“知谁健”、“醉把”、“子细看”云云，才如此慷慨缠绵。茱萸：植物名，有浓烈香气。古时风俗，九月九日佩戴茱萸，以祛邪避灾。《西京杂记》卷三：“九月九日，佩茱萸，食蓬饵，饮菊花酒，令人长寿。”《艺文类聚》卷四引周处《风土记》：“九月九日……折茱萸房以插头，言辟除恶气而御初寒。”王维《九月九日忆山东兄弟》诗：“遥知兄弟登高处，遍插茱萸少一人。”子细：同“仔细”。结联设问，意味深长。

【品评】

此诗当是乾元元年(758)出为华州司功参军时至蓝田而作。九日，即九月九日重阳节。蓝田县，唐属京兆府，故城在今陕西蓝田县西，去华州八十里。崔氏庄，为王维内兄崔季重的别业，又称东山草堂，杜甫有《崔氏东山草堂》诗。崔氏庄与王维的辋川庄东西相望。

诗写九日聚会，悲秋叹老，意颇颓唐，语则老健。宋人杨万里与林谦之谈论唐诗，林氏论此诗云：“‘老去悲秋强自宽，兴来今日尽君欢’，不徒入句便字字对属，又第一句顷刻变化，才说悲秋，忽又自宽，以‘自’对‘君’甚切，君者君也，自者我也。‘羞将短发还吹帽，笑倩旁人为正冠’，将一事翻腾作一联，又孟嘉以落帽为风流，少陵以不落为风流，翻尽古人公案，最为妙法。‘蓝水远从千涧落，玉山高并两峰寒'，诗人至此，笔力多衰，今方且雄杰挺拔，唤起一篇精神，自非笔力拔山，不至于此。'明年此会知谁健，醉把茱萸仔细看'，则意味深长，悠然无穷矣。"(《诚斋诗话》)

洗兵马

中兴诸将收山东，　捷书夜报清昼同。①
河广传闻一苇过，②　胡危命在破竹中。③
只残邺城不日得，④　独任朔方无限功。⑤
京师皆骑汗血马，　回纥喂肉葡萄宫。⑥
已喜皇威清海岱，⑦　常思仙仗过崆峒。⑧
三年笛里关山月，　万国兵前草木风。⑨
成王功大心转小，⑩　郭相谋深古来少。⑪
司徒清鉴悬明镜，⑫　尚书气与秋天杳。⑬
二三豪俊为时出，　整顿乾坤济时了。⑭
东走无复忆鲈鱼，⑮　南飞觉有安巢鸟。⑯
青春复随冠冕入，　紫禁正耐烟花绕。⑰
鹤驾通宵凤辇备，　鸡鸣问寝龙楼晓。⑱
攀龙附凤势莫当，　天下尽化为侯王。⑲
汝等岂知蒙帝力？　时来不得夸身强。⑳
关中既留萧丞相，㉑　幕下复用张子房。㉒
张公一生江海客，　身长九尺须眉苍。㉓

征起适遇风云会，　扶颠始知筹策良。[24]
青袍白马更何有？[25]　后汉今周喜再昌。[26]
寸地尺天皆入贡，　奇祥异瑞争来送。[27]
不知何国致白环，　复道诸山得银瓮。[28]
隐士休歌紫芝曲，[29]　词人解撰河清颂。[30]
田家望望惜雨干，　布谷处处催春种。[31]
淇上健儿归莫懒，　城南思妇愁多梦。[32]
安得壮士挽天河，　净洗甲兵长不用！[33]

【注释】

①中兴诸将：指成王李俶、郭子仪、李光弼等。山东：古称华山或崤山以东地区为山东；一说太行山以东为山东。肃宗至德二载(757)十月，洛阳收复后，安庆绪出走河北，退守邺郡，惟据有七郡六十余城。十一月，张镐帅五节度兵攻下河南、河东诸郡县。乾元元年(758)九月，肃宗命郭子仪等九节度使合兵讨安庆绪于相州。十月，郭子仪自杏园(今河南卫辉东南)渡黄河，破安太清，斩首四千级，遣使告捷，随即克复卫州(今河南卫辉)，前后斩首三万级，捕虏千人。十一月，崔光远克复魏州(今河北大名)。其余各处皆有捷报，昼夜接连不断，故下句说“捷书夜报清昼同”。杜甫乾元元年冬《华州试进士策问五首》所云“山东之诸将云合，淇上之捷书日至”，正指此。　②“河广”句：喻官军渡河之易、之快。《诗经·卫风·河广》：“谁谓河广？一苇杭之。”此用其意。河：指黄河。苇：草名，此喻小船。此指郭子仪率军渡河破卫州。　③“胡危”句：是形容九节度从渡河到合围相州的胜利形势，谓在

官军势如破竹的进攻之下，安史叛军的灭亡已在眼前。《晋书·杜预传》："今兵威已振，譬如破竹，数节之后，皆迎刃而解，无复着手处也。"至德二载十一月，肃宗下制曰："力战平凶，势若摧枯，易同破竹。"杜预为杜甫十三世祖，肃宗为当朝皇帝，诗用"破竹"二字，当是有意为之。 ④只残：只剩下。邺城：即相州。当时安庆绪困守邺城，岌岌可危。不日得：很快便可克复。《资治通鉴》于肃宗乾元二年二月载："郭子仪等九节度使围邺城……自冬涉春，安庆绪坚守以待史思明。食尽，一鼠直钱四千，淘墙麸及马矢以食马。人皆以为克在朝夕。"正是说的这种情况。 ⑤独任：专任。朔方：指朔方节度使郭子仪。当时肃宗命九节度使合攻安庆绪，惟恐郭子仪功高震主，故不立元帅，而以宦官鱼朝恩为观军容使，监督众军。致使王师虽众，军无统帅，进退无所承禀，贻误战机。这是造成后来九节度使兵溃邺城的根本原因。杜甫可谓有先见之明，故以诗谏言肃宗独任郭子仪，以成全功。 ⑥"京师"二句：写协助唐王朝平叛的回纥军在长安、洛阳一带驻扎。汗血马：见前《高都护骢马行》注⑪。两京收复后，回纥王子叶护回国，曾留兵屯驻沙苑。乾元元年(758)八月，回纥又派骁骑三千助讨安庆绪，是以京师多回纥良马。蒲萄宫：为西汉长安上林苑内离宫。哀帝元寿二年(前1年)，匈奴乌珠留单于来朝，居蒲萄宫。此指至德二载十月，肃宗在大明宫宣政殿亲宴回纥叶护事。喂肉：以肉饲虎。以喻回纥强暴为患。杜甫在《留花门》诗中对"饱肉气勇决"的回纥军队杀掠、害稼等事曾表示过深切的忧虑。 ⑦海岱：东海及泰山，指今山东省一带。清海岱：谓今山东省一带叛贼业已肃清。乾元元年二月，安庆绪伪署北海(今山东青州)节度使能元皓以其地请降。 ⑧仙仗：皇帝仪仗。崆峒：山名，在今甘肃境内。肃宗在灵武、凤翔时，往来常经过崆峒山。此句意谓时常回想当初肃宗即位灵武时之艰难，亦安不忘危之意。 ⑨三年：自天宝十四载(755)十一月安史之乱爆发，到写诗时的乾元二年(759)春，战争已经进行了三年多。关山月：汉乐府横吹曲名，多述戍边士兵伤别怀乡之思。万国：犹万方，处处。草木风：风声鹤唳，草木皆兵之意。二句是说三年来人民和士兵饱受战乱之苦。 ⑩成王：即太子李豫。初名俶，封广平郡王，至德二载十二月，进封楚王，乾元元年三月徙封成王，四月立为皇太子，更名豫，即后来的代宗。功大：在收复两京中，李俶任天下兵马元帅，《旧唐书·肃宗纪》载：至德二载冬十月，“广平王统郭子仪等进攻，与贼战于陕西之新店，贼众大败，斩首十万级，横尸三十里……壬戌(十九日)，广平王入东京(洛阳)，陈兵天津桥南，士庶欢呼路侧。”心转小：反而小心谨慎。北齐刘昼《刘子新论·诫盈》云：“楚庄王功立而心惧，晋文公战胜而色忧，非憎荣而恶胜，乃功大而心小，居安而念危也。”此用其意。 ⑪郭相：即郭子仪。子仪至德元载八月为兵部尚书、同中书门下平章事，乾元元年八月又为中书令，故云。肃宗于乾元元年三月三日下《郭子仪东京畿山东河南诸道元帅制》称赞子仪“识度弘远，谋略冲深……故能扫清强寇，收复二京，建兹大勋，成我王业……以今观古，未足多之”。此句正袭用制文语意。 ⑫司徒：指李光弼。至德二载四月，光弼以功加检校司徒。清鉴：清明之鉴识能力。光弼曾逆料史思明诈降，“终当叛乱”，故杜甫有此誉。 ⑬尚书：指王思礼。时为兵部尚书。思礼从广平王李俶收复两京，屡立战功。气与秋天杳：气度和秋天一样的开朗高远。 ⑭二三豪俊：指上面提到的郭子仪、李光弼、王思礼等中兴诸将。为时出：应运而生，乘时奋起，犹言时势造英雄。整顿乾坤：再造国家。《旧唐书·郭子仪传》载：至德二载十月，郭子仪收复东都洛阳。是时，河东、河西、河南贼所盗郡邑皆平。寻入朝，肃宗亲劳之曰："虽吾之家国，实由卿再造。"济时：救济时危。了：完成。二句称誉郭子仪等人乘时奋起，完成中兴大业。 ⑮鲈鱼：用晋张翰事。《世说新语》载，张翰，吴人，远宦洛阳。因见秋风起而思吴中莼羹、鲈鱼脍，乃叹曰："人生贵得适意尔，何能羁宦数千里以要名爵？"于是辞官命驾而返。此句反用其意，谓离乡之人民，皆得返乡安居，不须久忆鲈鱼脍也。⑯安巢鸟：《古诗十九首》："越鸟巢南枝。"又曹操《短歌行》："月明星稀，乌鹊南飞。绕树三匝，何枝可依？"此句意谓欲南归者皆得南归，而无"何枝可依"之怨也。 ⑰青春：绿意盎然之春天。冠冕：指百官。紫禁：皇宫。耐：相称、相配。烟花：春天艳丽之景色。二句意谓百官上朝，皇宫之新气象适与绿意盎然之明媚春光相辉映。 ⑱"鹤驾"二句：是说肃宗父子每天按时去向太上皇（玄宗）问安，明修父子之礼。传说周灵王太子晋乘白鹤仙去，故后世称太子之座车为鹤驾。此指太子李豫车驾。凤辇：皇帝车驾。此指肃宗车驾。鸡鸣：五更时分。问寝：问候起居。龙楼：皇帝住处，此指玄宗所居兴庆宫。至德二载十一月，肃宗在丹凤楼所下制书曰："今复宗庙于函洛，迎上皇于巴蜀；导銮舆而反正，朝寝门而问安；寰宇载宁，朕愿毕矣。"二句即化用制书之语。⑲"攀龙"二句：指攀附肃宗和张淑妃的宦官李辅国、鱼朝恩之流，他们借当初于灵武拥戴肃宗之功，回京后封官进爵，气焰嚣张，势倾朝野。《汉书·叙传》云:“攀龙附凤,并乘天衢。”又云:“云起龙骧,化为侯王。”此借讽肃宗封赏太滥。 ⑳“汝等”二句:痛斥攀龙附凤者并非真有本事,只不过一时侥幸得到皇帝的偏爱罢了。汝等:即指上述李辅国之流。蒙帝力:受到皇帝的偏爱。时来:逢时走运。 ㉑萧丞相:汉相萧何,这里借指房琯。刘邦为汉王时,以萧何为丞相,刘邦东征,留其镇抚关中,建立大功。房琯为玄宗奔蜀时任命的宰相,又奉册灵武,留相肃宗,“素有重名”,故以萧何作比。时虽罢相,出为邠州刺史,但邠州仍属关内道,地在关中,故曰“关中既留”。 ㉒张子房:汉朝张良,字子房,刘邦的重要谋臣。此借指张镐。镐随玄宗幸蜀,后肃宗擢为谏议大夫,寻代房琯为相,深谋远虑,故有此比。时镐罢为荆州大都督府长史,仍居幕府,故曰“幕下复用”。这时房琯、张镐二人皆已罢相,杜甫对他们特加推重,是希望肃宗再次加以重用。 ㉓“张公”二句:谓张镐半生未入仕,有如浪迹江海之客,身材魁梧,相貌不凡。须眉苍:形容其貌古神异。《新唐书·张镐传》谓其“仪状瑰伟,有大志”,“游京师,未知名,率嗜酒鼓琴自娱。人或邀之,杖策往,醉即返,不及世务”。 ㉔征起:指天宝十四载(755),张镐自布衣召拜左拾遗。风云会:风云际会。《易·乾·文言》:“云从龙,风从虎。”指在动乱时期贤臣明主的遇合。扶颠:扶持国家之颠危。筹策:出谋划策。玄宗幸蜀,镐自山谷徒步扈从;肃宗即位,镐至凤翔,奏议多有弘益;睢阳危急,杖杀不肯援救张巡的闾丘晓;洞察史思明之伪降;预见许叔冀临难必变;两京收复,皆在张镐拜相之时。扶颠持危,卓有功绩,故曰“筹策良”。杨伦曰:“镐之才胜于琯,乃公所尤注意以赞中兴者,故申说独详。”(《杜诗镜铨》卷五)

㉕“青袍”句：谓叛乱即将平灭。南朝梁侯景作乱，乘白马，衣青袍，欲以应“青丝白马寿阳来”之童谣谶语。此以侯景比安、史叛军首领。何有：言不难平定。 ㉖“后汉”句：以历史上周宣王、东汉光武帝中兴之事比拟肃宗复兴唐室。 ㉗“寸地”二句：谓天下各地竞献奇祥异瑞。寸地尺天：犹言普天之下。 ㉘白环：古传虞舜时，西王母来朝，献白环、玉玦。银瓮：古传神灵滋液有银瓮，不汲自满。白环、银瓮都是指上文所云之祥瑞。不知、复道：是说献者之多。 ㉙“隐士”句：是说隐士应出为世用，不应再避世了。紫芝曲：西汉初年隐士商山四皓所作之歌。 ㉚“词人”句：是说文人们开始歌颂太平。河清颂：南朝宋文帝时，黄河水清，时人以为天下太平之吉兆，鲍照作《河清颂》。这里指歌颂太平的文章。㉛“田家”二句：写春耕时干旱，农民切盼雨水。望望：同“惘惘”。伤感，失意。《释名》：“望，惘也。”布谷：即布谷鸟，鸣声如布谷（散布谷种，播种），为催耕之鸟。 ㉜淇上：淇水之滨，指邺城一带。淇水即今河南淇河，原为黄河支流，南流至今卫辉市东北淇门镇入河。健儿：指围攻邺城之士兵。归莫懒：莫懒于早归也。思妇：出征士兵的妻子。 ㉝“安得”二句：谓哪里去求得壮士力挽天河之水而净洗甲兵永不再用，使天下永无征战而长享太平呢！表达了广大人民渴求太平的强烈愿望，故为人千古传诵。洗甲兵：语本《说苑·权谋》，武王伐纣，遇大风雨，散宜生曰：“此其妖欤?”武王曰：“非也！天洒（一作“洗”）兵也。”

【品评】

诗题一作“洗兵行”，题下原注：“收京后作。”此诗作年约有二说：一说作于乾元二年（759）春九节度兵溃相州（即邺郡，今河南安阳）以前；一说作于乾元元年三月至五月。当以前说为近，时杜甫在洛阳。左思《魏都赋》云："洗兵海岛，刷马江州。"诗题本此。全诗以喜胜利、颂中兴、望太平为大旨，而喜中含忧，颂中寓讽，意味深长，但义正词严，情深气壮，最见诗人深稳超拔的政治气度。全诗共分四段，每段一韵，每韵十二句，且平仄相间，笔力矫健，词气苍老，洵称杰作。王安石选杜诗，即以此为压卷之作。第一段写官军围邺，胜利在望之局势，望肃宗安不忘危，勿忘三年来君臣播迁、军民苦战之艰难。第二段盛赞郭子仪、李光弼等中兴名将整顿乾坤之功，喜收京后初见中兴气象。第三段讽朝廷滥封爵赏，望肃宗重新起用房琯、张镐等人，完成中兴大业。第四段喜胜利在望，祥瑞纷呈，祈盼乱定民康，天下太平。故以"安得壮士挽天河，净洗甲兵长不用"作结，以照应题目。鲁一同曰："杜七古中第一篇。他篇尚可摹拟，此则高词伟义，峻拔天表，后人更无从望其项背。"（《鲁通甫读书记》）张戒曰："观此诗闻捷报之作，其喜气乃可掬，真所谓情动于中而形于言，言之不足，不知手之舞之，足之蹈之也。"（《岁寒堂诗话》卷下）

赠卫八处士

人生不相见，　动如参与商。①
今夕复何夕，　共此灯烛光。②
少壮能几时，　鬓发各已苍。

访旧半为鬼，③ 惊呼热中肠。④
焉知二十载， 重上君子堂。⑤
昔别君未婚， 儿女忽成行。⑥
怡然敬父执，⑦ 问我来何方。
问答未及已，⑧ 驱儿罗酒浆。⑨
夜雨剪春韭， 新炊间黄粱。⑩
主称会面难，⑪ 一举累十觞。⑫
十觞亦不醉， 感子故意长。⑬
明日隔山岳，⑭ 世事两茫茫。⑮

【注释】

①动如：动不动就像。参(shēn)、商：二星名，参在西，商在东，此出彼没，永不相见。后常以比喻双方会面之难。曹植《与吴季重书》：“别有参商之阔。” ②今夕、何夕：《诗经·唐风·绸缪》：“今夕何夕，见此良人！”“今夕何夕，见此邂逅。”表示惊喜。此是喜出望外，想不到得有今夕，共对此灯烛之光也。 ③访旧：打听故旧的下落。半为鬼：大多亡故。 ④热中肠：为故旧的死亡而深感悲痛，五内俱焚。 ⑤君子：指卫八。 ⑥成行：众多。⑦怡然：和悦貌。父执：父亲的友辈。《礼记·曲礼上》：“见父之执。”孔颖达疏：“谓挚友与父同志者也。” ⑧未及已：还没有说完。 ⑨罗酒浆：摆上酒菜。 ⑩新炊：刚煮熟的饭。间(jiàn)：搀和。黄粱：即黄小米。 ⑪主称：主人说。 ⑫累：接连。觞(shāng)：酒杯。 ⑬子：指卫八。故意：故旧情义。长：深长，深厚。 ⑭山岳：指西岳华山。这句是说明天就要和你分别，好像

华山把我们隔开一样。 ⑮世事：指时局发展和个人命运。别后世事如何，你我都茫然无知，不能预料，故曰“两茫茫”。

【品评】

乾元元年(758)，杜甫被贬华州司功参军，冬赴洛阳，二年春从洛阳回华州，途中遇老友卫八处士，久别重逢，抚今追昔，感慨万千，遂赋此诗以赠，极言朋友会面之难，以见与卫八相会之乐。卫八，生平不详，八是排行。处士，居家不仕的人。黄生评此诗曰：“写故交久别之情，若从肺腑中流出，手未动笔，笔未蘸墨，只是一真。然非沉酣于汉魏而笔墨与之俱化者，即不能道只字。因知他人未尝不遇此真境，却不能有此真诗，总由性情为笔墨所格耳。”(《杜诗说》卷一)真，的确是杜诗的一大特色。所以，吴冯栻说：“通首妙在一真，情真，事真，景真，故旧相遇，当歌此以侑酒，读之觉翕翕然一股热气，自泥丸直达顶门出也。”(《青城说杜》)诗写一别二十年的老友在战争乱离中忽然相见，乍惊乍喜，如梦如幻，“今夕复何夕，共此灯烛光”，真有九死一生之感。烛下相看，鬓发俱苍，询问旧友，半死为鬼，真是可悲可叹。而眼前所见，昔日小友，今已儿女成行，且极懂礼貌；老友情真，剪春韭，炊黄粱，罗酒浆，倾其所有，盛情款待，又令人可喜可感。久别重逢，悲喜交集，念旧情深，十觞不醉。但想到明日相别，后会无期，又不禁凄然茫然。诗将一夜的情事娓娓叙来，平易真切，质朴无华，生动自然，表现了战乱年代人所共有的“沧海桑田”和“别易会难”的人生感触，具有很强的概括性和感染力。

新安吏

客行新安道，　喧呼闻点兵。①
借问新安吏，　县小更无丁？②
府帖昨夜下，　次选中男行。③
中男绝短小，　何以守王城？④
肥男有母送，　瘦男独伶俜。⑤
白水暮东流，　青山犹哭声。⑥
莫自使眼枯，⑦收汝泪纵横。
眼枯即见骨，　天地终无情。⑧
我军取相州，　日夕望其平。
岂意贼难料，　归军星散营。⑨
就粮近故垒，　练卒依旧京。
掘壕不到水，　牧马役亦轻。⑩
况乃王师顺，　抚养甚分明。⑪
送行勿泣血，　仆射如父兄。⑫

【注释】

①客：杜甫自谓。新安：即今河南新安，东临洛阳。点兵：征调丁壮。　②“县小”句：为“客”的询问。　③“府帖”二句：是新安吏回答“客”的话。府帖：按府兵制征兵的文书。次：因成丁已

被征尽,故次征中男入伍。“客”见被征者年龄较小,故有“县小更无丁”之问。 ④“中男”二句:又是“客”的反问。绝:极。短小:指身材矮小,发育还不完全。王城:指洛阳。 ⑤“肥男”二句:互文见义。即不管肥男瘦男,有母无母,有伴无伴,皆齐声痛哭。伶俜:孤独貌,孤单一人。 ⑥“白水”句:比被征者犹如河水东流,一去不复返;“青山”句:指送行者仍倚山而望行者悲泣。二句用青山、白水,借景写情,从而渲染了中男与家人生离死别的悲剧气氛,读来令人泪落。 ⑦自“莫自”句至篇末皆是“客”的宽勉之词。眼枯:哭瞎眼睛。 ⑧承上而言,意为即使把眼哭瞎了,也留不住自己的孩子。字面是埋怨天地无情,实则影射朝廷。⑨“我军”四句:追溯相州战役失败的经过。乾元元年(758)十月,郭子仪、李光弼等九节度使合兵六十万包围邺城,因缺乏统一指挥,自冬至春,久围不克,致使军心涣散,再加上敌援军至,终致溃败。故云“贼难料”。日夕:犹早晚。平:平定,收复。星散营:是说溃败的唐军已不成建制,像星星一样到处散乱地屯营。⑩“就粮”四句:是进一步对“中男”及其亲人宽慰和鼓励的话。仇兆鳌曰:“曰就粮,见有食也;曰练卒,非临阵也;曰掘壕、牧马,见役无险也。”(《杜诗详注》卷七)就粮:移兵到粮多的地方以取得给养。故垒:指河阳的旧营垒。练卒:练兵(而不是去临阵打仗)。旧京:指洛阳。掘壕不到水:是说战壕挖得很浅,劳役不重。⑪况乃:何况。王师顺:唐朝政府的官军顺应天理民意平叛,师出有名。抚养:指将官爱护士卒。 ⑫泣血:形容哭得极度悲伤。仆射:官职名,在唐朝相当于宰相,这里指郭子仪。子仪至德二载(757)五月曾任左仆射。如父兄:谓郭子仪体恤爱护士卒犹如父兄，大可以放心前往。语本《淮南子·兵略训》："上视下如子，则下视上如父。上视下如弟，则下视上如兄。"

【品评】

乾元元年(758)冬至乾元二年(759)春，郭子仪、李光弼等九节度使以六十万大军围攻相州(又称邺城，今河南安阳)安史叛军，因军无统帅，久围而不克。加之诸军缺粮，史思明援军又至，唐军军心浮动。三月，唐军在相州河北摆开阵势与史思明决战，正胜负未分之际，大风忽起，吹沙拔木，天昏地暗，两军大惊，官军向南溃退，叛军向北溃退。郭子仪以朔方军断河阳桥保东都洛阳。诸节度各溃归本镇。洛阳一带形势紧张，朝廷为扭转战局，加强战备，于是到处征兵抓丁，新安一带尤为严重，虽老幼亦难免。这时作者由洛阳回华州，就沿途所见所闻，怀着矛盾的心情写下《新安吏》、《石壕吏》、《潼关吏》、《新婚别》、《垂老别》、《无家别》这组传诵千载的史诗，即所谓"三吏"、"三别"。其中表达了非常复杂的感情，既为人民所承受的苦难而感到痛心，又不得不站在国家民族的立场劝勉人民做出牺牲，同情中混合着安慰。艺术上继承了古乐府的传统，善用白描手法，将内在感情寄托在情节和人物言行的客观叙述中，作者不作多余的议论，而浓烈的感情溢于言外，沉哀入骨。

《新安吏》为组诗首篇，亦是组诗总领。题下原注："收京后作。虽收两京，贼犹充斥。"全诗借问答之辞，皆据实直书。可分为三段：前八句总叙点兵之事，中八句写未成丁中男被征送别之惨景，后十二句申说点兵之由，勉为从征之辞。杨伦曰："先以恻隐动其君上，后以恩谊勉其丁男，仁至义尽。此山谷所云'论诗未觉《国风》远'也。"(《杜诗镜铨》卷五)张綖曰:"凡公此等诗,不专是刺。盖兵者凶器,圣人不得已而用之。故可已而不已者,则刺之;不得已而用者,则慰之、哀之。若《兵车行》、前后《出塞》之类,皆刺也,此可已而不已者也。若《新安吏》之类,则慰也,《石壕吏》之类,则哀也,此不得已而用之者也。"(《杜工部诗通》卷七)

石壕吏

暮投石壕村,① 有吏夜捉人。
老翁逾墙走,② 老妇出看门。
吏呼一何怒,③ 妇啼一何苦!
听妇前致词:④ "三男邺城戍。⑤
一男附书至,⑥ 二男新战死。
存者且偷生, 死者长已矣。⑦
室中更无人, 惟有乳下孙。⑧
有孙母未去, 出入无完裙。⑨
老妪力虽衰,⑩ 请从吏夜归。
急应河阳役,⑪ 犹得备晨炊。"⑫
夜久语声绝, 如闻泣幽咽。⑬
天明登前途,⑭ 独与老翁别。

【注释】

①投:投宿。 ②逾:翻越。 ③一何:何其,多么。 ④致

词：述说。 ⑤三男：三个儿子。 ⑥附书：捎信。 ⑦长已矣：永远完了。 ⑧乳下孙：正吃奶的小孙子。 ⑨母未去：指儿媳未改嫁。说明她是新战死一子之妻。二句一作："孙母未便出，见吏无完裙。" ⑩老妪(yù)：犹言老婆子。老妇自称。 ⑪河阳：今河南孟州。相州失败后，河阳是前线重要防地。 ⑫备晨炊：置备早饭。指在军中做饭。 ⑬幽咽(yè)：抽泣声。 ⑭前途：前去的路。

【品评】

乾元二年(759)三月作。石壕村，处在洛阳、长安两京交通要道上，在今河南陕县东观音堂镇西北部山区，今名甘壕村。杜甫从新安去潼关路经石壕村，正遇官吏捉人从军一幕惨剧。诗直书所见所闻，全用素描，不着作者一字评语，而其意自见。在章法上，此诗颇见剪裁之功。全篇仅见老妇答辞，而将石壕吏穷凶极恶、步步紧逼的问话省略，这是"以答代问"的手法。如"室中更无人"前，省略了石壕吏"家中还有什么可去应征之人"的逼问。"老妪力虽衰"前，又省略了石壕吏"无论如何你家也要出一个人"的威胁。这些都使整首诗显得紧凑完整。诗人并不是无动于衷，而是采用了寓主观于客观的表现手法，诗人的爱憎之情，都蕴涵其中。结尾处，诗人天明时"独与老翁别"，暗示老妇已经被抓走了。

新婚别

兔丝附蓬麻，引蔓故不长。①

嫁女与征夫，不如弃路旁！[②]
结发为君妻，席不暖君床。
暮婚晨告别，无乃太匆忙！[③]
君行虽不远，守边赴河阳。[④]
妾身未分明，何以拜姑嫜？[⑤]
父母养我时，日夜令我藏。[⑥]
生女有所归，鸡狗亦得将。[⑦]
君今往死地，沉痛迫中肠。[⑧]
誓欲随君去，形势反苍黄。[⑨]
勿为新婚念，努力事戎行。[⑩]
妇人在军中，兵气恐不扬。[⑪]
自嗟贫家女，久致罗襦裳。[⑫]
罗襦不复施，对君洗红妆。[⑬]
仰视百鸟飞，大小必双翔。[⑭]
人事多错迕，与君永相望。[⑮]

【注释】

①“兔丝”二句：借用兔丝子依附蓬麻，来比喻嫁给征夫难以白头偕老，自叹身世之苦。兔丝：即兔丝子，蔓生植物，依附于别的植物生长。蓬、麻均甚低矮，兔丝子依附之，则引蔓必不能长。②“嫁女”二句：为激愤语，承上而言。征夫：指从军出征的人。③“结发”四句：言新婚与离别间隔之短，晚上刚结为夫妇，早晨就被迫分别。无乃：难道不是。 ④“君行”二句：是说征夫守边竟

守到离家不远的河阳，言外有讽刺意味。河阳：见前《石壕吏》注⑪。　⑤“妾身”二句：古代婚俗是暮婚，次晨新妇拜公婆，第三日告庙上坟，整个婚礼才算完成，新娘的名分始定。而此新郎，“暮婚晨告别”，没有完成婚礼，所以新妇身份未明；身份不明就不便拜公婆，故曰“何以”。姑嫜：丈夫的母亲称姑，丈夫的父亲称嫜。⑥藏：深居闺中，不轻易见人，表示恪守妇道礼法。　⑦归：指女子出嫁。鸡狗亦得将：即“嫁鸡随鸡，嫁狗随狗”之意。将：顺从。⑧“君今”二句：谓你如今将奔赴生死莫测的战场，这让我肝肠寸断。中肠：内心。　⑨“誓欲”二句：承上句说，担心反而把事情弄糟。苍黄：变化，指引起麻烦。　⑩“勿为”二句：鼓励丈夫努力作战，反映了新妇的爱国精神。事戎行：效力于军旅。　⑪“妇人”二句：是说恐怕妇人在军中会影响士气，申明“反苍黄”之故。《汉书·李陵传》载：李陵与单于战，陵曰：“吾士气稍衰而鼓不起者，何也？军中岂有女子乎？”杜诗本此。　⑫“自嗟”二句：是说辛苦多年才置办了这身嫁衣裳。罗：一种丝织品。襦：短衣。裳：指裙子。　⑬“罗襦”二句：是说不再梳洗打扮，表示坚贞等待丈夫归来。施：穿。洗红妆：洗掉红妆，不再打扮。古有“女为悦己者容”的说法。　⑭“仰视”二句：是以百鸟成双之乐反衬夫妻离别之苦。　⑮错迕（wǔ）：错杂交迕，这里指生活中的不如意。与君永相望：表示自己对丈夫的忠贞不渝。

【品评】

乾元二年（759）三月作。诗写一对新婚夫妇“暮婚晨告别”的惨剧，而这“别”，又是新妇送新郎应征去前线，可谓生离死别。全诗都作新妇语气，全是新妇的惜别劝勉之词，悲怨而沉痛，塑造了一个善良坚贞而又识大体、顾大局的少妇形象，感人至深。前十二句，以新人语，叙新婚惜别，语含羞意。中八句，夫妇分别，愁绪万端，流露真情。后十二句，既勉其夫，又且自励，终望相聚。仇兆鳌曰："此诗，君字凡七见。君妻、君床，聚之暂也。君行、君往，别之速也。随君，情之切也。对君，意之伤也。与君永望，志之贞且坚也。频频呼君，几于一声一泪。"（《杜诗详注》卷七）夏力恕曰："无穷义理，无限节操，却从新嫁娘口中脱出，只此便是有唐乐府，临阵歌之，可以激励将士。"（《杜诗增注》卷五）

无家别

寂寞天宝后，园庐但蒿藜。①
我里百馀家，世乱各东西。②
存者无消息，死者为尘泥。③
贱子因阵败，归来寻旧蹊。④
久行见空巷，日瘦气惨凄。⑤
但对狐与狸，竖毛怒我啼。⑥
四邻何所有？一二老寡妻。
宿鸟恋本枝，安辞且穷栖？⑦
方春独荷锄，日暮还灌畦。⑧
县吏知我至，召令习鼓鞞。⑨
虽从本州役，内顾无所携。⑩

近行止一身，远去终转迷。[11]
家乡既荡尽，远近理亦齐。[12]
永痛长病母，五年委沟溪。[13]
生我不得力，终身两酸嘶。[14]
人生无家别，何以为烝黎？[15]

【注释】

①天宝后：指安史之乱后。因安史之乱起，中原农村遭到严重破坏，人口剧减，故云“寂寞”。园庐：田园房舍。但蒿藜：只剩下一片野草。 ②里：坊里。唐制，百户为一里。各东西：各自东西逃散。 ③为尘泥：一作“委尘泥”，指尸骨朽烂。 ④贱子：老兵自谓。阵败：指邺城之败。旧蹊：旧路。此指故里。 ⑤“久行”二句：写征夫归来，所见皆空巷，终是无家可入，因为“家乡既荡尽，远近理亦齐”。在这荒旷的家园中，惟馀暗淡惨凄的日光，可谓“写尽满目荒凉”（《杜诗镜铨》卷五）。日瘦：指日色无光，气象凄惨。王嗣奭曰：“日安有肥瘦？创云‘日瘦’，而惨悽宛然在目。”（《杜臆》卷三） ⑥怒我啼：向我愤怒啼叫。狐狸对人啼，可见人宅已成狐穴。 ⑦“宿鸟”二句：犹云人生恋故土，既然能回到家乡，就是再困苦也要暂且活下去。 ⑧“方春”二句：写老兵为了生活又独自忙活起农事。灌畦：浇菜地。 ⑨习鼓鞞（pí）：练习敲打军鼓，指又要他去打仗。 ⑩从本州役：在本州服兵役，言服役之近。无所携：是说家中没有人可以告别的。携：离。⑪“近行”二句：是说自幸在本州服役，要是远去他乡就很难说了。终转迷：不知会怎么样。 ⑫“家乡”二句：又翻进一层，是说家园

既然都已经荡然无存，那么在本州与在外地服役反正都是一样，没有什么区别。这是老兵自伤只身无依之辞，揭露了他“无家”的内心痛苦。齐：都一样。 ⑬“永痛”二句：是说母亲去世已有五个年头。安史之乱爆发至此时正好是五年，则其母或是死于战乱的。委沟溪：指死去未得安葬。委：抛弃。 ⑭不得力：指不能救母于死，母死又不能葬。两酸嘶：言母子二人共同饮恨。一说指母病不能养，母死不能葬，没有尽到做儿子的责任，感到痛心。亦通。酸嘶：失声痛哭。 ⑮“人生”二句：谓到了这样无家可别的悲惨境地，还让人怎么做老百姓呢？矛头直指皇帝。烝黎：百姓，民众。

【品评】

乾元二年(759)三月作。题云“无家别”，犹言无家可别。通篇是一个再次被征服役的单身汉的独白，可分三段：开头八句，写老兵乱后归乡；中十二句，言归而无家，分写故里荒凉之状与暂归旋役之苦；末十二句，言无家又别，既伤只身莫依，又痛亡亲不见，曲尽无家之惨。结句“人生无家别，何以为烝黎?”尤为痛彻心肺。此诗为“三吏”、“三别”的最后一篇，可作六诗总结。王嗣奭曰：“上数章诗，非亲见不能作，他人虽亲见亦不能作。公往来东都，目击成诗，若有神使之，遂下千年之泪。”“《新安》，悯中男也，其词如慈母保赤。《石壕》作老妇语，《新婚》作新妇语，《垂老》、《无家》，其苦自知而不能自达，一一刻画宛然，同工异曲，随物赋形，真造化手也。”(《杜诗详注》卷七引)《唐宋诗醇》卷一〇亦云：“安史之乱，唐之不亡，幸耳。相州一溃，河阳危迫，驱民从役，势不得已。然其困亦极矣。甫于行役所经，伤心惨目，上悯国难，下痛民穷，加以所遇不偶，怀抱抑郁，程形赋音，几于一字一泪，觉千古不可磨灭，使孔子删诗，当在变雅之列。岂复区区字句之间，声调之末，与他人较工拙哉！”

佳　人

绝代有佳人，　幽居在空谷。①
自云良家子，② 零落依草木。③
关中昔丧乱，④ 兄弟遭杀戮。
官高何足论？　不得收骨肉。⑤
世情恶衰歇，⑥ 万事随转烛。⑦
夫婿轻薄儿，⑧ 新人美如玉。⑨
合昏尚知时，⑩ 鸳鸯不独宿。⑪
但见新人笑，　那闻旧人哭！⑫
在山泉水清，　出山泉水浊。⑬
侍婢卖珠回，　牵萝补茅屋。⑭
摘花不插发，⑮ 采柏动盈掬。⑯
天寒翠袖薄，⑰ 日暮倚修竹。⑱

【注释】

①“绝代”二句：上句言其色之美，下句喻其品之高。绝代：犹

绝世，举世无双。《汉书·外戚传上》载李延年歌：“北方有佳人，绝世而独立。”唐人避太宗李世民讳，改“世”为“代”。幽居：隐居。《礼记·儒行》：“幽居而不淫。”空谷：幽深的山谷。亦含“空谷人如玉”意。《诗经·小雅·白驹》：“皎皎白驹，在彼空谷。生刍一束，其人如玉。” ②良家子：清白人家的女子。据后“高官”句，则佳人出于官宦人家。 ③零落：犹飘零。依草木：应上“幽居在空谷”。 ④关中：今陕西中部一带。此实指长安，天宝十五载六月，安史叛军攻陷长安。丧乱：即指安史之乱。 ⑤“官高”二句：谓连兄弟的尸骨都不能收殓，高官又有何用？ ⑥世情：世态人情。恶(wù)：厌恶，嫌弃。衰歇：衰败失势。 ⑦转烛：比喻世事变幻，富贵无常。亦喻时间变化迅速，转瞬即逝。《佛说贫穷老公经》云：“昼夜七日七夕，水浆断绝，小有气息，命在转烛。” ⑧轻薄儿：谓夫婿喜新厌旧。 ⑨新人：指丈夫新娶的妻子。 ⑩合昏：即夜合花，又名合欢花，朝开夜合，故曰“知时”。 ⑪鸳鸯：水鸟，雌雄永不分离。江总《闺怨篇》：“池上鸳鸯不独宿。” ⑫新人：指新妇。旧人：指弃妇，佳人自谓。以上四句谓花鸟尚有情有义，而夫婿却喜新厌旧，真是连花鸟都不如，正见其“轻薄”。⑬“在山”二句：徐增曰：“此二句，见谁则知我？泉水，佳人自喻；山，喻夫婿之家。妇人在夫家，为夫所爱，即是在山之泉水，世便谓是清的；妇人为夫所弃，不在夫家，即是出山之泉水，世便谓是浊的。”（《说唐诗》卷一）仇兆鳌则曰：“此谓守贞清而改节浊也。”（《杜诗详注》卷七）亦通。 ⑭“侍婢”二句：极写佳人生活之艰苦凄凉。侍婢卖珠，见其生活拮据；牵萝补屋，见其所居破败。萝：即女萝，一种有藤植物。 ⑮摘花不插发：佳人摘花而不插，说明无心修饰，亦“岂无膏沐，谁适为容”(《诗经·卫风·伯兮》)意。⑯采柏：柏实味苦，自不能食，但却常常采满一把，有清苦自甘、其苦自知意。动：常常。掬(jū)：两手捧取。 ⑰翠袖：泛指佳人衣着。 ⑱修竹：长竹。竹有节而挺立，以喻佳人的坚贞操守。

【品评】

乾元二年(759)秋，杜甫由华州弃官携家流寓秦州(今甘肃天水)，此诗即在秦州作。诗借弃妇命运，寄寓身世之感。诗中佳人的形象，典型而又独特，可怜而又可敬。国难当头，家庭破败，个人被弃，遭遇是悲惨的，对一个弱女子来说，又是难以承受的。女主人公的难能可贵之处，就是在难以忍受的重重打击之下，没有乞怜之态，更无沉沦之想，而是坚贞自守，自强不息。“天寒翠袖薄，日暮倚修竹”，“其坚苍孤冷之节，足以傲雪凌霜，而与天寒日暮之修竹，同其劲直也”(《杜诗言志》卷五)。诗人用赋的手法叙述佳人的悲惨遭遇和孤苦生活，又用比兴的手法赞美她的高洁情操，将客观描写与主观寄托有机地结合起来，在着意塑造的绝代佳人身上寄寓了诗人自己的感慨和理想。所以夏力恕说：“《佳人》名篇，亦左徒(屈原)迟暮之意，盖因所见而写成，以自喻且自嘲耳。”(《杜诗增注》卷五)

遣兴五首(选一)

吾怜孟浩然，① 裋褐即长夜。②

赋诗何必多，　往往凌鲍谢。③
清江空旧鱼，④　春雨馀甘蔗。⑤
每望东南云，　令人几悲吒。⑥

【注释】

①怜：爱。孟浩然：盛唐著名田园诗人，襄阳（今湖北襄阳）人。　②“裋褐”句：意即终身不仕，在清贫中死去。裋（shù）褐：指粗陋的布衣。　③凌：超越。鲍谢：指南朝宋诗人鲍照和谢灵运。　④“清江”句：孟浩然隐居时常到岘山附近的汉水边钓鳊鱼，有《岘潭作》诗云：“试垂竹竿钓，果见槎头鳊。”　⑤“春雨”句：孟浩然隐居时，在乡间“灌蔬艺竹，以全高尚”（王士源《孟浩然集序》）。则亦应有种甘蔗之事。　⑥东南：襄阳在秦州东南，故云。悲吒：悲慨的叹息。

【品评】

乾元二年（759）作于秦州。诗伤悼孟浩然虽有诗才而清贫早逝，语言极其凄凉惨淡。此五首组诗也正是诗人遭受贬谪、弃官远赴秦州之后，所产生的怀古伤今，感慨身世，抒发不遇之情和归隐之志的体现。王嗣奭评曰：“俱借古人以遣自己之兴，非尚论古人也。”（《杜臆》卷三）

月夜忆舍弟

戍鼓断人行，①　秋边一雁声。②

露从今夜白，　月是故乡明。③
有弟皆分散，　无家问死生。④
寄书长不达，　况乃未休兵。⑤

【注释】

①戍鼓：戍楼夜时所击禁鼓。断人行：谓宵禁戒严。　②秋边：一作“边秋”。一雁：即孤雁。不用孤字，是因平仄关系。古以雁行喻兄弟，说“一雁”，即暗喻自己孤独。　③“露从”句：谓今日适逢白露节。月无处不明，而因心念故乡，故曰“月是故乡明”。④无家：时杜甫巩县老家毁于安史之乱，已无人，故云。萧涤非先生释此二句云：“分散而有家，则谁死谁生，尚可从家中问知；现在是既分散而又无家，连死活都无从问处。语极悲切。”（《杜甫诗选注》）　⑤书：家信。况乃：何况是。时史思明叛军复陷洛阳，又进攻河阳，故曰“未休兵”。

【品评】

乾元二年(759)秋，杜甫弃官华州，携家流寓秦州。他兄弟五人，四个弟弟颖、观、丰、占，此时只有杜占随行，其余则散处河南、山东等地。时安史之乱未平，史思明叛军在黄河南北很猖獗，西面吐蕃亦不时侵扰，秦州地处边塞，形势比较紧张。杜甫最笃于兄弟情谊，干戈扰攘中，衰病的诗人格外思念音信不通的诸弟，遂在凄清孤寂的秋夜，写下了这首凄楚动人的忆弟诗。诗写天涯忆弟之情，骨肉离散之苦，可谓字字忆弟，句句有情。首联点明时、地，已隐含忆弟之情。戍鼓鸣，行人断，正是战乱景象，戍鼓声犹在耳，接着传来孤雁哀鸣，不禁牵动起诗人思弟之情缕。古人常用“雁行”、“雁序”喻兄弟，孤雁失群，则使人联想到兄弟分散。首联十字，可谓一字一咽，字字血泪。这二句是提摄全篇的。它写出忆弟之情，又揭出忆弟之由，那就是战乱。以下六句都是与这二句紧相呼应的。颔联紧承“秋”字、“月”字，加倍写“忆”。这两句诗，将江淹《别赋》“明月白露”四字翻作十字，运用上一下四句式，将寻常语离析倒装而用之，语峻体健，意亦深稳，遂成妙绝古今之名句。颈联申明三、四，知乱后故乡无人，只孤悬一轮明月，则月愈明，忆弟思乡之情愈切。尾联紧承五、六，照应开头，将家愁国难作一收束，含蓄蕴藉，无限深情。

天末怀李白

凉风起天末，　君子意如何？①
鸿雁几时到？②　江湖秋水多。③
文章憎命达，　魑魅喜人过。④
应共冤魂语，　投诗赠汨罗。⑤

【注释】

①凉风：时值秋天，故云。君子：指李白。陆机《为顾彦先赠妇诗二首》其二：“借问叹何为？佳人渺天末。”　②鸿雁：代指书信。古有鸿雁传书之说。　③“江湖”句：喻风波险阻。与《梦李白二首》其二“江湖多风波”同义。　④文章：泛指诗文。命达：谓

仕途通达。魑魅(chī mèi):山泽中精怪,此喻奸邪小人。过:经过。魑魅喜人过而食之。亦有过失意。小人伺君子过失而害之。朱鹤龄曰:“上句言文章穷而益工,反似憎命之达者。下句言小人争害君子,犹魑魅喜得人而食之,即《招魂》‘雄虺九首,吞人以益其心’意也。”(《杜工部诗集辑注》卷六) ⑤冤魂:指屈原。屈原忠君爱国,无罪被放,忧愤投汨罗江而死,故曰“冤魂”。投诗:谓李白投诗汨罗以吊屈原。黄生曰:“不曰‘吊’而曰‘赠’,说得冤魂活现。”(《杜诗说》卷一)李白遭遇与屈原相似,同是蒙冤被放,故曰“共”。

【品评】

乾元二年(759)秋在秦州作。时李白坐永王璘事长流夜郎,途中遇赦还至湖南。杜甫不知李白实况,因赋诗怀之。天末,犹天边。二人天各一方,故云“天末”。诗写对李白的深切怀念,同情其遭遇,哀怜其不幸,为其深鸣不平。仇兆鳌曰:“说到流离生死,千里关情,真堪声泪交下,此怀人之最惨怛者。”(《杜诗详注》卷七)

送 远

带甲满天地,胡为君远行?①
亲朋尽一哭,鞍马去孤城。②
草木岁月晚,关河霜雪清。③
别离已昨日,因见古人情。④

【注释】

①带甲：披甲的士兵。满天地，到处皆兵。环境如此严峻，为何还远行呢？盖不得已也。胡为：何为。 ②尽一哭：同声一哭。去孤城：离开秦州。世乱远行而亲朋皆哭，盖因虽生离而有死别之忧。 ③"草木"二句：写别时关河清冷肃杀的秋景，以衬托离别的沉重心情。 ④"别离"二句：离别已成过去，但仍满怀惜别之情。昨日：往日。古人情：古人殷殷惜别之情。

【品评】

此诗当作于乾元二年(759)秋冬之际，时杜甫在秦州。诗中写送人远行，交织着国乱亲离的沉痛情感。一说此诗为作者"自送"，恐非。此诗首二句写乱世远行，前途堪忧。三、四句描写悲壮的送别场面，生动逼真，极富感染力。五、六句设想中途风霜憔悴之苦，意境凄美。末二句由此送别指出，这种离愁别恨古今皆然。黄生曰："平时别离，已足悲伤，况逢世乱，倍增惨怆。起二语，写的万难分手，接联更作一幅关河送别图，顿觉班马悲鸣，风云变色，使人设身处地，亦自惨然销魂矣。"(《杜诗详注》卷八引)

寄李十二白二十韵

昔年有狂客，号尔谪仙人。①
笔落惊风雨，诗成泣鬼神。②
声名从此大，汩没一朝伸。③

文彩承殊渥，流传必绝伦。[4]
龙舟移棹晚，兽锦夺袍新。[5]
白日来深殿，青云满后尘。[6]
乞归优诏许，遇我夙心亲。[7]
未负幽栖志，兼全宠辱身。[8]
剧谈怜野逸，嗜酒见天真。[9]
醉舞梁园夜，行歌泗水春。[10]
才高心不展，道屈善无邻。[11]
处士祢衡俊，诸生原宪贫。[12]
稻粱求未足，薏苡谤何频？[13]
五岭炎蒸地，三危放逐臣。[14]
几年遭鹏鸟，独泣向麒麟。[15]
苏武元还汉，黄公岂事秦？[16]
楚筵辞醴日，梁狱上书辰。[17]
已用当时法，谁将此议陈？[18]
老吟秋月下，病起暮江滨。[19]
莫怪恩波隔，乘槎与问津。[20]

【注释】

①狂客：贺知章，号四明狂客。谪仙人：孟启《本事诗·高逸第三》载，李白自蜀至京师，贺监知章闻其名，首访之，请所为文，白出《蜀道难》示之，称叹数四，号为谪仙人。解金貂换酒，与倾尽醉，自是声誉光赫。又李白《对酒忆贺监诗序》云："太子宾客贺

公，于长安紫极宫一见，呼余为‘谪仙人’。” ②“笔落”二句：孟启《本事诗》载，贺知章见李白《乌栖曲》叹曰：“此诗可以泣鬼神矣。”二句赞扬李白诗歌强烈的感染力。仇兆鳌曰：“惊风雨，称其敏捷；泣鬼神，称其神妙。”（《杜诗详注》卷八） ③“声名”二句：是说自从贺知章赞誉之后，李白被埋没的声名开始变大。汩（gǔ）没：埋没。 ④殊渥：指李白供奉翰林事。贺知章向玄宗推荐李白，召见金銮殿，论当世事，奏颂一篇，帝赐食，亲为调羹，有诏供奉翰林。绝伦：无与伦比。 ⑤“龙舟”句：范传正《唐左拾遗翰林学士李公（白）新墓碑并序》：“（玄宗）泛白莲池，公不在宴，皇欢既洽，召公作序。时公已被酒于翰苑中，仍命高将军扶以登舟。”“兽锦”句：《旧唐书·宋之问传》载，武后令从臣赋诗，东方虬先成，赐以锦袍。宋之问继进诗，尤工，于是夺袍赐之。兽锦：印有兽形花纹的锦。二句写李白所受玄宗的重视和恩遇。 ⑥“白日”二句：写李白日间上朝，身后追随仰慕者甚众。青云：喻李白地位显赫，如在青云之上。后尘：喻趋附之士追随其后。 ⑦“乞归”句：《新唐书·李白传》载，李白为高力士所谮，自知不为玄宗亲近所容，恳求还山，玄宗赐金放还。遇我：指天宝三载，李杜二人初次相逢于洛阳。夙心：夙愿，平素的心愿。一作“宿心”。 ⑧“未负”二句：言李白被赐金放还，未尝不是好事，一方面没有辜负他幽栖隐居的志向，另一方面又全身而退，免作政治斗争的牺牲品。宠辱身：伴君如伴虎，恩宠和辱戮无常，故云。 ⑨剧谈：即畅谈。忆及当年与李白相会同游，谈诗论文，何等惬意。野逸：杜甫自谓。二人相遇时，李白早已名动朝野，故云“怜野逸”。嗜酒：谓李白。白嗜酒，为酒中仙，其醉时，是“天子呼来不上船”的，正见其天真。二句可见李杜“夙心之投”(《杜诗镜铨》卷六)。 ⑩“醉舞”二句:是回忆二人共同漫游梁宋、齐鲁的胜事。梁园:即梁苑,亦称兔园。西汉梁孝王所建的东苑,故址在今河南商丘市东。天宝三载(744)秋冬之际,李杜二人曾同游梁宋。行歌:且行且歌。泗水:水名,发源于山东泗水县陪尾山,西流经曲阜、兖州,折南至济宁东南鲁桥镇入南四湖。古泗水自鲁桥以下,南流经江苏注入淮河。天宝三四载间,二人曾同游齐鲁。 ⑪“才高”二句:对李白才高遭嫉的遭遇表示感慨。道屈:指理想不得实现。善无邻:《论语·里仁》:“德不孤,必有邻。”此反用其意,有曲高和寡之意。⑫“处士”二句:以祢衡和原宪比李白。祢衡:东汉平原人,字正平。少年英俊,才气不凡,受知于孔融,推荐给曹操,后又事刘表、黄祖,皆以文才受重视,终因恃才傲物为黄祖所杀。孔融《荐祢衡表》称祢衡为处士。原宪:孔子弟子。为人以贫困守节而著称。⑬薏苡(yì yǐ):多年生草本植物,茎直立,叶披针形,果仁叫薏米。薏苡谤:《后汉书·马援传》载:伏波将军马援在交趾时,常食薏苡果实。南方薏苡果实较大,马援载回一车薏苡为种。在其死后被人诬为载回的是南方明珠、文犀。后比喻蒙冤被谤。这里指李白因“从璘”为人所诬谤。 ⑭“五岭”二句:写李白长流夜郎。夜郎在西南荒远之地,故以五岭、三危比之。五岭:大庾岭、始安岭、临贺岭、桂阳岭、揭阳岭的总称,在今江西、湖南、广东、广西交界处。炎蒸:酷热。三危:山名,在今甘肃敦煌东南,因其三峰耸立,山势欲坠,故称。《尚书·舜典》:“窜三苗于三危。”后因以“三危”为咏流放之典。 ⑮“几年”二句:遭鹏鸟,虑身危;泣麒麟,叹道穷。鹏鸟:汉代贾谊为长沙王太傅,见鹏鸟入舍,作《鹏鸟赋》,后以之为遭受贬谪或自伤不幸之典。泣向麒麟：据《公羊传》载，鲁哀公十四年，狩猎时捕获麒麟，孔子认为麒麟为仁兽，王道大兴时才出现，现在正值乱世，出非其时，因此孔子哭泣着说："胡为乎而来哉？吾道穷矣！"后因以"泣麟"为哀叹世道衰败、志向难以施展之典。 ⑯"苏武"二句：以苏武和黄公比李白心本无他，乃因胁迫而受伪官。苏武在匈奴十九年，坚贞不屈，后终还汉。黄公：即夏黄公，汉时鄞人，避秦而隐居商山中，四皓之一。 ⑰"楚筵"二句：言李白在狱中曾上书为自己辩诬。辞醴：谓不受伪官。楚筵辞醴：典出《汉书·楚元王传》："初，元王敬礼申公等，穆生不耆酒，元王每置酒，常为穆生设醴。及王戊即位，常设，后忘设焉。穆生退曰：'可以逝矣！醴酒不设，王之意怠，不去，楚人将钳我于市。'"上书：谓力辩己冤。梁狱上书：西汉邹阳为梁孝王门客，有文才，与庄忌、枚乘交好，羊胜、公孙诡忌其才，诬陷邹阳，梁王将他下狱，欲杀之，邹阳作《狱中上梁王书》自辩，梁王阅书，赦之，列为上宾。 ⑱"已用"二句：言因无人为其昭雪冤屈，故当时已被判罪系浔阳狱，后被流放夜郎。此议：指为李白辩诬洗冤。陈：陈奏。⑲"老吟"二句：想象李白被诬后的生活情状。暮江滨：此时李白已遇赦还浔阳，故云。 ⑳"莫怪"二句：叹如李白之才而皇帝不予开恩，故欲乘槎以问天。其中亦有安慰之意。恩波隔：指没有得到皇帝的恩泽。槎：木筏。古有乘槎上天的神话传说。津：渡口。

【品评】

乾元二年(759)杜甫居秦州时所作。李白坐永王李璘案，先于至德二载(757)下浔阳狱，后获释。乾元元年，又流放夜郎(在今贵州省)。杜甫与李白昔年曾"醉眠秋共被,携手日同行",交谊甚厚,对李白遭此不白之冤深感痛心。此诗追述了李白生平、诗才以及两人的友情,是对友人横遭不幸的同情与抚慰,亦是为友人鸣不平。王嗣奭曰:"此诗分明为李白作传,其生平履历备矣。白才高而狂,人或疑其乏保身之哲,公故为之剖白。"(《杜诗详注》卷八引)卢世漼称此诗为"天壤间维持公道、保护元气的文字"(《杜诗胥钞馀论·论五七言排律》)。

发秦州

我衰更懒拙,　生事不自谋。①
无食问乐土,　无衣思南州。②
汉源十月交,③ 天气如凉秋。
草木未黄落,　况闻山水幽。
栗亭名更佳,④ 下有良田畴。⑤
充肠多薯蓣,　崖蜜亦易求。⑥
密竹复冬笋,　清池可方舟。⑦
虽伤旅寓远,　庶遂平生游。⑧
此邦俯要冲,　实恐人事稠。⑨
应接非本性,　登临未销忧。⑩
溪谷无异石,　塞田始微收。⑪
岂复慰老夫,　惘然难久留。⑫
日色隐孤戍,　乌啼满城头。⑬

中宵驱车去，饮马寒塘流。⑭
磊落星月高，苍茫云雾浮。⑮
大哉乾坤内，吾道长悠悠。⑯

【注释】

①生事:生计之事。不自谋:不能自己解决,意味要依靠他人帮助。 ②“无食”二句:说明离开秦州的原因乃是为了解决温饱问题。南州:南方的州县,这里指同谷,因为同谷在秦州之南。 ③汉源:县名,同谷邻县,旧治在今甘肃西和县汉源镇。 ④栗亭:在同谷县东五十里,今属徽县,在县城西四十里的栗川乡。栗亭之“栗”乃可食充饥之物,故云“名更佳”。 ⑤田畴:田亩。⑥薯蓣:即山药。崖蜜:野蜂在山崖上酿的蜜,又称石蜜。 ⑦方舟:并舟。句谓清池水面宽广,可以两舟并行。以上十句是写同谷气候温暖,物产丰富,可以衣食之忧。 ⑧“虽伤”二句:承上言既然同谷是片“乐土”,那么虽然旅寓遥远,但是也正好可以顺遂自己平生喜欢游览的兴致。 ⑨此邦:指秦州。俯要冲:地势险要,为交通要道。人事稠:人事应酬频繁。 ⑩“应接”二句:言送往迎来的无聊应酬违拗追求自然的本性,又没有山水可以登临销忧。 ⑪无异石:言没有景致可供观赏。塞田:山田。微收:收成微薄。 ⑫“岂复”二句:总承以上种种不满,说明离开秦州的原因。 ⑬以下八句写从秦州出发的情景。孤戍:孤零零的戍楼。⑭中宵:半夜。杜甫经常半夜动身启程,大概是不愿给亲友造成麻烦。 ⑮“磊落”二句:写出发时景象:星月高悬,云雾苍茫,景物中寄寓了诗人的无限感慨。磊落:错落分明貌。 ⑯“大哉”二

句：慨叹天地辽阔，征途漫漫，言外有不尽的感伤与无奈。

【品评】

此诗原注："乾元二年，自秦州赴同谷县纪行十二首。"乾元二年（759）秋，杜甫流寓秦州，居数月，十月，又为谋衣食而携家去同谷（今甘肃成县），途中写诗十二首以纪行。此为第一首，故曰"发秦州"，写他离开秦州的原因——"无食问乐土，无衣思南州"，诗的中间部分描述了对丰衣足食的"乐土"同谷的向往，最后抒发了天涯羁旅的寥落之感。

石　龛①

熊罴咆我东，　虎豹号我西。
我后鬼长啸，　我前狨又啼。②
天寒昏无日，③　山远道路迷。
驱车石龛下，　仲冬见虹霓。④
伐竹者谁子？　悲歌上云梯。⑤
为官采美箭，　五岁供梁齐。⑥
苦云直簳尽，　无以应提携。⑦
奈何渔阳骑，　飒飒惊蒸黎。⑧

【注释】

①石龛：地名，在今甘肃西和县东南八十里石峡乡。有两处，

一在石峡村西山上,今名八峰石龛、峰腰石龛。一在坦途关,今称双石寺石龛。 ②“熊罴”四句:写山路险恶可怕。曹操《苦寒行》:“熊罴对我蹲,虎豹夹路啼。”又刘琨《扶风歌》:“麋鹿游我前,猿猴戏我侧。”杜诗句法本此。狨(róng):猿的一种,尾作金色,俗称金丝猴。 ③昏无日:昏暗没有日头。 ④“仲冬”句:这里是记述山区气候的特异。 ⑤“伐竹”句:是诗人的问辞。上云梯:指攀登直上高山的石级路。李白《梦游天姥吟留别》云:“脚著解公屐,身登青云梯。” ⑥“为官”二句:是伐竹者答话。为官:替公家。箭:作箭杆的竹子。五岁:五年。自天宝十四载(755)十一月安史之乱爆发,到乾元二年(759)十一月杜甫写此诗,首尾五个年头。梁、齐:指河南、山东地区,那里是唐军与安史叛军作战的主要战场。 ⑦苦云:诉苦说。直簳(gǎn)尽:适合作箭杆的小竹子已经采尽。“无以”句:没有办法交差。张綖云:“山采箭簳,几于罄竹无馀,民力之殚可知。”(《杜诗详注》卷八引) ⑧渔阳骑:指安史叛军,安禄山所部皆渔阳突骑。飒飒:风声。蒸黎:百姓。

【品评】

这是乾元二年(759)十月,杜甫自秦州赴同谷十二首纪行诗其九,时已仲冬,即阴历十一月。诗中描写经过石龛时的困境和所见的人民徭役之苦。前八句极写石龛凄惨阴森景象,感叹行路之艰,是伤己;后八句感叹征求之苦,是悯人。陆时雍曰:“此诗气局最宽,语致最简。”(《杜诗详注》卷八引)杨慎曰:“起的奇壮突兀,末段深为时虑。”(同前)

乾元中寓居同谷县作歌七首

其　一

有客有客字子美，[①] 白头乱发垂过耳。
岁拾橡栗随狙公，[②] 天寒日暮山谷里。
中原无书归不得，　手脚冻皴皮肉死。[③]
呜呼一歌兮歌已哀，悲风为我从天来。[④]

【注释】

①客：杜甫自称。　②岁：这里指岁暮。时当十一月，故云。橡栗：即栎树的果实，似栗而小，长圆形，又名橡子。味苦涩，荒年穷人常用来充饥。狙（jū）：一种猴子。狙公：驯养猴子的老人。橡栗也是猴子的食物，所以说“随狙公”。　③中原：指故乡。书：书信。皴（cūn）：皮肤因受冻而裂开。皮肉死：是指皮肉冻得已没有了知觉。二句写因冻饿而想到战乱中的故乡，已暗伏下文“思弟妹”之意。　④呜呼：感叹词。兮：助词，跟现在的“啊”相似。仇兆鳌曰：“垂老之年，寒山寄迹，无食无衣，几于身不自保，所以感而发叹也。悲风天来，若助旅人之愁矣。”（《杜诗详注》卷八）

【品评】

这组七言歌行，是乾元二年（759）十一月所作。杜甫经过艰难跋涉，终于抵达同谷（今甘肃成县）。在同谷寓居期间，没有得到任何援助，这是他一生中生活最为困苦的时期。组诗淋漓尽致地叙写了他极度穷困的生活状况和对弟妹的刻骨思念，诚如萧涤非先生所说："真是到了'惨绝人寰'的境地。"(《杜甫诗选注》)杜甫采用七古这一体裁，亦有"长歌可以当哭"之意。七首合为一个整体，是取法于张衡《四愁诗》、蔡文姬《胡笳十八拍》。七首结构相同，首二句点明主题，中四句叙事，末二句感慨悲歌。李因笃评曰："《七歌》高古朴淡，洗尽铅华，独留本质。""愈淡愈旨，愈真愈厚，愈朴愈古，千古绝调也。"(《杜诗集评》卷五引)宋末文天祥曾模仿《七歌》而作《六歌》，抒发其家破国亡的悲愤。第一首写自己寓居同谷的窘况。

其　二

长镵长镵白木柄，① 我生托子以为命。②
黄独无苗山雪盛，③ 短衣数挽不掩胫。④
此时与子空归来，　男呻女吟四壁静。⑤
呜呼二歌兮歌始放，闾里为我色惆怅。⑥

【注释】

①镵(chán)：铁制尖头掘土器，有长木柄，所以称长镵。②"我生"句：是说我就靠你这柄长镵来活命了。命托长镵，一语惨绝。子：是以亲切的口吻称呼长镵。　③"黄独"句：意谓漫山大雪，难以辨认，黄独很难找到。黄独：野生植物，根茎只一颗，肉白皮黄，故名黄独。遇霜雪，枯无苗，可蒸食。也叫土芋。④"短衣"句：是说无衣御寒，把破烂的短衣扯了又扯，还是遮不住

小腿。挽：扯，拉。胫：小腿。 ⑤“此时”二句：意谓一无所获，空手而归，家徒四壁，什么也没有，老婆孩子饿得直呻吟。 ⑥放：放声悲歌。歌始放：亦“放歌破愁绝”意。闾里：邻居。色惆怅：悲悯愁苦的表情。

【品评】

此首写全家无衣无食、啼饥号寒的惨状。

其　三

有弟有弟在远方，　三人各瘦何人强？①
生别展转不相见，　胡尘暗天道路长。②
东飞駕鹅后鹙鸧，　安得送我置汝旁？③
呜呼三歌兮歌三发，汝归何处收兄骨？④

【注释】

①杜甫有四个弟弟：颖、观、丰、占。除了幼弟杜占这时跟随在身边外，其余三人都远在山东、河南等地。各瘦：每个人都很瘦。何人强：没有一个强健的。 ②“生别”二句：申明离散的原因。展转：即辗转，到处流转。胡尘暗天：指安史叛乱搅得天下不宁。 ③“东飞”二句：见群鸟东飞，遂生欲乘之去会诸弟的奇想。駕(jiā)鹅：一种野鹅。鹙鸧(qiū cāng)：两种水鸟。鹙即秃鹙，鸧即鸧鸹。安得：怎能。 ④“呜呼”二句：是说即使弟弟们能回到故乡，而我又不知飘泊何处，你们又到哪里去收哥哥我的遗骨呢！

【品评】

此首悲叹兄弟离散。吴瞻泰曰:“本是思弟不归,而兄骨已无处收矣。又似代弟哭兄者,骨肉深情,缠绵郁结。”(《杜诗提要》卷五)

其　四

有妹有妹在钟离,① 良人早殁诸孤痴。②
长淮浪高蛟龙怒,③ 十年不见来何时?
扁舟欲往箭满眼, 杳杳南国多旌旗。④
呜呼四歌兮歌四奏, 林猿为我啼清昼。⑤

【注释】

①杜甫有妹嫁韦氏,夫亡寡居。钟离:即今安徽凤阳县。②良人:丈夫。殁:死。孤:孤儿。痴:指年幼不懂事。 ③长淮:即淮河,钟离临淮河,故欲从水路探望。浪高蛟龙怒:极力形容水行的凶险。 ④箭满眼、多旌旗:均指战乱不宁。杳杳:遥远貌。南国:犹南方。 ⑤清昼:凄清的白天。猿多夜啼,今山林中猿却为我感动而昼啼,可见悲至极矣。

【品评】

此首思念远方的寡妹。仇兆鳌曰:“猿啼清昼,不特天人感动,即物情亦若分忧矣。”(《杜诗详注》卷八)

其　五

四山多风溪水急，　寒雨飒飒枯树湿。
黄蒿古城云不开，　白狐跳梁黄狐立。[①]
我生何为在穷谷？　中夜起坐万感集。[②]
呜呼五歌兮歌正长，魂招不来归故乡。[③]

【注释】

①“四山”四句：是描绘同谷人烟稀少，野兽猖獗的荒凉环境。飒飒：形容风雨声。黄蒿：一种野草，常借以写荒凉景象。跳梁：跳跃。因人少，故狐狸活跃。　②何为：为什么。中夜：半夜。③“呜呼”二句：倍写思乡之切，是说魂早归故乡去了，故招之不来。古人招魂有两种，一招死者的魂，一招活人的魂，此为后者。此句翻用《楚辞·招魂》“魂兮归来，反故居些”之意，其用意更深，语尤奇警。

【品评】

此首由悲弟妹难见又回到自身，写自己流寓荒凉的穷谷，百感交集。诗先以众多阴愁的景物——风多、水急、雨寒、树湿、蒿黄、云密、野狐出没，状写生活的“穷谷”，高度概括了自己寓居同谷的艰难处境。

其　六

南有龙兮在山湫，[①]　古木巃嵸枝相樛。[②]
木叶黄落龙正蛰，[③]　蝮蛇东来水上游。[④]

我行怪此安敢出，　拔剑欲斩且复休。[5]
呜呼六歌兮歌思迟，溪壑为我回春姿。[6]

【注释】

①湫(qiū)：深潭。此指同谷县东南七里的万丈潭，相传有龙自潭中飞出。　②巃嵸(lóng zōng)：高峻貌。樛(jiū)：树枝盘曲下垂貌。　③蛰(zhé)：动物冬眠，潜伏不动不食。　④蝮蛇：一种毒蛇。时当仲冬，蛇应蛰伏，但因同谷气暖(即末句所写“回春姿”)，故得出游。　⑤“我行”二句：是说我见蝮蛇竟敢冬天出游，本“拔剑欲斩”，而终未斩之，却是为何？因为蝮蛇出游，兆示天气变暖，而天气变暖对无衣御寒的杜甫一家来说，是天大的喜讯。正因为这喜讯是蝮蛇传报的，故杜甫不忍斩之。这正反衬出生活的艰难。　⑥“呜呼”二句：谓溪壑将为我这寒苦之人回生春姿。见木叶黄落，冬日愁惨之象，故有渴盼春回大地之想。

【品评】

此首写杜甫出游同谷的万丈潭，见蝮蛇反常出现，杜甫不忍斩杀之，迂曲地表达了他对春讯的盼爱，也正好反映出他过冬的艰难。

其　七

男儿生不成名身已老，[1]　三年饥走荒山道。[2]
长安卿相多少年，　富贵应须致身早。[3]
山中儒生旧相识，　但话宿昔伤怀抱。[4]

呜呼七歌兮悄终曲，⑤　　仰视皇天白日速。⑥

【注释】

①男儿：杜甫自称。身已老：杜甫这年四十八岁，已变得很衰老了。　②三年：杜甫从至德二载（757）四月脱贼奔凤翔行在，闰八月墨制放还鄜州，乾元元年（758）六月贬华州，冬去洛阳，二年春回华州，七月弃官客秦州，直到此时流寓同谷，三年来奔走于荒山野道之间，吃尽苦头。　③“长安”二句：意谓朝廷中新贵多是少年后生，看来想要富贵就应及早钻营。这是愤激之语。致身：致力于仕途。　④“山中”句：这位流落到同谷山中的旧友，当指李衔。杜甫于大历五年暮秋所作《长沙送李十一衔》诗云：“与子避地西康州，洞庭相逢十二秋。”西康州即同谷。从乾元二年（759）冬到大历五年（770）暮秋，正十二个年头。宿昔：往日。⑤悄终曲：悄然结束吟唱。悄：既是无声，又有忧意。　⑥白日速：白驹过隙，时不我待。此句借不能挽日暮之衰颓，而叹穷老流离之深悲。盖化用潘岳《悼亡》诗“青春速天机，素秋驰白日”之意。或谓此句“其声慨然，其气浩然”。

【品评】

最后一首以自叹年老无成，落魄荒山为整组诗作结。仇兆鳌曰：“首尾两章，俱结到天，盖穷则呼天之意耳。”（《杜诗详注》卷八）

发同谷县①

贤有不黔突，圣有不暖席。②
况我饥愚人，焉能尚安宅？③
始来兹山中，休驾喜地僻。④
奈何迫物累，一岁四行役！⑤
忡忡去绝境，杳杳更远适。⑥
停骖龙潭云，回首虎崖石。⑦
临岐别数子，握手泪再滴。⑧
交情无旧深，穷老多惨戚。⑨
平生懒拙意，偶值栖遁迹。⑩
去住与愿违，仰惭林间翮。⑪

【注释】

①题下原注："乾元二年十二月一日，自陇右赴成都纪行。"标明此诗的写作时间与地点。同谷：唐时属陇右道，即今甘肃成县。②"贤有"二句：语本《文子》："墨子无黔突，孔子不暖席。"言圣贤都不能安居。黔：黑。突：烟囱。不黔突：烟囱还未熏黑，意即迁居不定。不暖席：席子还没坐暖，也是不能安居的意思。 ③"况我"二句：谓圣贤都不能安居，更何况我这样一个愚笨饥饿的人，怎能在一个地方安居下来呢？安宅：安居。 ④兹山：指同谷。休驾：停下车马，指卜居同谷。 ⑤"奈何"二句：言怎奈迫于衣食

之累，一年之中要艰辛地转徙四次呢！迫物累：为衣食之累所驱使。杜甫在乾元二年春天，由洛阳回华州，秋天从华州至秦州，十月由秦州至同谷，如今又从同谷出发赴成都，所以说"一岁四行役"。 ⑥忡忡：忧愁的样子。去：离开。绝境：指同谷这个僻静之地。杳杳：形容目的地的遥远。适：往。 ⑦停骖：停下车驾。龙潭：又名万丈潭、凤凰潭，在今甘肃成县东南七里。虎崖：又名醉仙崖。在今甘肃成县东南凤凰山飞龙峡口。 ⑧临岐：在分手之处。数子：指同谷送行的亲朋好友。二句写分别时的依依不舍之情。 ⑨"交情"二句：因在同谷居住时间不长，朋友多是新交，然而情谊深重，不在深交旧知。穷老：指自己。如此穷老之身碍于物累，被迫上路，让人感到伤感，故云"惨戚"。 ⑩"平生"二句：谓像我这样生性懒拙的人，来同谷本来是想在此地隐居下来的。栖遁：隐居避世。 ⑪去住：去与留。因为迫于生计，去与留都不能随心所欲，仰头看到林间自由展翅的飞鸟，深感自愧弗如。翮(hé)：鸟羽，指鸟。

【品评】

杜甫在同谷住了一个月左右，虽喜兹地僻静，然终因衣食无着而携眷入蜀。在这次旅行中，又写了十二首纪行诗，此为第一首。诗中先以古圣贤自解，以劳生自慨，而叹行踪无定；继写临发踌躇之状，即同谷之景不忍舍，同谷之人不忍别；后叹奔走非其本愿，即偶值栖迹，本欲住，今又舍之而去，愧不如林鸟之自适。浦起龙评曰："此为后十二首之开端。亦如《发秦州》诗，都叙未发将发时情事。但彼则偷起所赴之区，逆探其景。此则只就别去之地，曲道其

情。”(《读杜心解》卷一之三)

卜 居

浣花溪水水西头，主人为卜林塘幽。①
已知出郭少尘事，更有澄江销客愁。②
无数蜻蜓齐上下，一双鸂鶒对沉浮。③
东行万里堪乘兴，须向山阴上小舟。④

【注释】

①浣花溪：在四川成都市西郊，为锦江支流，杜甫结草堂于溪傍。主人：指当地的亲友；有人认为指剑南节度使裴冕。卜：卜居，择地居住。林塘幽：指草堂周围的环境幽雅。 ②“已知”二句：承上申说草堂周围环境之幽静。出郭：在郊外。少尘事：没有俗世打扰。澄江：指浣花溪。 ③鸂鶒(xī chì)：水鸟名，像鸳鸯，又称紫鸳鸯。 ④山阴、小舟：用王子猷典。《世说新语·任诞》篇载：“王子猷居山阴，夜大雪，眠觉，开室命酌酒，四望皎然。因起彷徨，咏左思《招隐》诗。忽忆戴安道。时戴在剡，即便夜乘小舟就之。经宿方至，造门不前而返。人问其故，王曰：‘吾本乘兴而行，兴尽而返，何必见戴！’”

【品评】

乾元二年(759)年底，杜甫一家由同谷到达成都，在草堂寺暂时居住了一段时间。上元元年(760)春,诗人在亲友的帮助下筹划在寺旁空地营造草堂。诗中表达避俗野居的乐趣。首二句点明卜居之地,拈一“幽”字统摄全篇。中四句写草堂幽情幽趣,幽居自得,物各闲暇。末二句写草堂远韵,溪通吴会,正可乘兴而下。

堂成

背郭堂成荫白茅,① 缘江路熟俯青郊。②
桤林碍日吟风叶, 笼竹和烟滴露梢。③
暂止飞乌将数子, 频来语燕定新巢。④
旁人错比扬雄宅, 懒惰无心作《解嘲》。⑤

【注释】

①背郭:背靠城郭。草堂在成都城西,故云。荫:覆盖。白茅:茅草的一种,又叫丝茅草,可用作盖屋的材料。荫白茅:指屋顶用白茅覆盖。所以在《茅屋为秋风所破歌》中说:“八月秋高风怒号,卷我屋上三重茅。” ②缘江:沿江。江:指浣花溪。俯青郊:俯视暮春青绿的郊野。说明草堂地势较高。 ③“桤林”二句:写草堂周围竹木繁茂。桤(qī):一种落叶乔木。杜甫《凭何十一少府邕觅桤木栽》:“饱闻桤木三年大,与致溪边十亩阴。”碍日:挡住阳光。吟风叶:风吹树叶发出的声响,犹如吟唱一般动听。笼竹:指慈竹。烟:指竹林间弥漫的雾霭。 ④暂止:暂时栖止。

将：携带。数子：几只雏鸟。语燕：燕子呢喃作语。定新巢：筑新巢。罗大经曰："'暂止飞乌将数子，频来语燕定新巢。'盖因乌飞燕语，而喜己之携雏卜居，其乐与之相似，此比也，亦兴也。"（《鹤林玉露》卷十） ⑤扬雄：西汉蜀郡成都人，其宅在成都少城西南隅，因其曾在此闭门著《太玄经》，故又名"草玄堂"。当时人多攀附权贵，而扬雄却淡泊自守，专心著述，别人嘲笑他，他便作《解嘲》予以回答。成都是扬雄的老家，而杜甫是流寓在此，并不想久居，所以旁人把草堂比作扬雄宅是"错比"。旁人不了解杜甫只是暂住的心思，他也不想表白，所以也就懒得像扬雄那样作《解嘲》了。

【品评】

上元元年（760）暮春，依靠亲友的帮助，杜甫在成都西郊的浣花溪畔建成草堂。堂成，即指草堂落成。说是"堂成"，这时只是主要部分落成。后来杜甫在《寄题江外草堂》中说："经营上元始，断手宝应年。"草堂完全建成则在宝应元年（762）。草堂遗址，今已建成杜甫草堂博物馆。此诗写草堂初成，环境清幽安静，结束了多年的流离生活，流露出多年少有的愉悦心情。其中"暂止飞乌将数子，频来语燕定新巢"亦兴亦比，十分贴切地表达了诗人此时的心境。

蜀　相[①]

丞相祠堂何处寻？[②] 锦官城外柏森森。[③]

映阶碧草自春色，　隔叶黄鹂空好音。[4]
三顾频烦天下计，[5]　两朝开济老臣心。[6]
出师未捷身先死，[7]　长使英雄泪满襟。

【注释】

①蜀相：指诸葛亮。公元221年，刘备在蜀称帝，任命诸葛亮为丞相。　②丞相祠堂：即武侯祠。诸葛亮于建兴元年(223)被后主刘禅封为武乡侯，故其庙又称武侯祠，在今成都南郊。③锦官城：在成都西南部，汉代主管织锦业的官员居此，故称。后作为成都的别称。森森：高大茂密貌。传说武侯祠前有一柏为诸葛亮手植。　④映：遮掩。自春色：自为春色。空好音：空作好音。碧草自绿，黄鹂自鸣，春色与己无关，好音与己无闻，“自”、“空”互文，是用反衬手法加倍写出诗人对诸葛亮的倾慕之情与凄恻之感。　⑤三顾：指刘备三顾茅庐请诸葛亮出山。频烦：意为多次烦劳，反复谘询。天下计：安天下之大计。指诸葛亮在《隆中对》中提出的东连孙权，北抗曹操，西取刘璋，三分天下的谋国方略。此句即诸葛亮《出师表》所云：“先帝(指刘备)不以臣卑鄙，猥自枉屈，三顾臣于草庐之中，咨臣以当世之事。”　⑥开济：经邦济世。杜甫《说旱》云：“军郡之政，罢弊之俗，已下手开济矣。”此开济亦治理之意。两朝开济：指诸葛亮辅佐先主刘备和后主刘禅成就帝业。老臣心：即“鞠躬尽瘁，死而后已”之心。　⑦出师未捷：指“北定中原，兴复汉室，还于旧都”(《出师表》)的理想未得实现。《三国志·蜀书·诸葛亮传》载，建兴十二年(234)春，诸葛亮出师伐魏，与司马懿对峙于渭南，相持百余日。是年八月，亮病死五丈

原军中，时年五十四。

【品评】

此诗为上元元年(760)春杜甫到成都后初游诸葛亮庙时作。诗借咏丞相祠堂，而深寄缅怀之思，歌颂诸葛亮的丰功伟绩。前四句写丞相祠堂，一、二句点题，交代祠堂所在，饱含诗人对诸葛亮的无限追慕之情。三、四句写祠景，景中寓情。后四句写丞相本人。五、六两句，从大处着笔，言简意赅，括尽诸葛亮一生的功业和才德。末二句，对诸葛亮的大业未竟，赍志而殁，深表痛惜。《旧唐书·王叔文传》载，中唐政治改革派领袖人物王叔文预感到改革失败时，“但吟杜甫题诸葛亮祠堂诗末句云：‘出师未捷身先死，长使英雄泪满襟。’因唏嘘泣下”。《宋史·宗泽传》载，抗金名将宗泽为投降派所阻抑，“忧愤成疾，疽发于背。诸将入问疾，泽矍然曰：‘吾以二帝蒙尘，积愤至此。汝等能歼敌，则我死无恨。’众皆流涕曰：‘敢不尽力！’诸将出，泽叹曰：‘出师未捷身先死，长使英雄泪满襟。’”故王嗣奭评曰：“出师未捷，身已先死，所以流千古英雄之泪也。盖不止为诸葛悲之，而千古英雄有才无命者，皆括于此，言有尽而意无穷也。”(《杜臆》卷四)

宾　至

幽栖地僻经过少，[①]　老病人扶再拜难。[②]
岂有文章惊海内？　漫劳车马驻江干。[③]

竟日淹留佳客坐，　百年粗粝腐儒餐。④
不嫌野外无供给，　乘兴还来看药栏。⑤

【注释】

①幽栖：指草堂的清静。经过少：来访的人很少。　②再拜：郑重的礼节。这里是说因自己老病，不能行再拜之礼，请客人原谅。　③“岂有”二句：言我哪里有什么震惊海内的文章，空劳您到江边相访。漫劳：空劳。江干：江边，这里指草堂。　④“竟日”二句：意谓客人在我这里呆了一整天，我这腐儒只能用粗茶淡饭来招待，感到实在抱歉。竟日：整日。粗粝：粗米。　⑤“不嫌”二句：谓要是不嫌弃我这里寒酸的饭菜，您有兴趣的话请再来看我家种的草药。无供给：不能丰盛款待。看药栏：杜甫自己种了些药材，故家有药栏。这里以“看药栏”代指再来拜访。

【品评】

这首诗作于上元元年(760)草堂落成之后。来拜访草堂的这位“佳客”，大概是个地位较高的官僚，他仰慕诗人之名，前来相访，并非杜甫的文章知己，所以诗中的言辞较为客气，感情亦平淡。仔细体味，我们会感到诗人貌似谦恭后面的一丝傲岸之情。仇兆鳌曰：“上四宾至，下四留宾。直叙情事而不及于景，此七律独创之体，不拘唐人成格矣。”(《杜诗详注》卷九)

狂　夫

万里桥西一草堂，百花潭水即沧浪。①

风含翠筱娟娟静，雨裛红蕖冉冉香。[②]
厚禄故人书断绝，恒饥稚子色凄凉。[③]
欲填沟壑惟疏放，自笑狂夫老更狂。[④]

【注释】

①万里桥:在成都南门外,横跨锦江。百花潭:浣花溪的一段。沧浪:《孟子·离娄上》云:“沧浪之水清兮,可以濯吾缨。”将百花潭比作沧浪水,是说此地可以隐居。　②翠筱(xiǎo):绿色细竹。娟娟:美好貌。雨裛(yì):受雨湿润。红蕖(qú):红色的荷花。冉冉:犹徐徐,淡淡。黄维章曰:“凡净从雨说,香从风说,此常景常意耳。必从风说净,从雨说香,乃翻常景为新景,翻常意为新意,此老杜精于观物处。”(《辟疆园杜诗注解》七律卷二引)　③厚禄故人:俸禄优厚的故交。此指裴冕。冕已去长安,相隔遥远,故曰“书断绝”。书:音信。恒饥:常常挨饿。稚子:幼子,指宗文、宗武。色凄凉:面带饥色。二句谓故人远去,接济断绝,故全家饥饿。　④填沟壑:指死。疏放:疏狂放浪。虽处困极之境,仍疏狂萧散,不改其故态,老杜之旷怀毕现。杨伦云:“读末二句,见此老倔强犹昔。”(《杜诗镜铨》卷七)

【品评】

上元元年(760)夏在成都草堂作。狂夫,疏狂之人,杜甫自谓。诗以朴素的语言,写草堂环境清幽,景色秀丽,虽可堪自娱,然生活艰难,友人无援,只好狂放以遣愁。吴景旭曰:“此诗以狂夫为题,前言疏放之意,后言思家忆旧之意。狂中之穷愁也,身

且欲填沟壑而反疏狂，盖其自叹也。”(《历代诗话》卷四十)

江　村

清江一曲抱村流，长夏江村事事幽。①
自去自来堂上燕，相亲相近水中鸥。②
老妻画纸为棋局，稚子敲针作钓钩。③
多病所须惟药物，微躯此外更何求？④

【注释】

①清江：指浣花溪。抱：环绕。幽：幽静安闲。“幽”为一诗之纲，下四句即分言之。　②“自去”二句：写景物之“幽”。鸥：一种水鸟，主要捕食鱼类。　③“老妻”二句：写人事之“幽”。妻儿之乐，充满天趣。棋局：即棋盘。　④微躯：微贱之躯，是自谦之词。二句谓多病之躯只须药物就行了，此外还能要求什么呢？

【品评】

上元元年(760)夏在成都草堂作。草堂在浣花溪畔，故称江村。此诗以轻松的笔调，描写了江村清幽的环境、燕飞鸥戏的夏日景物以及老妻稚子的乐趣，虽身体多病，但仍笑对生活，表现了诗人乐观的生活态度。

野　老①

野老篱边江岸回，②　柴门不正逐江开。③
渔人网集澄潭下，　估客船随返照来。④
长路关心悲剑阁，⑤　片云何意傍琴台？⑥
王师未报收东郡，⑦　城阙秋生画角哀。⑧

【注释】

①野老：乡野老人，诗人自谓。　②江岸回：江岸曲折。③"柴门"句：因江岸曲折，柴门随着岸势而开，故曰"不正"。④澄潭：指草堂附近的百花潭。网集：群集于潭中下网捕鱼。估客：商人。返照：夕阳。杜甫《绝句四首》其三云"门泊东吴万里船"，可见草堂门前为商船停泊之处。　⑤长路：指自己身在成都，返乡之路遥远。关心：忧心。剑阁：即剑阁道，古栈道名。在今四川剑阁县大剑山、小剑山间。即相传秦惠王伐蜀所经石牛道，为古代川、陕间主要通道，奇险无比。悲剑阁：杜甫漂泊入蜀，对剑阁之险尤为印象深刻，又惟恐军阀凭险作乱，故为之忧心忡忡。　⑥片云：孤云，暗指诗人自己之漂泊无依。何意：表示反诘语气，怎么会料到。琴台：又称相如台、马卿台，在成都浣花溪北，相传为汉司马相如弹琴之所。　⑦"王师"句：言唐军尚未平息安史之乱，京师以东的许多州郡还没有收复的消息。　⑧城阙：指成都。原注："南京同两都，得云城阙。"画角：军中乐器，形如竹

筒，外加彩绘，故称画角。其声高亢悲凉，秋天闻之，更使人增哀。

【品评】

上元元年(760)秋作，时居草堂。诗中表达思乡与忧时之情。前四句写草堂野望之景，充满朴野之趣，笔致悠闲疏淡。五、六句转入抒情，通过反问表达了流寓剑外、报国无门的痛苦，以及世无知音的迷惘。末二句以听凄切悲凉的画角声作结，传达了深沉的忧国念乱之情。黄生曰："前半写景，真是诗中之画；后半写情，则又纸上之泪矣。"(《杜诗说》卷八)

戏题王宰画山水图歌[1]

十日画一水，　　五日画一石。
能事不受相促迫，　　王宰始肯留真迹。[2]
壮哉昆仑方壶图，　　挂君高堂之素壁。[3]
巴陵洞庭日本东，　　赤岸水与银河通，[4]
中有云气随飞龙。[5]
舟人渔子入浦溆，　　山木尽亚洪涛风。[6]
尤工远势古莫比，　　咫尺应须论万里。[7]
焉得并州快剪刀，　　剪取吴松半江水。[8]

【注释】

①题下原注："宰画丹青绝伦。"王宰：蜀中人，为唐代著名画

家。善画山水、树石，出于象外，尤“多画蜀山，玲珑窳窆，巉嵯巧峭”(唐张彦远《历代名画记》卷十)。 ②前四句意谓王宰擅画，但不肯在催逼中草率命笔，只有如此，他才肯挥毫留真迹。能事：所擅长之事。此指绘画。 ③昆仑：我国西部大山，也是神话传说中的仙山。方壶：神话传说海上有三座仙山，方壶是其一。二句点明所题之画为挂在王宰大厅白粉墙上的巨幅山水画。 ④巴陵：山名，又称巴丘，在今湖南岳阳市西南，濒临洞庭湖。日本：即今日本国。赤岸：旧注多引《文选·江淹〈江赋〉》：“鼓洪涛于赤岸。”李善注：“或曰赤岸，在广陵兴县。”即今江苏六合县东南之赤岸山。二句描绘画中山水广远浩渺、水天一色的壮观。 ⑤“中有”句：形容画中云气流动，波涛汹涌。 ⑥“舟子”二句：描写画上风涛激荡，船工和渔夫将船靠岸以回避，山中林木被狂风吹得都低垂俯地。浦溆：水边。亚：低垂。 ⑦尤工：特别擅长。远势：远景。咫尺：形容篇幅极小。周制：八寸为咫。二句谓王宰特别擅长画大山水，能在咫尺篇幅里画出江山万里的壮丽景色。 ⑧并州：即今山西太原一带，其地所产剪刀以锋利著称。吴松：即今吴淞江，俗称苏州河。源出江苏苏州太湖瓜泾口，东流至上海市外白渡桥入黄浦江。二句赞叹王宰所画山水就像真的一样，恨不得用并州快剪刀剪下来归己收藏。表示了诗人对王宰山水图的赞赏和倾倒之情。

【品评】

大约在上元元年(760)，杜甫在成都拜访王宰，应王所请，为其画题写了此诗。诗赞美了王宰所画山水的神奇和画技的高超绝伦。所提出的艺术创作不能受“促迫”的观点，颇给人以启迪。王嗣奭曰：“王画神妙，只咫尺万里尽之，前面许多景象皆包在一句中。此诗通篇设想，俱有戏意。而收语尤戏之甚，故云戏题。”(《杜诗详注》卷九引)

戏为韦偃双松图歌[①]

天下几人画古松？　毕宏已老韦偃少。[②]
绝笔长风起纤末，　满堂动色嗟神妙。[③]
两株惨裂苔藓皮，　屈铁交错回高枝。[④]
白摧朽骨龙虎死，　黑入太阴雷雨垂。[⑤]
松根胡僧憩寂寞，　庞眉皓首无住著。[⑥]
偏袒右肩露双脚，　叶里松子僧前落。[⑦]
韦侯韦侯数相见，　我有一匹好东绢，
重之不减锦绣段。[⑧]　已令拂拭光凌乱，
请公放笔为直干。[⑨]

【注释】

①韦偃：京兆(今陕西西安)人，寓居于蜀。善画山水、松石、花鸟。诗题一作《戏为双松图歌》。　②毕宏：当时著名画家，善画古松奇石，天宝年间官为御史，后拜给事中。此二句将韦偃与当时著名画家毕宏并称，推崇其画技。　③“绝笔”二句：评论韦偃此画之神妙。绝笔：谓画成而搁笔。长风起纤末：形容此画之

笔力劲健，风格高举。“满堂”句：形容此画所产生的艺术魅力。④屈铁：比喻松枝弯曲而色黑如铁。 ⑤“白摧”二句：写画中古松之状，其形态、其气势、其精神，均逼似真松。前句承“两株惨裂”句而来，因其皮裂，故松干之剥蚀如龙虎朽骨，以“白”领起，突出此画之笔法枯淡；后句承“屈铁交错”句而来，因其枝高回旋，故其气之阴森如雷雨下垂，以“黑”领起，并与上“白”对照，突出此画之笔墨浓郁。两句造句奇警，超迈奇古。 ⑥胡僧：西域僧人。憩：休息。庞眉皓首：长眉白头。住著：佛教用语，即执著。⑦偏袒右肩：佛教徒身披袈裟，袒露右肩，以表示恭敬。以上四句描绘其画中所绘之人物。 ⑧韦侯：即韦偃。数(shuò)：快，速。东绢：四川盐亭县有鹅溪，县出绢，谓之鹅溪绢，亦名东绢(参见王士禛《池北偶谈》卷十八“东绢”条)。锦绣段：精美的丝织品。⑨光凌乱：指素绢舒展时光影凌乱的样子。直干：指树干挺拔的松树。

【品评】

上元元年(760)十二月，作于寓居成都草堂时。画家韦偃画了一幅《双松图》，杜甫写此诗以赞其妙。诗中先以数句盛赞其所画双松的虬劲笔力、绝妙神韵和挺拔高举之风格，最后以向韦偃索画作结。王嗣奭评曰：“起来二句极宽静，而忽接以‘绝笔长风起纤末’，何等笔力！至于描写双松止四句，而冥思玄构，幽事深情，更无剩语。后入‘胡僧’，窅冥灵超，更有神气。然韦之画松，以屈曲见奇，直便难工。一匹东绢，长可二丈，汝能‘放笔为直干’乎？所以戏之也。”(《杜臆》卷四)

恨别

洛城一别四千里，胡骑长驱五六年。①
草木变衰行剑外，兵戈阻绝老江边。②
思家步月清宵立，忆弟看云白日眠。③
闻道河阳近乘胜，司徒急为破幽燕。④

【注释】

①洛城：指东都洛阳。胡骑：指安史叛军。五六年：安史之乱爆发至今已有六年，故云。 ②变衰：衰败凋零。剑外：指剑门关以南，泛指蜀地。江边：锦江之边，草堂所在地。草木变衰：乃所见荒凉之景。兵戈阻绝：乃老江边之原因，境界空阔而雄健。以上四句述说已身时逢战乱，漂流异地之事。 ③“思家”二句：写思家忆弟苦情：因思家，故清宵独立，步月徘徊，通宵不寐；因忆弟，故白昼望云，情思昏昏，倦极而眠。沈德潜曰：“若说如何思，如何忆，情事易尽。‘步月’、‘看云’，有不言神伤之妙。”（《唐诗别裁集》卷十三） ④河阳：在今河南孟州市西。司徒：指李光弼，时李为检校司徒。幽燕：指安史叛军老巢。

【品评】

上元元年(760)在成都作。诗中抒写诗人流落殊方的感慨以及对故园亲人的怀念，表达了盼望早日平叛的爱国情思。沉郁顿挫，扣人心弦。首二句点题。三、四句描述诗人滞留蜀地的苦况，极为沉痛。五、六句引入“步月宵立”、“看云日眠”两个细节，将诗人思家忆弟的形象刻画得非常动人。委婉含蓄，富有情致。末二句回应次句，闻捷而喜，盼望幽燕早定，以销别恨。吴瞻泰评曰：“言外之意，曲折之笔，收挽之力，如天马行空，忽然回辔，岂寻常控驭之法能及哉！”（《杜诗提要》卷十一）

客　至[①]

舍南舍北皆春水，但见群鸥日日来。[②]
花径不曾缘客扫，蓬门今始为君开。[③]
盘飧市远无兼味，樽酒家贫只旧醅。[④]
肯与邻翁相对饮，隔篱呼取尽馀杯。[⑤]

【注释】

①题下原注：“喜崔明府相过。”崔明府：名未详。杜甫舅氏。时为县令。　②舍：指浣花草堂。只有群鸥造访，见交游冷落。③“花径”二句：喜客之至。花径：植有花草的舍间小径。缘：因为。客：指俗客。蓬门：犹柴门。君：指崔明府。黄生曰：“花径不曾缘客扫，今始缘君扫；蓬门不曾为客开，今始为君开。上下两意交互成对。”（《杜诗说》卷八）可见今日之客非俗客。　④盘飧：指菜肴。兼味：即重味。无兼味：谦称菜少。旧醅：隔年而又未过滤的浊酒。古人重新酿，故以旧醅待客为歉。二句见家贫待客真

情。　⑤肯：犹肯否，能否。邻翁：邻居野老。篱：篱笆。呼取：唤来。尽馀杯：一起喝完剩下的酒。二句谓欲招邻翁作陪对饮，不知客人同意否，故征询他的意见。

【品评】

上元二年(761)春在成都草堂作。此诗情真意深，一片天趣，充满生活气息。上四句写客至，下四句写留客。虽盘无兼味，樽惟旧醅，家贫如此，益见情真，故能呼邻翁对饮，主客忘形，此所以喜客至也。黄生曰："前半见空谷足音之喜，后半见贫家真率之趣。"(《杜诗说》卷八)万俊曰："此诗何等忘形，何等率真，见公并见其客矣！岂世之矜延揽相标榜者可同日语哉！"(《杜诗说肤·原情》)

春夜喜雨

好雨知时节，当春乃发生。①
随风潜入夜，润物细无声。②
野径云俱黑，江船火独明。③
晓看红湿处，花重锦官城。④

【注释】

①时节：时令节气，此指春天。乃：就。发生：应时而降。黄生说："及时而雨，其喜固宜，然非'知时节'三字，则写喜意亦不

透，此其出手警敏绝人处。”（《杜诗说》卷四） ②潜：犹悄悄。潜入：犹言神不知鬼不觉地来临。润物：滋润万物。仇兆鳌评曰：“曰‘潜’、曰‘细’，写得脉脉绵绵，于造化发生之机，最为密切。”（《杜诗详注》卷十） ③野径：田野小路。二句写雨中所见夜景。野径云黑，为近景，江船火明，为远景；由近而远，一黑一明，对比鲜明，境界高远。邵长蘅云：“十字咏夜雨入神。”（《杜诗镜铨》卷八引）。 ④红湿：经雨浸湿的花。花湿而重，愈加鲜艳，故曰“花重”。锦官城：即成都。黄生曰：“结语更有风味，春雨万物无所不润，花其一耳。”（《杜诗说》卷四）

【品评】

上元二年（761）春，作于成都草堂。诗人以欣喜的心情，描写了这场应时而降的春夜细雨。“知时节”、“潜入夜”、“细无声”，用拟人化的手法，生动形象地写出了春夜细雨的特点，可见作者对物理观察之细微。俞场评曰：“绝不露一‘喜’字，而无一字不是‘喜雨’，无一笔不是‘春夜喜雨’。结语写尽题中四字之神。”（《杜诗集评》卷八引）

独　酌

步屧深林晚，[①] 开樽独酌迟。[②]
仰蜂粘落絮，　行蚁上枯梨。
薄劣惭真隐，[③] 幽偏得自怡。[④]

本无轩冕意， 不是傲当时。⑤

【注释】

①屧(xiè)：指草鞋。步屧：漫步。 ②樽：酒杯。迟：从容貌。 ③“薄劣”句：言我是因才能薄劣而被弃乡野，故对真正的隐士感到惭愧。 ④“幽偏”句：寓居于幽静偏僻之处，正好得以自娱自乐。 ⑤轩冕：本谓高官的车乘与服冕，可借指高官，此有得志之意，即如《庄子·缮性》云：“今之所谓得志者，轩冕之谓也。”此联承上联“薄劣惭真隐”而来，才因薄劣，故无轩冕之意；并非真隐，又何敢傲当时？杨伦谓之“语极委婉，愈见身分”(《杜诗镜铨》卷八)。

【品评】

上元二年(761)春，作于寓居成都草堂时。诗中描写暮春独酌的场景，寄托了诗人忘情于荣辱之间、自娱自乐的闲情逸致。此诗三、四句写幽僻细致之景，生动工巧，深受后人称赏。杨伦曰：“大手笔人偏善状此幽微之景。”(《杜诗镜铨》卷八)浦起龙曰：“一种幽微之景，悉领之于恬退之情，律体正宗。”(《读杜心解》卷三之二)

徐　步

整履步青芜，荒庭日欲晡。①
芹泥随燕觜，蕊粉上蜂须。②

把酒从衣湿，吟诗信杖扶。[③]
敢论才见忌？实有醉如愚。[④]

【注释】

①履：鞋子。芜：草地。晡(bū)：申时。下午三点钟到五点钟的时间。 ②"芹泥"句：燕子嘴中衔着筑巢用的草泥，蜜蜂的须毛上沾满花粉。芹泥：燕子筑巢所用的草泥。觜：鸟嘴。 ③"把酒"二句：把酒而饮，任凭酒水打湿衣服，漫步行吟，任由藜杖相扶。 ④"敢论"二句：不敢说自己才高被忌，我心性糊涂正如这醉酒之后。

【品评】

上元二年(761)春，作于寓居成都草堂时。诗中描写了诗人闲庭信步之所见所想。上四句写徐步所见细微之景，生动工致，如同画笔。下四句写诗酒风雅之事，兼寓怀才不遇之慨。正所谓满腹心事，无限低徊，半含半吐，余音袅袅。正如王嗣奭所评："不怨而怨，怨而不怨。"(《杜臆》卷四)

江上值水如海势聊短述

为人性僻耽佳句， 语不惊人死不休。[①]
老去诗篇浑漫与，[②] 春来花鸟莫深愁。[③]
新添水槛供垂钓， 故著浮槎替入舟。[④]

焉得思如陶谢手，令渠述作与同游。⑤

【注释】

①“为人”二句：是杜甫自道其创作经验，可见其创作所费之苦心。邵长蘅云：“首二句见此老苦心，今人轻易作诗，何也？”（杨伦《杜诗镜铨》卷八引）为人：犹言平生。性僻：性情怪僻。耽（dān）：沉溺，入迷。死不休：至死不肯罢休，非改好不可。 ②老去诗篇：年老以后所写的诗。浑漫与：完全是随便对付。这实为杜甫晚年诗艺精熟的表现，因为功力深湛以后，写诗才会得心应手，显得好像很随便。 ③此句承上而来。愁：属花鸟说。意谓诗人对事物极貌穷形的刻画，就是花鸟也要愁怕，如今既成“浑漫与”，所以花鸟不必担心夺其声容之美而发愁了。 ④“新添”二句：水边新添了拦板，槛外放入木筏即可作为钓舟。可见水势之大。水槛：水边的栏杆。故：因。著：安置。槎：木筏子。 ⑤“焉得”二句：谓对此江上奇景，若能由陶谢这样的写物高手来作诗刻画，而自己则只是陪同游览，该多好！“语谦而有趣”（萧涤非《杜甫诗选注》）。陶谢：指陶渊明、谢灵运，前代著名的田园山水诗人。渠：他们。述作：写作。

【品评】

此诗是上元二年（761）杜甫在成都所作。全诗着重言其写诗之甘苦体会，自谦诗思之拙。诗题说，江上水涨，如同大海，作者欲对此奇景欲下长诗，却苦于无佳句，才姑且写此短篇。前两句谓自己作诗喜好提炼诗句，不打动读者不肯罢休，表明杜甫精益求精的创作态度与其对诗艺的自负。春来花艳鸟语,极易触发诗兴,不愁诗句之不工;可是,此值锦江水势如海,见此奇景,偶无佳句,则“愁”矣,是自谦,亦见自负。最后诗人表示了对前代大诗人陶谢的推许与景仰。

江畔独步寻花七绝句(选二)①

其　五

黄师塔前江水东,②　春光懒困倚微风。③

桃花一簇开无主,　可爱深红爱浅红?④

【注释】

①江:即流经草堂的浣花溪。独步:杜甫往访南邻酒伴未遇,故独自沿江信步,寻花赏景。　②黄师塔:指一黄姓僧人的墓塔。蜀人称僧侣为师,称其所葬之墓塔为“师塔”。东:向东流。③“春光”句:是说春光使人慵懒困倦,所以在微风中少憩。倚微风:临微风。　④“桃花”二句:谓无主的桃花烂漫盛开,使人目不暇接,是爱深红色的,还是爱浅红色的呢?

【品评】

上元二年(761)春在成都浣花溪畔作。七绝句为一个整体,均以咏花为主要内容,描写了浣花溪畔群芳竞放、千姿百态、春意盎然的美好景色,表现了诗人对美好事物、美好境界的热爱和向往；同时又在恼花、怕春，即以喜景兼寓悲情。作者采取移步换形手法，从不同角度，以不同“镜头”，拍摄了七幅各具特色的春花美景。七绝句不只如黄生所说“横竖是看花，一处作一样文法，便引读者一处换一番心眼”（《杜诗说》卷十），从中亦能看出杜甫此时悲喜交加、孤独无助的情怀。此组诗多用方言俗语以翻新，所谓“化俗为正，灵丹点铁”，通俗新颖，生动活泼。这里选的是第五、六两首。第五首是写黄师塔前桃花，抒发春光懒散的情怀。

其　六

黄四娘家花满蹊，① 千朵万朵压枝低。
留连戏蝶时时舞，　自在娇莺恰恰啼。②

【注释】

①黄四娘：身份不详，大概是杜甫的邻居。蹊：小路。　②留连：蝶恋花飞而不忍离开。恰恰：时时，频频。二句用蝶舞莺啼写春天美妙景象，富有生机。对仗极为精工而又自然。

【品评】

第六首写黄四娘家繁花盛开、莺啼蝶舞的盎然春景。

绝句漫兴九首（选二）

其 一

眼见客愁愁不醒，无赖春色到江亭。①
即遣花开深造次，便觉莺语太丁宁。②

【注释】

①眼见：眼见得。愁不醒：是说客愁无法排遣。无赖：谓春色恼人。江：指浣花溪。 ②"即遣"二句：具体写春色无赖。说它催着花儿赶紧开放，教黄莺叫个不停，着实惹人烦恼。遣：派遣，安排。深：很，太。造次：匆忙，仓猝。丁宁：再三嘱咐。

其 二

手种桃李非无主，野老墙低还是家。①
恰似春风相欺得，夜来吹折数枝花。②

【注释】

①手种：自己亲手栽植。野老：杜甫自指。 ②得：句末语助词，唐人口语，相当于"呢"。夜来：昨夜。二句意谓花是我的，昨夜却忽然被春风越墙吹折数枝，这真是欺负人呢，实在令人可恼。

【品评】

上元二年(761)春夏之交,杜甫在成都作。漫兴,兴之所到,率尔成章。杜甫对绝句,有时纵笔所之,不甚经意,然正因如此,他的绝句才如《竹枝词》一样有一种天然旨趣。这组绝句写草堂一带,由春入夏的自然景物和作者的感触。前七首写早春、仲春、晚春景物,后二首写春去夏至之景。“客愁”二字是九首之纲。诗人时而恼春、怨春,无非是因客愁而已;继而恨春、惜春,无非是春来春去,更增愁怀而已。所以最后发出春光易逝、人生几何之叹。在章法上,九首虽各自独立成篇,然逐章相承,首尾照应,有前后次第和内在脉络。在技巧上,用拟人化手法,把春写成了有生命、有感情的事物;新鲜生动的比喻,使景物展现出灵动活泼之姿。真是一组绝妙佳作。这里选的是第一、二首。第一首写因旅居无聊而恼春。第二首借春风而发牢骚。

进　艇[1]

南京久客耕南亩,[2]　北望伤神坐北窗。[3]
昼引老妻乘小艇,　晴看稚子浴清江。
俱飞蛱蝶元相逐,　并蒂芙蓉本自双。[4]
茗饮蔗浆携所有,　瓷罂无谢玉为缸。[5]

【注释】

①船小而长者为艇。进艇:即划小船。　②南京:谓成都。

安史之乱，玄宗幸蜀，至德二载升成都为府，置南京，上元元年罢。诗因对仗关系，仍称南京。 ③北望：指北望长安和中原地区。此时尚处战乱之中，故而“伤神”。 ④蛱蝶：蝴蝶。芙蓉：即荷花。俱飞：比翼双飞。元相逐、本自双：喻夫妻相亲相爱。仇兆鳌曰：“中四，喜妻子相聚，赋而兼比。”（《杜诗详注》卷十） ⑤茗饮：茶水。蔗浆：蔗汁。瓷罂（yīng）：盛流质的陶制容器，小口大肚。无谢：犹不让。二句谓所携瓷罂中盛的虽是普通的茶浆，但它并不亚于富贵人家玉缸中的美酒佳酿。

【品评】

上元二年（761）作于成都。诗以诙谐嬉戏之词，抒写优游愉悦之情，富有生活气息。石间居士评曰：“重重叠叠，能以疏荡之气行之，故迥无堆垛之迹，且次联先言情，三联后言景，已见变化，乃言情处却亦是景，言景处又仍是情，尤为情景兼到。此皆布局炼格之奇，命意措词之妙，非细参之，不能知其旨趣之所在。”（《藏云山房杜律注解》七律卷上）

楠树为风雨所拔叹[1]

倚江楠树草堂前，故老相传二百年。[2]
诛茅卜居总为此，五月仿佛闻寒蝉。[3]
东南飘风动地至，江翻石走流云气。[4]
干排雷雨犹力争，根断泉源岂天意。[5]

沧波老树性所爱，浦上童童一青盖。
野客频留惧雪霜，行人不过听竽籁。[6]
虎倒龙颠委榛棘，泪痕血点垂胸臆。[7]
我有新诗何处吟？草堂自此无颜色。[8]

【注释】

①叹：曲调的一种，如“歌”、“行”、“吟”之类，这里兼有表示感情作用。 ②倚：依。故老：阅历深的老人们。二百年：指树龄。 ③“诛茅”二句：言定居此处就是为了这棵楠树，树高阴凉，五月犹似初秋，风吹树响，仿佛寒蝉鸣叫。即《高楠》所谓“微风韵可听”。故仇兆鳌曰：“五月寒蝉，是咏树，不是咏蝉。”诛茅：除草。卜居：选择住处。寒蝉：蝉的一种，体较小。《礼记·月令》：“（孟秋之月）凉风至，白露降，寒蝉鸣。” ④“东南”二句：形容暴风雨的威势。飘风：暴风。 ⑤“干排”二句：言楠树排击风雨奋力抗争，却终于被连根拔起。 ⑥“沧波”四句：言这棵沧波老树是我本性最爱，它立于江边像举起了一张青青的伞。我常在其下躲避霜雪，行人也喜欢驻足倾听风拂树叶的天籁之音。童童：枝叶繁盛貌。竽籁：两种乐器，此处用来比喻楠树在风中所发出的声响。 ⑦“虎倒”二句：表达了作者对楠树被拔倒的痛惜之情。虎倒龙颠：指有龙虎之形的楠树被拔倒在地。 ⑧颜色：指草堂的风光。

【品评】

上元二年（761）五月在成都草堂作。草堂前这棵古老的楠树，亭亭如青盖，为草堂添色，深为杜甫所爱，常于树下吟诗。今目击狂风暴雨摧击，楠树“干排雷雨”，与之搏斗，终为风雨所拔。楠树之遭遇，与诗人的坎坷经历有类似之处，故伤楠树亦含自伤之意。浦起龙曰：“‘虎倒龙颠’，英雄失路；‘泪痕血点’，人树兼悲；‘无颜色’，收应老辣。叹楠耶？自叹耶？”（《读杜心解》卷二之二）

石笋行

君不见益州城西门，陌上石笋双高蹲。①
古来相传是海眼，苔藓蚀尽波涛痕。②
雨多往往得瑟瑟，此事恍惚难明论。③
恐是昔时卿相墓，立石为表今仍存。④
惜哉俗态好蒙蔽，亦如小臣媚至尊。⑤
政化错迕失大体，坐看倾危受厚恩。⑥
嗟尔石笋擅虚名，后来未识犹骏奔。⑦
安得壮士掷天外，使人不疑见本根。⑧

【注释】

①益州：即成都。陌上：原野上。石笋：圆柱状石柱。成都西门外有二株，一南一北。据《华阳国志·蜀志》载，原是古蜀国墓志。　②“古来”句：《华阳风俗记》载：“蜀人曰：我州之西有石笋焉，天地之堆，以镇海眼，动则洪涛大滥。”“苔藓”句：是说因年代久远，石笋上遍生苔藓，把波涛的痕迹都掩盖了。　③瑟瑟：碧色

珠子。段成式《酉阳杂俎》续集卷四:“蜀石笋街,夏中大雨,往往得杂色小珠,俗谓地当海眼,莫知其故。”《成都记》亦载:“石笋之地,雨过则必有小珠,或青黄如粟。”此事:指以上关于石笋的神奇传说。难明论:难以确信。 ④“恐是”二句:诗人提出自己的看法,认为石笋可能是存留至今的古代卿相墓表。 ⑤俗态:俗世之态。好蒙蔽:喜欢传播迷信来蒙蔽人。小臣:指宦官。媚:谄媚。至尊:指皇帝。 ⑥“政化”二句:承上言,由于小臣蒙蔽,致使政治教化失去大体,而谄媚君上的小人却对国家的倾危坐视不管,只图博得皇帝的厚赏。错迕:错乱。 ⑦擅:专有。虚名:指俗传海眼的传说。后来未识:指后来的那些不明真相的人。骏奔:指快跑着来观看石笋。 ⑧本根:真相。

【品评】

上元二年(761)秋在成都作。杜甫对石笋是用以镇海眼的这种蜀地传说予以坚决的否定,他指出蒙蔽百姓的世俗之见,犹如小臣之谄媚皇帝,误国乱政,其害无穷。诗的最后以“安得壮士掷天外,使人不疑见本根”作结,表现了杜甫疾恶如仇和反对迷信的鲜明态度。杜甫这种破除迷信的思想,在当时来说,是难能可贵的。

茅屋为秋风所破歌

八月秋高风怒号,　　卷我屋上三重茅。①

茅飞渡江洒江郊，高者挂罥长林梢，[2]
下者飘转沉塘坳。[3]南村群童欺我老无力，
忍能对面为盗贼，[4]公然抱茅入竹去，
唇焦口燥呼不得，[5]归来倚杖自叹息。
俄顷风定云墨色，[6]秋天漠漠向昏黑。[7]
布衾多年冷似铁，娇儿恶卧踏里裂。[8]
床头屋漏无干处，雨脚如麻未断绝。[9]
自经丧乱少睡眠，[10]长夜沾湿何由彻。[11]
安得广厦千万间，大庇天下寒士俱欢颜，[12]
风雨不动安如山！呜呼！
何时眼前突兀见此屋？[13]吾庐独破受冻死亦足！[14]

【注释】

①三重：三层。三：言其多。②江：指浣花溪。挂罥（juàn）：挂结。③塘坳（ào）：低洼积水处。④忍能：忍心这样。盗贼：气恨之词。⑤呼不得：即呼喊不出声来。⑥俄顷：顷刻，一会儿。⑦秋天：秋季的天空。漠漠：阴沉迷濛貌。向：接近。⑧恶卧：睡相不好，脚乱蹬，把被里子都蹬破了，所以说“踏里裂”。一说恶卧为不愿意睡。因为被子像铁似的又硬又冷，小孩子睡在里面不舒服，把被里都蹬破了。⑨雨脚如麻：形容密雨如麻线一样，不断倾注。⑩丧乱：指安史之乱。⑪长夜沾湿：指茅屋整夜漏雨。彻：彻晓，天亮。何由彻：怎么挨到天亮？⑫庇：遮护。寒士：贫寒之人。⑬突兀：高耸貌。见：同“现”。⑭庐：茅舍，即指草堂。

【品评】

上元二年(761)秋八月,一场狂风卷去了杜甫草堂上的茅草,夜来又降大雨,床头屋漏,难以栖身。其起句,即如飘风之笔,疾卷了当。之后描述了这种不幸,但更使他忧虑的是战乱以来和他遭受同样苦难的人民。于是以浪漫主义的情怀,幻想眼前出现千万间广厦,“大庇天下寒士俱欢颜”。其结句仍一笔兜转,又复飘忽如风,表现其“己饥己溺”的仁者情怀。这种崇高的精神,在当时难能可贵,对后世影响深远。白居易《新制布裘》、王安石《杜甫画像》,都体现了这种推己及人的思想。吴农祥评曰:“因一身而思天下,此宰相之器,仁者之怀也。中间夹说无衣受冻,故结兼言之。针线之密,不可及也。”(《杜诗集评》卷五引)

百忧集行

忆年十五心尚孩，　健如黄犊走复来。
庭前八月梨枣熟，　一日上树能千回。①
即今倏忽已五十，　坐卧只多少行立。②
强将笑语供主人，③悲见生涯百忧集。④
入门依旧四壁空，　老妻睹我颜色同。⑤
痴儿不知父子礼，　叫怒索饭啼门东。⑥

【注释】

①“忆年”四句:写自己少年时活泼之状,衬出下文的“忧”字。

心尚孩：童心不改。黄犊：小黄牛。走复来：跑过来又跑过去。能千回：形容上树次数之多。②“即今”二句：是说如今年老体弱，坐卧多而行立少。倏(shū)忽：极快地。③“强将”句：谓穷途作客，多求助于人，即使心里忧愁，也勉强装成有说有笑的样子。强：勉强。主人：指作者所依附、求援的官僚。④生涯：指自己的生活。⑤“入门”二句：写家庭的贫穷艰难。睹我：看着我。颜色同：指夫妻两人面上同样是一片愁容。⑥“痴儿”二句：写稚子饥饿索饭而叫、而怒、而啼，更见贫穷之甚，可忧之甚。

【品评】

这首诗写于上元二年(761)，杜甫时年五十。诗由回忆青少年时的强健活泼起兴，深深感叹如今的衰老疲病。而且漂泊生活非常窘困，经常要去求人接济，还得强装笑颜。然而即使如此也常常是两手空空而归，当回家后看到面带菜色的老妻和叫怒索饭的饥儿，诗人感慨万千，诸多忧愁，齐集心头，因题诗名为“百忧集行”。王嗣奭评云：“‘强将笑语供主人’，写作客之苦刻骨，身历始知。四壁依旧空，老妻颜色同，痴儿索饭啼，不亲历写不出。写得情真自然，妙绝！”(《杜臆》卷四)

病　橘

群橘少生意，虽多亦奚为！①
惜哉结实小，酸涩如棠梨。②

剖之尽蠹虫，采掇爽所宜。③
纷然不适口，岂只存其皮？④
萧萧半死叶，未忍别故枝。⑤
玄冬霜雪积，况乃回风吹。⑥
尝闻蓬莱殿，罗列潇湘姿。⑦
此物岁不稔，玉食失光辉。⑧
寇盗尚凭陵，当君减膳时。⑨
汝病是天意，吾愁罪有司。⑩
忆昔南海使，奔腾献荔枝。
百马死山谷，到今耆旧悲。⑪

【注释】

①少生意：没有生命力，蔫蔫巴巴。亦奚为：又有什么用。 ②棠梨：也叫杜梨，梨的一种，味道酸涩。 ③蠹虫：指橘中蛀虫。采掇：摘取。爽所宜：不合适。爽：失去。 ④“纷然”二句：是说橘子虽然很多，可味道不好吃，难道只要它的皮吗？不适口：不中吃。存其皮：橘皮可以制药。 ⑤“萧萧”二句：写病橘之病堪怜。其叶虽萧萧半死，亦不忍离开它的故枝，见其“独立不迁”的品格。萧萧：萧条，稀疏。王嗣奭云，二句“偏于无知之物写出一段情性来，妙”（《杜臆》卷四）。 ⑥“玄冬”二句：是说严冬一到，有霜雪和寒风摧残，病橘就更难以忍受了。玄冬：即冬天，古人以玄（黑）色配北方，以北方配冬季，故称冬天为“玄冬”。况乃：更何况。回风：旋风。 ⑦“尝闻”二句：听说皇帝也爱吃橘子。蓬莱殿：即东内大明宫。潇湘姿：指橘子。因湖南潇、湘二水地区盛产橘子，故

云。 ⑧“此物”二句：言橘子今年歉收，皇帝的御膳因缺少它而失去了光彩。此物：指橘。不稔：歉收。玉食：指皇帝的膳食。⑨寇盗：指安史叛军。凭陵：横行，猖獗。减膳：封建时代如果遇到大灾乱，皇帝便宣称减少饭食，表示他的关怀和忧虑。这里的君指唐肃宗。 ⑩“汝病”二句：是说橘病适当皇帝减膳时，恐怕是天意使然。我担心负责进贡的官吏会由于皇帝吃不上橘子而受到处罚。罪：治罪。有司：指负责进贡的官吏。 ⑪“忆昔”四句：是借记忆犹新的往事来作警告的。南海使：指从南海来进贡的人。杨贵妃好吃荔枝，唐玄宗下令南海每年飞驰进献，到长安味道还不变。“百马”句：形容为运送荔枝而造成的巨大损失。耆旧：熟悉旧事的老人。后杜牧《过华清宫绝句》：“一骑红尘妃子笑，无人知是荔枝来。”苏轼《荔枝叹》：“颠坑仆谷相枕藉，知是荔枝龙眼来。飞车跨山鹘横海，风枝露叶如新采。宫中美人一破颜，惊尘溅血流千载。”皆据杜诗生发致慨。

【品评】

此诗约作于上元二年(761)，时杜甫在成都。全诗借咏病橘，讽刺封建帝王为了满足其口腹之欲，令地方进贡土特产品的行为。诗的结尾，追忆明皇时，由南海传驿进献荔枝，劳民伤财，百姓怨苦的史事，对肃宗暗示讽谏。仇兆鳌曰：“此借橘以慨时事。病橘不供，适当减膳之时，疑是天意使然。但恐责有司而疲民力，故引献荔事为证，节节推开，意多曲折。”(《杜诗详注》卷十)

野 望

西山白雪三城戍，[①] 南浦清江万里桥。[②]
海内风尘诸弟隔，[③] 天涯涕泪一身遥。
惟将迟暮供多病，[④] 未有涓埃答圣朝。[⑤]
跨马出郊时极目，[⑥] 不堪人事日萧条。[⑦]

【注释】

①西山：今名雪宝顶、雪栏山，在四川省松潘县，为岷山主峰。因山顶终年积雪，故称雪岭、雪山。又因在成都西，故又称西山、西岭。三城：指松州（今四川松潘）、维州（今四川理县西）、保州（今理县新保关西北）。因吐蕃时相侵犯，故驻军戍守。广德元年(763)，吐蕃攻陷三城，杜甫作《西山三首》，其二云："辛苦三城戍，长防万里秋。" ②清江：指锦江。万里桥：在今成都市南，架锦江上，相传诸葛亮送费祎赴吴，云"万里之行，始于此桥"而得名。③风尘：指战乱。诸弟：杜甫有四弟：颖、观、丰、占。时只占随身边。 ④迟暮：指年老，杜甫时年五十。多病：杜甫曾患肺病、疟疾、头风等症，故云。"供"字沉痛，黄生曰："'供'字工甚，迟暮之身尚思效力朝廷，岂意第供多病之用！此自悲自恨之词。"(《杜诗说》卷九) ⑤涓：细流。埃：微尘。圣朝：称颂当朝。意谓自己对国家没有微末贡献。 ⑥极目：纵目远望。 ⑦人事：世事。时西山三城列戍，百姓疲于调役，朝廷不恤，故有人事萧条之叹。朱

瀚曰："不堪人事萧条，欲忘忧，反添忧也。时国步多艰，虽有天命，亦由人事，故结句郑重言之。"（《杜诗七言律解意》卷二）

【品评】

上元二年(761)居成都时作。题为"野望"，但重点不在野望之景，而在野望所感，思弟哀己，忧国伤民，杜甫真是无时无地不在忧国忧民也。仇兆鳌曰："此因野望而寄慨也。上四句，野望感怀，思家之念。下四句，野望抚时，忧国之情。"（《杜诗详注》卷十）此诗起用对偶，对仗亦工，但前人亦指出前四句第五字皆数目相犯，学者宜忌。

遭田父泥饮美严中丞①

步屧随春风，　村村自花柳。②
田翁逼社日，③　邀我尝春酒。
酒酣夸新尹，④　畜眼未见有。⑤
回头指大男，　渠是弓弩手。⑥
名在飞骑籍，　长番岁时久。⑦
前日放营农，　辛苦救衰朽。⑧
差科死则已，　誓不举家走。⑨
今年大作社，⑩　拾遗能住否？⑪
叫妇开大瓶，　盆中为吾取。⑫
感此气扬扬，　须知风化首。⑬

语多虽杂乱，说尹终在口。⑭
朝来偶然出，自卯将及酉。⑮
久客惜人情，如何拒邻叟?⑯
高声索果栗，欲起时被肘。⑰
指挥过无礼，未觉村野丑。⑱
月出遮我留，仍嗔问升斗。⑲

【注释】

①严中丞:严武，曾为京兆尹，兼御史中丞，时为成都尹兼剑南节度使，是杜甫的知交。遭:不期而遇。田父:成都西郊的农夫。泥:缠着不放。 ②屧(xiè):草鞋。春风无形，难以看到，却可感触，此言步屧与春风相随，既可感又似可看，着一“随”字而妙。接着用“自花柳”渲染，春天来了，花柳先知，即花自绽放柳自垂，将春风形象化。杨伦云:“妙写春光，亦便见政成民和意。”(《杜诗镜铨》卷九) ③田翁:即田父。逼:临近。社日:古时乡村祭祀土神的节日，分春社和秋社，这里指春社。 ④新尹:指严武。因严武于去年十二月底才接任成都尹，故称。 ⑤畜眼:积多年之所见的意思。畜:通“蓄”，积蓄。未见有:是说没见有过这样的好官。 ⑥大男:大儿子。以下九句都是田父的话。渠:他。弓弩手:军队中司职射箭的士兵。 ⑦飞骑籍:飞骑军的名册。飞骑:唐代军队的一个兵种，多习弩射技术。长番:长时期服役，没有轮番更换。 ⑧放营农:放回来从事农耕生产。衰朽:田翁自谓。此句是说，救我这衰朽老头子于辛苦之中。 ⑨“差科”二句:是说只要还有一口气，就一定承担徭役赋税，决不举家逃避。

这是感激新尹之辞。差科：徭役赋税。死则已：到死为止。⑩大作社：是说社日要大大地热闹一番。 ⑪拾遗：因杜甫曾作左拾遗，故田父这样称杜甫。 ⑫“叫妇”句：写田父粗声大气地叫喊，表现了他的粗豪。为吾取：给我拿酒。取，读作“肘”(zhǒu)。 ⑬“感此”二句：是说深被老农的意气所感动，由此须知为政的首要任务在于以仁德之行教育感化人民。风化：教育感化。 ⑭“说尹”句：因为感激，所以口口声声总离不了严武，即题目所谓“美”。 ⑮“朝来”二句：是说早晨于卯时便出来，直喝到晚上酉时。卯：上午五点到七点。酉：下午五点到七点。 ⑯“久客”二句：谓自己长期流寓作客，倍加珍惜人情之淳厚，遭此田父泥饮，一天还不走，并非为了贪杯，实在是觉得盛情难却。邻叟：指田父。杨伦评云：“情事最真，只如白话。”(《杜诗镜铨》卷九) ⑰“欲起”句：是说屡次要起身告辞，却屡次被他用肘按住。时：屡次。被肘：用肘按住。 ⑱“指挥”二句：是说自己被田父强迫泥饮，还不准告辞，似乎过于无礼，但其态度真率，所以诗人并未觉得其粗丑。 ⑲“月出”二句：是说天色已晚，田父仍留住不让走；当杜甫最后问到今天喝了多少酒时，他还生气地说：不必多问，酒有的是，只管喝。遮：拦着。嗔：嗔怪。升斗：指饮酒的数量多少。

【品评】

宝应元年(762)春于成都作。此诗写杜甫在郊外散步，遇上一相识的农夫，恳邀杜甫去其家饮酒，且一再劝饮，使其尽兴，犹不罢休。杜甫在诗中，以赞赏的态度描写了这一农夫的热情好客和粗豪、率直、淳朴的性格，并借农夫之口，赞扬了严武在成都的善政。这是一篇叙事诗,对人物的描写着墨不多,然却栩栩如生。黄生曰:“写村翁请客,如见其人,如闻其语,并其起坐指顾之状,俱在纸上,似未曾费半点笔墨者。”(《杜诗说》卷二)

戏为六绝句(选二)

其　二

王杨卢骆当时体,[①] 轻薄为文哂未休。[②]
尔曹身与名俱灭,　不废江河万古流。[③]

【注释】

①王杨卢骆:唐初作家王勃、杨炯、卢照邻、骆宾王,即所谓“初唐四杰”。《旧唐书·杨炯传》:“炯与王勃、卢照邻、骆宾王以文词齐名,海内称为王、杨、卢、骆,亦号为‘四杰’。”当时体:那个时代的体裁,指初唐时尚带六朝骈俪余习之文体。郭绍虞曰:“老杜《偶题》诗云:‘后贤兼旧制,历代各清规。’所谓‘历代各清规’者,正是‘当时体’之绝妙解释。则所谓‘当时体’者,初无贬抑之意。”(《杜甫〈戏为六绝句〉集解》)　②轻薄:有二说,一说指文体,一说指人。当以后说为是,指“后生”辈,即下“尔曹”。为文:写文章。哂:轻视嘲笑。休:停止。这句是说后生轻薄之人纷纷写文章讥哂“四杰”没有个完。　③“尔曹”二句:是作者斥责后生轻薄者的话。说你们将会身名俱灭,而“四杰”的诗文却像江河一样万古长流。尔曹:你们。不废:不害,无损。江河:喻“四杰”。

【品评】

这组诗当作于宝应元年(762)。是杜甫为当时轻薄后生讥笑前贤诗赋而发,因是采用绝句这一形式,以诗论文且寓以自况,又语多讽刺,故云“戏为”。就内容而言,这组诗大体可分为两部分。一至四首,是对庾信、初唐四杰诗赋创作的评价和肯定,对他们才力的高度赞扬;同时讽刺了那些讥笑前贤的轻薄后生。五、六首,陈述个人创作体会和艺术追求,即应尊重“递相祖述”的历史事实,对古人和今人都要既有所“别裁”,扬弃过于重视形式的齐梁余风,又要“转益多师”,多方面学习《诗经》和屈原、宋玉以来一切优良的艺术形式和技巧。它开了以绝句论诗的先河,在文学批评史上有重要的地位和影响。郭绍虞认为,此为老杜“一生诗学所诣,与论诗主旨所在,悉萃于是,非可以偶而游戏视之”(《杜甫〈戏为六绝句〉集解・序》),并总结为以下诸说:(1) 杜甫自况;(2) 主旨在告诫后生;(3) 杜甫论诗谈艺之作;(4) 不尽论诗,亦论文。其大要是少陵论诗以“转益多师”为宗旨,强调“清新”与“老成”的互动关系。这里选了组诗的第二、五首,此为其二。诗中斥责当时人对“四杰”的批评,认为“四杰”作品是那个特定历史时代的产物,后人不可超越时代去妄加批评。

其　五

不薄今人爱古人,清词丽句必为邻。①
窃攀屈宋宜方驾,恐与齐梁作后尘。②

【注释】

①不薄：不菲薄。为邻：接近，不加排斥。郭绍虞曰：“‘不薄’二句，是说自己论诗并无古今的成见，只要是清词丽句，都有可取。” ②窃攀：心想追攀，窃有自谦意。屈宋：屈原、宋玉，战国时著名辞赋家。方驾，并驾齐驱。齐梁，南朝两个朝代名，那时文风浮艳。后尘：本是走路时后面扬起的尘土。比喻跟在别人的后面。二句意谓要向古人如屈原、宋玉看齐，才不会堕入齐梁的末流。史炳曰：“我所以窃攀屈、宋，谓宜与之并驾者，恐但学庾信、四子，未免步齐、梁之后尘耳。”(《杜诗琐证》卷下)

【品评】

这是第五首，诗中阐明了自己的论诗宗旨。因为当时存在着一种盲目是古非今的现象，特别是对六朝文风，几乎一片挞伐之声。时人对庾信、“四杰”的嗤点和讥哂皆源于此。只有杜甫采取了正确的态度。他在创作和理论的结合上，辩证地解决了借鉴六朝文学的问题。“清词丽句必为邻”，正是对六朝文学的肯定；而“恐与齐梁作后尘”，则是对六朝文学的批评。正如清人冯班所说：“千古会看齐梁诗，莫如老杜。晓得他好处，又晓得他短处。他人都是望影架子说话。”(《钝吟杂录》卷四)杜甫不仅对齐梁、“四杰”不妄加菲薄，即对同时代诗人也认为不要轻视，所以说“不薄今人爱古人”。

野人送朱樱①

西蜀樱桃也自红，野人相赠满筠笼。②

数回细写愁仍破，万颗匀圆讶许同。③
忆昨赐沾门下省，退朝擎出大明宫。④
金盘玉箸无消息，此日尝新任转蓬。⑤

【注释】

①野人：乡野之人，农夫。朱樱：深红色的樱桃。 ②筠笼：竹笼。 ③写：移置。指从一个竹笼移到另一个竹笼。讶：惊讶。④沾：承受皇帝的恩赐。樱桃为皇家祭祀宗庙时所用之物，当祭祀结束后，往往颁赐近臣。门下省：在宣政殿东，为唐代三省六部制中的一省，杜甫曾担任左拾遗一职，属于门下省。擎：捧着。大明宫：在禁苑东，为会朝所经之地。此二句为诗人由见到樱桃回忆起当初任左拾遗时蒙受恩赐之事。 ⑤金盘玉箸：为荐庙时所用之器皿。转蓬：飘转的蓬草。此二句感叹自身远离朝堂，漂流异地。

【品评】

上元至宝应(760—762)间在成都作。杜甫在草堂，吃到了一农夫赠送的鲜红圆匀的樱桃，触景生情，回想起在朝为左拾遗时，得受皇帝所赐之樱桃，感叹而今飘泊他乡，类似飞蓬。范温曰："此诗如禅家所谓信手拈来，头头是道者。直书目前所见，平易委曲，得人心所同然，但他人艰难不能发耳。至于'忆昨赐沾门下省，退朝擎出大明宫。金盘玉箸无消息，此日尝新任转蓬'，其感兴皆出于自然，故终篇遒丽。"(《苕溪渔隐丛话》前集卷二三引《诗眼》)杨伦曰："托兴深远，格力矫健，此为咏物上乘。""开手击此动

彼，入后一气直下，独往独来，小题具如此笔力。”（《杜诗镜铨》卷九）

大麦行

大麦干枯小麦黄，　妇女行泣夫走藏。
东至集壁西梁洋，[①]　问谁腰镰胡与羌。[②]
岂无蜀兵三千人，　簿领辛苦江山长。[③]
安得如鸟有羽翅，　托身白云还故乡。

【注释】

①“东至”句：是省略句，应为“东至集壁西至梁洋”。集、壁、梁、洋，皆唐代州名。四州所辖约为今四川广元、陕西汉中一带。②“问谁”句：将问答缩至一句之内，“问谁腰镰”是问，“胡与羌”是答。腰镰：腰上带着镰刀。胡与羌：指党项、奴剌。　③“岂无”二句：一问一答。难道没有蜀兵来保护麦收吗？原来是因为征讨辛苦，加上防线又长，难以顾及。簿领：指服兵役。

【品评】

宝应元年(762)，作于成都。此年四月麦收季节，西南少数民族羌、浑、奴剌、党项等乘机侵扰梁、洋等州，大肆抢掠刚成熟的粮食。此诗所写的“问谁腰镰胡与羌”说的就是这一情景。全诗感慨蜀地兵力不足，指斥侵扰者的肆虐无忌，言外有无限愤慨。从形式上看，乃是模仿汉桓帝时的童谣："小麦青青大麦枯，谁当获者妇与姑，丈夫何在西击胡。"故朱颙英评此诗曰："直序时事，饶有古韵，妙在短简不枝，亦自曲折。"(《朱雪鸿批杜诗》卷上)

奉济驿重送严公四韵

远送从此别，① 青山空复情。②
几时杯重把，　昨夜月同行。
列郡讴歌惜，③ 三朝出入荣。④
江村独归处，⑤ 寂寞养残生。⑥

【注释】

①"远送"句：严武远赴长安，故曰"远送"。此：指奉济驿。有此地一别、后会难再期之感。方回曰："此一句极酸楚。"(《瀛奎律髓》卷二四)　②"青山"句：谓青山空复伤情，可见其怅别之悲。③列郡：指东西川属邑。讴歌：吏民颂其政绩，如《遭田父泥饮美严中丞》诗中所写那样。惜：不愿其离去。　④三朝：指玄、肃、代三朝。出入荣：指入朝和外任都居高位。　⑤江村：指杜甫寓居的浣花草堂。　⑥寂寞：指严武去后的孤独无依。残生，犹言风烛残年。

【品评】

乾元元年(758)，因同坐房琯党，严武被贬巴州刺史，杜甫被贬华州司功。二年底，杜甫经秦州、同谷到达成都，卜居浣花溪。严武后由巴州迁东川节度使。上元二年(761)底，合东、西川为一，命严武为剑南两川节度使兼成都尹。武到成都，与杜甫过从甚密，待甫甚厚。宝应元年(762)四月，玄宗、肃宗相继去世，代宗即位，召还严武，七月，严武入朝，杜甫一直送他到绵州(今四川绵阳)北三十里之奉济驿，赠诗送别。因前已写有《奉送严公入朝十韵》等诗，故此题曰“重送”。在杜甫广泛的交游中，关系最密切而又相处时间最久、倚仗最重的，当推严武。现存杜诗，只是在题上或注中明确标明与严武有关的，就有三十五首，在杜甫赠友辈诗中是最多的。所以浦起龙说:“公所至落落难合，独于严有亲戚骨肉之爱。”(《读杜心解》卷四之一)从而断言:“严系知己中第一人。”(同上卷一之五)因此，对严武的去蜀还朝，杜甫感到依恋难舍和别后难忍的孤独和寂寞。黄生曰:“上半叙送别，已觉声嘶喉哽。下半说到别后情事，彼此悬绝，真欲放声大哭。送别诗至此，使人不忍再读。”(《杜诗详注》卷十一引)

海棕行

左绵公馆清江渍，[①] 海棕一株高入云。[②]
龙鳞犀甲相错落， 苍棱白皮十抱文。[③]
自是众木乱纷纷， 海棕焉知身出群?[④]
移栽北辰不可得， 时有西域胡僧识。[⑤]

【注释】

①左绵：即绵州，因其在涪江之左，故称。濆(fén)：水边沿河的高地。 ②海棕：树名，椰木的一种，果实甘甜，别名椰枣、波斯枣。 ③龙鳞犀甲：比喻海棕的树皮斑驳错落。棱：棱角。抱：即围，双臂合抱为一围。这两句形容海棕不凡的外形。 ④"自是"二句：言海棕居身于纷乱的杂树之中，无从显露出众的材干。⑤北辰：指朝廷。因海棕原产于西域，故有胡僧能识。

【品评】

宝应元年(762)，作于杜甫滞留绵州时。诗借咏海棕而托物言志，自叹怀才不遇。上四句赞美海棕资质不凡，下四句怜惜其混迹于众木之间而未得明眼人赏识。王嗣奭云："公抱经济而不得试，自负自叹，非咏海棕也。"(《杜臆》卷五)

客 夜

客睡何曾著？秋天不肯明。①
入帘残月影，高枕远江声。②
计拙无衣食，途穷仗友生。③
老妻书数纸，应悉未归情。④

【注释】

①著：入睡。不肯：因失眠而觉得老天好像故意和人过不去

似的，故曰“不肯明”。此愁人知夜长之意。何曾、不肯：将愁怀表露无遗，然而用得极为含蕴，极有精神。杨伦云：“着‘不肯’字妙，真景只说得出为难。”（《杜诗镜铨》卷九） ②“入帘”二句：是写不寐时所见所闻。残月：将要落的月亮。因夜深，故见残月。因夜静，故闻远江之声亦高。江：指涪江。涪江从梓州城东流过。③“计拙”二句：是写不寐的心事。仗：依靠。友生：朋友。④“老妻”二句：是给妻子写几纸书信，应该让她知道我未归的苦情。悉：了解，知悉。

【品评】

此诗当作于宝应元年（762）秋。时杜甫流寓梓州（今四川三台），他的家眷仍住在成都草堂。此诗即写诗人秋夜失眠，叙述客居梓州的艰难处境及思亲之情。首二句点题，“何曾”、“不肯”四字写客夜漫漫、辗转难眠之状，委婉含蓄，颇富情韵。三、四句写客夜失眠所见之景，形象逼真。五、六句正面写出作客未归之故，自叹计拙途穷。末二句以寄书家人、诉说苦衷作结。

客　亭

秋窗犹曙色，落木更高风。①
日出寒山外，江流宿雾中。②
圣朝无弃物，衰病已成翁。③
多少残生事，飘零任转蓬。④

【注释】

①"秋窗"二句：谓秋窗上已经露出曙色，零落的林中又吹起大风。 ②宿雾：隔夜之雾。二句写客途峡中所见秋晓如画景色，上句远景，下句近景。方回云："王右丞诗云：'江流天地外，山色有无中。'此诗三、四以写秋晓，亦足以敌右丞之壮。"(《瀛奎律髓》卷十四) ③"圣朝"二句：是用反语抒发自己的感慨。圣朝若真的无弃物，则不致衰病成翁；今已衰病成翁，则当朝必非圣朝明矣。二句与孟浩然"不才明主弃，多病故人疏"(《岁暮归南山》)语意结构相似，但更蕴藉含蓄。 ④转蓬：随风飘转的蓬草，以喻身世飘零。二句言老病馀生，惟有听天由命而已，以反语道出无限心事。

【品评】

此诗与前诗作于同时，写年老漂泊之苦。诗前四句写客亭景色，从夜至晓，历历可见。后四句写旅次情怀，叹穷嗟老，自伤漂泊，满腹心事，无限低徊。顾宸评曰："客情客景描摹殆尽，真令作客人不堪多读。"(《辟疆园杜诗注解》五律卷五)

陈拾遗故宅[①]

拾遗平昔居，大屋尚修椽。[②]
悠扬荒山日，惨澹故园烟。
位下曷足伤？所贵者圣贤。[③]

有才继骚雅，哲匠不比肩。④
公生扬马后，名与日月悬。⑤
同游英俊人，多秉辅佐权。⑥
彦昭超玉价，郭震起通泉。⑦
到今素壁滑，洒翰银钩连。⑧
盛事会一时，此堂岂千年！⑨
终古立忠义，《感遇》有遗篇。⑩

【注释】

①陈拾遗：初唐著名诗人陈子昂，字伯玉，今四川射洪人。曾任右拾遗，故称。其故宅在今四川射洪县北东武山下。　②平昔：以前。修椽：粗大的椽子。　③"位下"二句：意谓只要是圣贤，官位低下又有什么关系！曷：何。　④骚雅：指楚辞和《诗经》。陈子昂在初唐高举诗歌革新的大旗，提倡"风雅兴寄"和"汉魏风骨"，故称之"继骚雅"。哲匠：高明的作家。二句意谓子昂的诗才可继骚雅，许多大作家都不能望其项背。　⑤公：陈子昂。扬马：指汉代扬雄和司马相如。二句谓子昂接踵扬雄和司马相如，名声如同日月高悬。　⑥"同游"二句：当时与之同游者，大多是秉持大权的政要。这里所云"英俊人"，即下文提到的赵彦昭、郭震等人。　⑦彦昭：赵彦昭，与郭元振、薛稷、萧至忠相友善。曾与郭元振等人平息太平公主的叛乱，以功迁刑部尚书，封耿国公。超玉价：比喻声价甚高。郭震：字元振。通泉县：在今四川射洪。郭元振以通泉县尉起家，受武则天赏识，历官凉州都督、安西大都护、太仆卿，官至宰相，后以诛太平公主有功，进封代国公。

宝应元年(762)十一月,杜甫曾往通泉县寻访郭元振故居,作《过郭代公故宅》诗。 ⑧素壁:指墙壁。洒翰银钩连:指墙上的书法墨迹,笔锋劲健。据《碑目》载,陈子昂故宅有赵彦昭、郭震题壁。⑨“盛事”二句:谓一时盛事已成过去,见证当时盛事的这座堂屋又岂能永久保存! ⑩忠义:指陈子昂在朝任职期间敢于直言上疏,呼吁革除弊政的忠肝义胆。《感遇》:指陈子昂代表作《感遇》诗三十八首。

【品评】

杜甫于宝应元年(762)冬,由梓州去射洪县游览,瞻仰了陈子昂故宅,遂作此诗。诗中高度评价了陈子昂卓越的才能和不朽的业绩,认为可与骚、雅、扬、马比并,名悬日月。最后又特别指出陈子昂《感遇》诗蕴涵着可垂范千古的忠义之气。李因笃评曰:“悲壮之篇,足为陈公吐气。”(《杜诗集评》卷二引)

闻官军收河南河北

剑外忽传收蓟北,[①] 初闻涕泪满衣裳。[②]
却看妻子愁何在,[③] 漫卷诗书喜欲狂。[④]
白日放歌须纵酒, 青春作伴好还乡。[⑤]
即从巴峡穿巫峡, 便下襄阳向洛阳。[⑥]

【注释】

①剑外:剑门关以外,即剑南。杜甫时在梓州,故云。蓟北:即指幽州,是安史之乱的发源地,为叛军老巢。 ②初闻:乍听到。涕泪满衣裳:即“喜心翻倒极,呜咽泪沾巾”(《喜达行在所三首》其二)意。 ③却看:回头看。 ④漫卷:胡乱地卷起,有喜不暇整之意。 ⑤放歌:放声高歌。纵酒:开怀痛饮。青春:大好春光。杜甫作此诗时,正是春天。春和景明,伴人归乡,颇不寂寞。二句以“青春”对“白日”,出《楚辞·大招》:“青春受谢,白日昭只。”杜甫颇喜用此对,如《乐游园歌》:“青春波浪芙蓉园,白日雷霆夹城仗。”《题省中壁》:“落花游丝白日静,鸣鸠乳燕青春深。”《次空灵岸》:“青春犹有私,白日亦偏照。” ⑥即:即刻,立即。巴峡:指嘉陵江流经阆中至巴县(今重庆市)一段。巫峡:长江三峡之一,西起今重庆巫山县大宁河口,东至湖北巴东县官渡口。襄阳:为杜甫祖籍。洛阳:今属河南,为杜甫故乡。诗末原注:“余田园在东京。”东京即洛阳。二句使用的是当句对兼流水对的特殊对偶形式。连用四个地名,累累如贯珠;其他用字亦极准确生动,正如萧涤非先生所说:“即,是即刻。峡险而狭,故曰穿,出峡水顺而易,故曰下,由襄阳往洛阳,又要换陆路,故用向字。人还在梓州,心已飞向家园,想见杜甫那时的喜悦。”(《杜甫诗选注》)二句其势如飞,其情似火。而二句之妙,乃在妙手偶得,纯任自然,全不见雕琢之迹。此等佳句,在五万多首唐诗中也是绝无仅有的。

【品评】

诗题一作《闻官军收两河》。宝应元年(762)冬十月,唐军屡破史朝义兵，收复东京洛阳及河阳，伪邺郡节度使、伪恒阳节度使降，河北州郡悉平。广德元年(763)正月，史朝义败走广阳自缢，其将田承嗣以莫州降，李怀仙以幽州降，并斩史朝义首级来献。至此河南、河北诸州郡尽为唐军收复，延续八年之久的安史之乱宣告平息。是年春，流寓梓州(今四川三台)的杜甫闻知这个大快人心的消息，欣喜若狂，遂走笔写下这首著名的诗篇。全诗虽章法、句法、字法整饬谨严，但以律为古，一气流注，法极无迹，晓畅自然。诗人将“初闻”官军收复河南、河北特大喜讯一刹那间的惊喜之情，狂喜之态，欲歌欲哭之状，写得绘声绘色，跃然纸上，宛如目见。故浦起龙称这是杜甫“生平第一首快诗”(《读杜心解》卷四之一)。这首诗之所以使人读后深为感动，乃在于杜甫所喜，并非一己之喜，一家之喜，而是国家之喜，人民之喜，天下之喜。

涪城县香积寺官阁[①]

寺下春江深不流，山腰官阁迥添愁。[②]
含风翠壁孤云细，背日丹枫万木稠。[③]
小院回廊春寂寂，浴凫飞鹭晚悠悠。[④]
诸天合在藤萝外，昏黑应须到上头。[⑤]

【注释】

①涪城县：唐时先属绵州，大历十三年(778)后属梓州，治所在今四川三台西北花园镇。香积寺：在涪城县东南香积山上，北

枕涪江。　②官阁：在香积山上。迥：深远貌。　③含：夹杂。丹枫：枫树。以上四句为诗人登官阁所望之景。　④“小院”二句：此阁枕山俯江，故于阁中，近见春天之小院回廊寂寂然，远见傍晚之浴凫、飞鹭悠悠然。凫：野鸭。寂寂：写境地之幽；悠悠：状物性之闲。石间居士云：“上句是说，我徘徊于官阁间，既觉小院回廊之春寂寂，而景无可玩。下句是说，我凭眺于官阁外，又见浴凫飞鹭之晚悠悠，而时却当归，可奈何也?”(《藏云山房杜律详解》七律卷上）　⑤诸天：指佛教中神界的众神位，此指香积山顶寺中的佛像。合：应该。

【品评】

广德元年(763)春，杜甫作于途经涪城县时。诗写站在山腰官阁所望到的景色，融险峻、清幽于一体，有动有静，浓淡相映，令人神往。首联交代景物方位，山下有江，山腰有阁，山上有寺，于层次分明之间又画出水深山险之貌。颔联继写山之险峻，一缕孤云被风吹着，沿青翠的崖壁袅袅上升，夕阳下密密矗立着万株丹枫。颈联转写官阁内小院回廊的寂静和春江中浴凫飞鹭的悠闲，又刻画出一派清幽风光。末联以悬想作结，饶有情趣，然“藤萝”、“昏黑”之语，又暗写出山寺位置之险及攀登之不易。张溍评曰：“玩诗意，则寺在山顶，阁在山腰。从寺下说起，俯仰一山，多少曲折，尽该八句中。写景须如此，方有位置，方有次第。”(《读书堂杜诗注解》卷九）

舟前小鹅儿

鹅儿黄似酒，对酒爱新鹅。①
引颈嗔船逼，无行乱眼多。②
翅开遭宿雨，力小困沧波。③
客散层城暮，狐狸奈若何？④

【注释】

①“鹅儿”二句：写对酒观鹅。鹅儿黄：即鹅儿酒。《方舆胜览》卷五四载：“鹅黄乃汉州酒名，蜀中无能及者。”其色淡黄色。此显示诗人由鹅及酒，饮酒怜鹅的情思。 ②“引颈”二句：它们伸着脖子嗔怒游船靠得太近，散漫成片，令人眼花缭乱。均描摹鹅儿们的神态。 ③“翅开”二句：它们打开翅膀晾晒夜雨的湿气，单薄的身子困于沧波之中。 ④“客散”二句：当层城日暮，游客散去之后，它们该如何对付狐狸的侵袭呢？以上四句怜惜鹅儿之柔弱。

【品评】

广德元年(763)春，作于汉州(今四川广汉)。题下原注：“汉州城西北角官池作。”官池，即房公湖。作者同时有《得房公池鹅》、《官池春雁》等诗。房公，指房琯。此诗首二句描写对酒观鹅，以鹅黄酒为喻，称赞房公湖鹅儿毛色的可爱，二句皆用俗语，却意趣颇佳。中四句描写鹅儿种种惹人爱怜的神情姿态，形象生动逼真，富有生趣。末二句深致关切之词，见诗人民胞物与的情怀。仇兆鳌曰："杜诗有用俗字而反趣者，如鹅儿、雁儿，本谚语也，一经韵手点染，便成佳句。如'鹅儿黄似酒，对酒爱新鹅'，'雁儿争水马，燕子逐樯乌'是也。"(《杜诗详注》卷十二)

放　船

送客苍溪县，山寒雨不开。①
直愁骑马滑，故作放舟回。②
青惜峰峦过，黄知橘柚来。③
江流大自在，坐稳兴悠哉。④

【注释】

①苍溪县：在今四川广元市南部、嘉陵江中游，南邻阆中市。唐代属阆州。不开：不放晴。　②直：只。以上四句述说放船之由。　③青：指峰峦的颜色。惜：怜惜。黄：橘柚之色。时值深秋，诗人乘船顺江而下，沿途峰峦青翠，一晃而过，甚觉怜惜；两岸黄色照耀，就知道是橘柚映入眼帘了。据记载，杜甫此处所说不确。两岸黄色之物并非橘柚，而是花椑，因形状极似橘柚，又在行船上远望，故致误。其详可参楼钥《答杜仲高书》(《攻媿集》卷六六)。　④"江流"二句：谓顺流而下十分自在，稳坐船头兴致悠然。

【品评】

广德元年(763)秋末,作于杜甫漂泊阆州(今四川阆中)时。诗写在江中行船之乐趣。前四句言因久雨马滑,故放船而回。后四句写在船上所见之景色,以及放舟江中泛流悠然自得的乐趣。而颈联使用"一四"句式,突出"青"、"黄"二字,极为细致准确地写出了行舟迅速、两岸景物接连而过的视觉感受,堪为精警之句;并且此联为特殊对仗,在艺术上属于顺承关系的"流水对"。杜甫经常使用这种遵循感觉逻辑、反映心理真实而不惜打破正常语序的特殊修辞手段,如"绿垂风折笋,红绽雨肥梅"(《陪郑广文游何将军山林十首》其五)、"碧知湖外草,红见海东云"(《晴二首》其一)等。浦起龙评曰:"叙事明晰,写景波峭,五律之开宋者。"(《读杜心解》卷三之三)

岁 暮

岁暮远为客,边隅还用兵。①
烟尘犯雪岭,鼓角动江城。②
天地日流血,朝廷谁请缨?③
济时敢爱死?寂寞壮心惊!④

【注释】

①边隅:边境。用兵:有战事,指与吐蕃的战争。 ②烟尘:指战事。雪岭:又名西山,见前《野望》注①。本年十二月,吐蕃攻

陷雪岭附近的松、维、保三州。鼓角：指唐军备战的声势。江城：指阆州，杜甫已于本年腊月由梓州迁居阆州。 ③“天地”二句：谓当此国家危急时刻，朝廷里有谁能像汉代的终军一样主动站出来为国杀敌立功？请缨：《汉书·终军传》载，汉武帝时，终军请求皇帝给他一根长缨，立誓擒回南越王。后以“请缨”指自告奋勇，杀敌立功。 ④济时：匡济时难。寂寞：寓自己被朝廷冷落遗弃意。壮心：曹操《步出夏门行·龟虽寿》：“老骥伏枥，志在千里；烈士暮年，壮心不已。”二句谓报国岂敢惜生，虽被朝廷弃置不用，但一颗壮心仍为国难而悬系。

【品评】

此诗作于广德元年（763）年底，时杜甫在阆州。诗中先描写了乱世岁暮的惨淡之景，继而沉痛感慨战乱依旧、请缨无人，并于寂寞中勃发济时用世的壮心。笔力遒健雄浑，情感悲壮动人，诗人的一片爱国血诚殷然搏动于诗句之间。

释闷

四海十年不解兵，犬戎也复临咸京。①
失道非关出襄野，扬鞭忽是过湖城。②
豺狼塞路人断绝，烽火照夜尸纵横。③
天子亦应厌奔走，群公固合思升平。④
但恐诛求不改辙，闻道嬖孽能全生。⑤

江边老翁错料事，眼暗不见风尘清。[6]

【注释】

①十年：自天宝十四载(755)安史之乱起至杜甫作此诗，恰为十年。犬戎：古代西戎种族名，此指吐蕃。咸京：秦都咸阳，此喻长安。广德元年(763)十月，吐蕃攻陷长安，代宗仓皇逃奔陕州(今河南陕县)。 ②失道：迷失道路。《庄子·徐无鬼》："黄帝将见大隗于具茨之山……至于襄城之野，七圣皆迷，无所问途。"代宗出奔陕州，是为了避吐蕃之乱，不同于黄帝之迷路，故曰"非关"。湖城：即安徽芜湖。《晋书·明帝纪》载：王敦屯兵芜湖，阴谋叛乱，晋明帝曾微服私访，骑马执七宝鞭暗察王敦营垒，为王敦识破，王敦命令追赶持七宝鞭的人，明帝乃将七宝鞭交给道旁卖食物的老妇人，追兵见七宝鞭，把玩许久，耽误了追赶的时间，明帝才得以脱身。晋明帝微服出行，是为了侦察敌情，与代宗仓促出逃不同，而将两者对比，暗含讽意。忽是：好像是。 ③"豺狼"二句：言吐蕃入寇和国内战乱不休造成的巨大损失。烽火：战火。④"天子"二句：讽刺代宗君臣不修朝政。天子：指代宗。群公：指当权大臣。 ⑤"但恐"二句：指出天子奔走，升平不至的原因在于朝廷不施行新政，减轻剥削，对专权祸国的小人也不能严厉制裁。诛求：横征暴敛。改辙：改变政策。嬖(bì)孽：受宠之佞臣，此指宦官程元振。《资治通鉴》卷二二三载，元振专权，人畏之甚于李辅国，诸将有大功者，元振皆忌疾欲害之。吐蕃入寇，元振不以时奏，致代宗狼狈出幸。太常博士柳伉上疏请斩元振以谢天下，代宗以元振有保护之功，仅削其官爵，放归田里。杜甫这里责

代宗对程元振不加诛戮，故曰“能全生”。 ⑥江边老翁：杜甫自谓。江：指嘉陵江，阆州在嘉陵江畔。错料事：诛求当改辙而未改，孽孽本不应全生，却偏能全生，这些都出乎意料，故云。这是反话，不言朝廷处事乖谬，反言自己料事有错，正所以深责之也。风尘：指吐蕃入寇，逼乘舆，毒生民，祸患不休。风尘清：指战乱结束。

【品评】

此诗当为广德二年（764）春得知收京后作。诗写痛定思痛，忧弊政难改，预料国无宁日。表现了深沉的忧患意识和卓越的政治器识。浦起龙评曰：“此篇可古可排，为乱极思治之诗。忧国之忱，溢于言表。论事切中，语气含蓄。”（《读杜心解》卷五之末）

有感五首（选一）

洛下舟车入，天中贡赋均。①
日闻红粟腐，寒待翠华春。②
莫取金汤固，长令宇宙新。③
不过行俭德，盗贼本王臣。④

【注释】

①洛：指东都洛阳。天中：指洛阳地处国家的中部。《史记·周本纪》：成王使召公复营洛邑（即今洛阳），对他说：“此天下之

中，四方入贡道里均。” ②“日闻”二句：言洛阳粮食充足，百姓对皇帝翘首以待。红粟腐：指洛阳的粮食充足。翠华：指皇帝的仪仗。以上四句都是主张迁都者的理由。 ③金汤：即金城汤池，此暗指洛阳。宇宙新：指百姓安居乐业等。二句一警戒，一开导，从血的历史教训中规诫当权者，立国不在乎地利，即金汤险固不足恃，要在励精图治，使天下气象长新，百姓安居乐业；然亦不过修德自强，节俭爱民，即下联所云。 ④俭德：节用爱民之德。“盗贼”句：言所谓的盗贼，本来是皇帝的臣民。王臣：指黎民百姓。《诗经·小雅·北山》：“率土之滨，莫非王臣。”二句是针对迁都洛阳之议者而发，谓行俭德才是长治久安的根本。

【品评】

广德二年(764)春，作于阆州。广德元年(763)十月，吐蕃陷长安，代宗出奔陕州。寻收复京师，代宗还朝。宦官程元振主张迁都洛阳，遭到郭子仪的反对。这组诗是收京后第二年春，杜甫有感于当时时局动荡，就军国大政发表见解的一组政治诗。这里选的是第三首，批评了宦官程元振迁都洛阳之议，指出施行俭德方是国家安定之根本。据《旧唐书》载，郭子仪收复长安后，程元振劝代宗建都洛阳以避吐蕃，代宗应允。郭子仪上疏，备言迁都之弊，并议兴国之策。汪瑗曰：“此五章，皆大道理、正议论，可见少陵学术之深宏，非特诗人而已。碧溪谓少陵似孟子，视此五章，诚无怍色。”(《杜律五言补注》卷二)

忆 昔 二 首(选一)

忆昔开元全盛日，　小邑犹藏万家室。①
稻米流脂粟米白，　公私仓廪俱丰实。②
九州道路无豺虎，　远行不劳吉日出。③
齐纨鲁缟车班班，　男耕女桑不相失。④
宫中圣人奏云门，⑤ 天下朋友皆胶漆。⑥
百馀年间未灾变，⑦ 叔孙礼乐萧何律。⑧
岂闻一绢直万钱？　有田种谷今流血。⑨
洛阳宫殿烧焚尽，　宗庙新除狐兔穴。⑩
伤心不忍问耆旧，　复恐初从乱离说。⑪
小臣鲁钝无所能，　朝廷记识蒙禄秩。⑫
周宣中兴望我皇，　洒血江汉身衰疾。⑬

【注释】

①开元：唐玄宗年号(713—741)。开元盛世是我国历史上最有名的治世之一。小邑：小县。藏：居住。万家室：言户口繁多。《资治通鉴》唐玄宗开元二十八年载："是岁，天下县千五百七十三，户八百四十一万二千八百七十一，口四千八百一十四万三千六百九。" ②"稻米"二句：写全盛时农业丰收，粮食储备充足。流脂，形容稻米颗粒饱满滑润。仓廪：储藏米谷的仓库。 ③"九州"二句：写全盛时社会秩序安定，天下太平。豺虎：比喻寇盗。

路无豺虎：旅途平安，出门自然不必选什么好日子，随时可出行。《资治通鉴》开元二十八年载："海内富安，行者虽万里不持寸兵。" ④"齐纨"二句：写全盛时手工业和商业的发达。齐纨鲁缟：山东一带生产的精美丝织品。车班班：商贾的车辆络绎不绝。班班：形容繁密众多。桑：作动词用，指养蚕织布。不相失：各安其业，各得其所。《通典·食货七》载：开元十三年，"米斗至十三文，青、齐谷斗至五文。自后天下无贵物。两京米斗不至二十文，面三十二文，绢一匹二百一十文。东至宋汴，西至岐州，夹路列店肆待客，酒馔丰溢。每店皆有驴赁客乘，倏忽数十里，谓之驿驴。南诣荆、襄，北至太原、范阳，西至蜀川、凉府，皆有店肆以供商旅。远适数千里，不持寸刃"。杜诗可谓实录，故称"诗史"。 ⑤圣人：指天子。奏云门：演奏《云门》乐曲。云门：祭祀天地的乐曲。⑥"天下"句：是说社会风气良好，人们互相友善，关系融洽。胶漆，比喻友情极深，亲密无间。 ⑦百馀年间：指从唐王朝开国(618)到开元末年(741)，有一百多年。未灾变：没有发生过大的灾祸。 ⑧"叔孙"句：西汉初年，高祖命叔孙通制定礼乐，萧何制定律令。这是用汉初的盛世比喻开元时代的政治情况。 ⑨"岂闻"二句：开始由忆昔转为说今，写安史乱后的情况：以前物价不高，生活安定，如今却是田园荒芜，物价昂贵。一绢：一匹绢。直：同"值"。 ⑩洛阳：代指长安。广德元年十月吐蕃陷长安，盘踞了半月，代宗于十二月复还长安，诗作于代宗还京不久之后，所以说"新除"。宗庙：指皇家祖庙。狐兔：指吐蕃。颜之推《古意二首》："狐兔穴宗庙。"杜诗本此。 ⑪"伤心"二句：写不堪回首的心情。耆旧们都经历过开元盛世和安史之乱，不忍问：是因为怕他们又从安禄山陷京说起，惹得彼此伤起心来。耆旧：年高望重的人。乱离：指天宝末年安史之乱。 ⑫小臣：杜甫自谓。鲁钝：粗率，迟钝。记识：记得，记住。禄秩：俸禄。蒙禄秩：指召补京兆功曹，不赴。 ⑬周宣：周宣王，厉王之子，即位后，整理乱政，励精图治，恢复周代初期的政治，使周朝中兴。我皇：指代宗。洒血：极言自己盼望中兴之迫切。江汉：指长江和嘉陵江。也指长江、嘉陵江流经的巴蜀地区。因为嘉陵江上源为西汉水，故亦称汉水。

【品评】

此诗约作于广德二年(764)春，时杜甫在阆州。或说于广德二年作于严武幕中。诗取开头两字为题，其意不在忆昔，而是借往事以讽今，即以开元之盛衬今日之衰。第一首，追忆肃宗重用李辅国，宠惧张良娣，致使纲纪坏而国政乱，讽谏代宗，勿蹈其父覆辙。这里选的是第二首，回忆开元之世何等昌盛！安史乱后，江山残破，国势日衰，而今吐蕃屡犯，宦竖柄政，社稷堪忧，期望代宗做一代中兴之主，重振大唐之业。浦起龙曰："前章戒词，此章祝词。述开元之民风国势，津津不容于口，全为后幅想望中兴样子也。"(《读杜心解》卷二之二)乔亿曰："后篇较胜，铺陈始终，气脉苍浑，文中之班、史。"(《杜诗义法》卷下)

阆山歌①

阆州城东灵山白，阆州城北玉台碧。②

松浮欲尽不尽云，江动将崩未崩石。③
那知根无鬼神会，已觉气与嵩华敌。④
中原格斗且未归，应结茅斋著青壁。⑤

【注释】

①阆山：此泛指阆州（今四川阆中）周围的山。 ②灵山：一名仙穴山，在今四川阆中市东，传说蜀王鳖灵曾登此山，故名。玉台：山名，在阆州城北七里。以上二句历数阆州名山。 ③“松浮”二句：此咏阆山风景之胜。云在山上，望去似从松间浮涌而出，连绵未绝；石在山下，为江水拍击，看似即将坠落，却未坠落。④“那知”二句：我哪能断定这山根本没有鬼神守护？已然感到它们的气势可与嵩华二山匹敌。鬼神会：阆州群山多仙圣游踪，故有此想。嵩华：嵩山与华山。 ⑤著：居处。青壁：青色的崖壁。末二句言因中原战乱，不得归乡，故有结茅隐居此处之想。

【品评】

广德二年（764）春，杜甫漂泊阆州时作。阆州地处嘉陵江畔，素以风景峻峭神秀著称。该诗即盛赞阆州群山之胜景。诗中先写其中之灵山、玉台一白一碧，彼此交相辉映；加之松间浮荡薄云，清江环绕奇石，景色之优美，气势之峻拔，真堪与五岳之嵩山、华山相匹敌。篇末因中原战乱不息，故欲避乱结庐隐居于此。末二句，即盛赞阆州群山之用意所在。

奉待严大夫①

殊方又喜故人来，重镇还须济世才。②
常怪偏裨终日待，不知旌节隔年回。③
欲辞巴徼啼莺合，远下荆门去鹢催。④
身老时危思会面，一生襟抱向谁开？⑤

【注释】

①奉待：敬待。严大夫：指严武。武时兼御史大夫，故云。②殊方：远方。重镇：因严武先后两次节制蜀地，故云。 ③偏裨(pí)：偏将、裨将，将佐的通称。旌节：唐制，节度使赐以双旌双节。旌以专赏，节以专杀，此处代指节度使。时严武以黄门侍郎拜成都尹充剑南节度使。隔年回：严武于宝应元年(762)秋入朝，广德二年(764)还蜀，故云。以上四句抒发得知严武重来镇蜀消息后的喜悦心情。 ④“欲辞”二句：即述“奉待”之意。巴徼(jiào)：偏远的巴地，指阆州。啼莺合：仲春之日，群莺和鸣。鹢(yì)：鸟名，旧时船首画鹢，以惊水怪。此以鹢代称船鹢催，画有鹢鸟的船已在催促行程。两句刻画出诗人在仲春时节欲走还留，期待与故交相会的喜悦之情。 ⑤“身老”二句：向严武倾诉衷肠，表达了杜甫对他重新镇蜀的热切期待。襟抱：胸襟、抱负。

【品评】

广德二年(764)二月,时杜甫在阆州,正欲买船东下,忽闻严武重来镇蜀的消息,遂取消东行计划,等待严武到来。诗中极写对严武的推重景仰之情。首句拈“喜”字统摄全篇。如仇兆鳌曰:“故人来,喜在一己。济世才,喜在全蜀。偏裨待而旌节回,喜在三军。数语重叠叙出。”(《杜诗详注》卷十三)将诗人的欣喜之情表达得淋漓尽致,有一唱三叹之妙。末尾则直抒胸臆,期盼知己早日到来,倾吐心曲。

别房太尉墓

他乡复行役,① 驻马别孤坟。②
近泪无干土, 低空有断云。③
对棋陪谢傅,④ 把剑觅徐君。⑤
惟见林花落, 莺啼送客闻。⑥

【注释】

①他乡:客居异乡,与故乡对。复行役:谓将由阆州去成都。行役:在外奔走。 ②孤坟:指死后寂寞凄凉。即《祭故相国清河房公文》所云:“殓以素帛,付诸蓬蒿。身瘞万里,家无一毫。” ③“近泪”二句:谓泣泪之多,土为之湿。哀伤所感,云为之断。 ④谢傅:指谢安,字安石,死赠太傅。《晋书·谢安传》载:安侄玄等淝水之战大败苻坚,“有驿书至,安方对客围棋,看书既竟,便摄

放床上，了无喜色，棋如故。客问之，徐答云：'小儿辈遂已破贼。'"此以谢安比房琯，忆二人生前相与之情。 ⑤"把剑"句：《史记·吴太伯世家》载：春秋时吴国季札出使，"北过徐君，徐君好季札剑，口弗敢言。季札心知之，为使上国，未献。还至徐，徐君已死，于是乃解其宝剑，系之徐君冢树而去。从者曰：'徐君已死，尚谁予乎?'季子曰：'不然。始吾心已许之，岂以死倍(背)吾心哉！'"此以季札自比，珍视死后不忘之谊。杜甫《祭故相国清河房公文》云："抚坟日落，脱剑秋高。"亦此意。 ⑥客：作者自谓。

【品评】

房太尉，即房琯。安史乱起，他从玄宗幸蜀，拜相。肃宗至德二载(757)五月，罢相。乾元元年(758)，房琯贬邠州刺史，杜甫因疏救房琯贬华州司功。后琯改为汉州刺史，宝应二年(763)四月，迁刑部尚书，拜特进，赴任途中，于八月四日(时已改元广德)病卒于阆州僧舍，赠太尉。故称"房太尉"。时杜甫正流寓梓、阆间。闻琯卒，即往吊唁。广德二年(764)春，严武重镇蜀、杜甫将赴成都前在阆州祭琯墓而作此诗。开头两句，伤已悼琯，徘徊悱恻，分三层写出苦境苦情：他乡为客，一可伤；又复行役，愈客愈远，二可伤；别后凄凉，孤坟寂寞，三可伤。二句看似平铺直叙，实则涵蕴深长。有对房琯所受冷遇的控诉，也有对自己因疏救房琯而漂泊流离的不满。而两句所渲染的悲凉氛围则笼罩全篇，为全诗定下了基调。三、四两句，极写哭墓之哀，抒发对亡友的深情厚意，真切动人。五、六两句，以谢安比房琯，可见生有安国定邦之才，以季札自比，死而不忘心契之谊，生前死后，始终不渝，足见志同道合，非比寻常。结尾二句，以“闻”、“见”参错成韵，谓别时不见送客之人，送客者惟有落花啼莺而已，死后寂寞荒凉如此，不胜凄楚惆怅之至。“惟”字照应次句“孤”字，末联寂静凄清的气氛与首联渲染的悲凉氛围融汇一体，深沉含蓄，耐人寻味。

将赴成都草堂途中有作先寄严郑公五首（选一）

常苦沙崩损药栏，　也从江槛落风湍。①
新松恨不高千尺，　恶竹应须斩万竿。②
生理只凭黄阁老，③衰颜欲付紫金丹。④
三年奔走空皮骨，　信有人间行路难。⑤

【注释】

①“常苦”二句：是说草堂的药栏、水槛，在他走后，缺乏管理，任风浪浸蚀，恐怕都损坏了。沙崩：沙岸崩坏。药栏：围护花药的栏槛。杜甫曾在草堂种植草药。从：任凭。江槛：即水槛，凭水而建的栏廊。杜诗中多次提到水槛，如《水槛》、《水槛遣心二首》等，是诗人最喜欢去的地方。据杜诗描写，水槛当是草堂临浣花溪水亭上由木板搭成的简陋木栏。风湍：风浪。　②新松：杜甫在草堂所手植之四棵小松树，对其倍加爱护，流寓梓州时还念念不忘：“尚念四小松，蔓草易拘缠。”（《寄题江外草堂》）回草堂后，又特地写了《四松》诗：“四松初移时，大抵三尺强。别来忽三岁，离立如

人长。”此是杜甫预想归草堂后整理庭院之事。二句寓扶善锄恶之意，形象地表现了诗人鲜明的爱憎和疾恶如仇的可贵精神，意义远远超出清理花木的范围，成为杜诗中的警句。陈毅元帅曾两次为成都杜甫草堂题写这一名联，并附言曰：“此杜诗佳句，最富现实意义，余以千古诗人、诗人千古赞之。” ③生理：生计。凭：依仗，依靠。黄阁：唐代门下省又称黄阁。严武这时是以黄门侍郎拜成都尹充剑南节度使的，故尊称为“黄阁老”。 ④衰颜：杜甫自称，犹言衰老之躯。紫金丹：传说道家烧炼的一种能令人长生不老的丹药。 ⑤“三年”二句：意思是严武离开四川这两三年，我往来奔走，真尝到了生活不定的苦滋味。这是从反面烘托上文，见得严武再来四川做官，自己得以安居，心里是多么欢喜、感激。三年奔走，杜甫自宝应元年(762)七月与严武在绵州分别，后流寓梓州、阆州，到写诗时前后三个年头。三年奔波无定，历尽饥寒困苦，瘦得皮包骨头，故云“空皮骨”。信有：诚有，的确是。行路难：本为乐府曲名，此化用其意，备言自己三年奔波流离的艰难。

【品评】

广德二年(764)春作。严郑公，即严武。宝应元年(762)，严武由剑南节度使入朝后，封郑国公。广德二年，严武再次出任剑南节度使，邀杜甫归成都。这组诗就是杜甫由阆州归成都时，于途中所写。组诗共五首，这里选的是第四首。写归来后，将先整理草堂，重操生计，感慨三年奔波之苦，亦表露出生活有依靠的欣喜心情。王嗣奭曰：“五作意极条达，词极稳称，都是真人真话，诗

只应如此。”(《杜臆》卷五)

草　堂

昔我去草堂，蛮夷塞成都。[①]
今我归草堂，成都适无虞。[②]
请陈初乱时，反复乃须臾。[③]
大将赴朝廷，群小起异图。[④]
中宵斩白马，盟歃气已粗。[⑤]
西取邛南兵，北断剑阁隅。[⑥]
布衣数十人，亦拥专城居。[⑦]
其势不两大，始闻蕃汉殊。[⑧]
西卒却倒戈，贼臣互相诛。[⑨]
焉知肘腋祸，自及枭獍徒。[⑩]
义士皆痛愤，纪纲乱相逾。[⑪]
一国实三公，万人欲为鱼。[⑫]
唱和作威福，孰肯辨无辜。[⑬]
眼前列杻械，背后吹笙竽。[⑭]
谈笑行杀戮，溅血满长衢。[⑮]
到今用钺地，风雨闻号呼。[⑯]
鬼妾与鬼马，色悲充尔娱。[⑰]
国家法令在，此又足惊吁。[⑱]

贱子且奔走，三年望东吴。[19]
弧矢暗江海，难为游五湖。[20]
不忍竟舍此，复来薙榛芜。[21]
入门四松在，步屧万竹疏。[22]
旧犬喜我归，低徊入衣裾。[23]
邻舍喜我归，酤酒携胡芦。[24]
大官喜我来，遣骑问所须。[25]
城郭喜我来，宾客隘村墟。[26]
天下尚未宁，健儿胜腐儒。[27]
飘飖风尘际，何地置老夫？[28]
于时见疣赘，骨髓幸未枯。[29]
饮啄愧残生，食薇不敢馀。[30]

【注释】

①“昔我”二句：宝应元年(762)七月，严武应诏离蜀还京，剑南兵马使徐知道叛乱，纠集蛮夷，祸乱成都，故云。 ②适无虞：刚刚安定。 ③陈：陈述。初乱时：指宝应元年七月徐知道叛乱初起时。反复：指叛乱。须臾：转瞬间。 ④大将：指严武。群小：指徐知道等人。起异图：指谋反。 ⑤斩白马：古代起事时常斩杀白马歃血盟誓。盟歃(shà)：将血涂于嘴唇，以示绝不背盟的诚意。 ⑥“西取”二句：言徐知道借用邛南羌兵，北上阻断剑阁以图割据。邛(qióng)南：指邛州(今四川邛崃)以南。剑阁：即剑阁道，古栈道名。见《野老》注⑤。 ⑦“布衣”二句：言一些作乱

者原无官职，如今也当起了高官。专城居：指担任州刺史一类的地方长官。 ⑧“其势”二句：谓由于叛乱士兵蕃汉有别，因各自争强好胜而发生内讧。两大：并雄。不两大：势不两立。 ⑨“西卒”二句：言叛军中的邛南羌兵再次作乱，徐知道为其部下李忠厚所杀。西卒：指邛南羌兵。倒戈：反叛。 ⑩“焉知”二句：承上言：徐知道为部下所杀，祸起肘腋，自食其果。肘腋祸：比喻发生在自身处的祸患。枭獍(jìng)徒：喻徐知道。传说枭为食母的恶鸟，獍为食母的恶兽。以上为第一段，陈述徐知道由倡乱而至被杀的始末。 ⑪义士：指拥护国家统一、反对叛乱的人。纪纲：指朝廷纲常。逾：越轨，此指破坏。 ⑫“一国”二句：言叛乱之后的成都秩序混乱，政出多门，百姓成了各种势力随意宰割的鱼肉。一国实三公：国家政令不一，语见《左传·僖公五年》：“一国三公，吾谁适从?”三公：原指大司徒、大司马、大司空，这里指李忠厚等叛将各行其是。 ⑬“唱和”二句：意谓他们彼此竟相作威作福，肆意杀戮无辜的百姓。 ⑭“眼前”二句：言叛军头目们一边饮酒取乐，一边行凶杀人。杻(chǒu)械：刑具。脚镣手铐。吹笙竽：指奏乐。 ⑮“谈笑”二句：承上言叛将之凶残，谈笑间肆行杀戮，血溅长街。 ⑯“到今”二句：直到如今那些行刑之处，每逢风雨之时还隐约能听到冤魂的号呼之音。用钺(yuè)地：指刑场。钺：斧子。 ⑰“鬼妾”二句：言那些被杀戮者的妻妾、马匹被叛将占有，还要含着悲痛供其取乐。鬼妾、鬼马：指屈死者的妻妾、马匹。⑱“国家”二句：说杀人并占人妻妾的罪行，为国家法令所不容，这种暴行足以令人惊呼。以上为第二段，叙述徐知道等叛将占据成都后，肆意横行，残害人民。 ⑲贱子：诗人自称。三年：指宝应元年(762)至广德二年(764)诗人漂泊梓、阆这一段时间。望东吴:杜甫曾欲往东吴而未果,故云。 ⑳“弧矢”二句:承上言因刀兵遍地,欲往游东吴却难以成行。弧矢:弓箭,此指战乱。五湖:此指太湖。 ㉑舍:舍弃。此:指成都草堂。薙(tì):除去杂草。榛芜:丛生的荆棘、野草。因离开草堂已有三年,所以回家需要先清除杂草。 ㉒四松:草堂种植有四棵小松树,杜甫对它们非常爱惜,此次回归草堂,曾作《四松》诗。步屧(xiè):散步。万竹疏:草堂的竹林也已经稀疏。 ㉓“旧犬”以下八句:乃仿《木兰诗》中“爷娘闻女来,出郭相扶将。阿姊闻妹来,当户理红妆。小弟闻姊来,磨刀霍霍向猪羊”数句句法,铺写草堂旧物及邻里欢喜相迎的情况。低徊:徘徊留恋貌。裾:衣服下摆。 ㉔酤酒:打酒。胡芦:盛酒的容器。 ㉕大官:指严武。骑(jì):骑马的使者。须:需要。 ㉖隘村墟:形容前来问候的人们挤满了村落。以上为第三段,写初归草堂的喜悦心情。 ㉗“天下”二句:感慨战乱未息,天下尚武,士兵胜过迂腐的书生。健儿:指士兵。腐儒:诗人自指。㉘“飘飖”二句:言漂泊于如此一个战乱时代,没有地方用得着我这个糟老头子。飘飖:飘荡。 ㉙“于时”二句:承上言时当用兵,腐儒无用,自觉如同疣赘,幸好还没有死去。疣赘(yóu zhuì):指多余无用之物。语出《庄子·大宗师》:“彼以生为附赘悬疣。”㉚“饮啄”二句:言自己既然无用,那么以残年之身,能在这世上吃上口饭,已经足以令人惭愧了,难道还敢嫌弃吃得不好吗?饮啄:本《庄子·养生主》:“泽雉十步一啄,百步一饮。”这里比喻个人饮食。薇:一种野菜,嫩时可食。食薇:形容饮食之粗劣。不敢馀:不敢剩下,表示不敢挑剔。最后一段感慨战乱未已,身世飘零。

【品评】

广德二年(764)春,徐知道之乱平息后,杜甫自阆州返回成都草堂。诗中追忆了当年严武返回京城后,剑南兵马使徐知道发起叛乱,继而其内部自相残杀以致各个败亡的始末。愤怒揭露了叛军首领在成都残害百姓的罪行。然后写自己回归成都草堂后受到邻里等热烈欢迎的情景,表现了重返故居的喜悦心情。最后对身世飘零、战乱未已致以深深的喟叹。陈讦评曰:“此诗序述其事,似一篇重来草堂记序。盖仿太史公《史记》序事体,直书其事而以韵语出之,开后来《诸将》、《八哀》、《往昔》、《壮游》诸诗体格。有意垂世,独出新裁,故词不厌详,语不修饰。”(《读杜随笔》下卷二)杨伦评曰:“以草堂去来为主,而叙西川一时寇乱情形,并带入天下,铺陈终始,畅极淋漓,岂非诗史!”(《杜诗镜铨》卷十一)吴瞻泰曰:“‘旧犬’数语化用《木兰诗》,妙在旧犬偏写在人前,令人闻之且痛且哭。末八句足归草堂之情,无限伤心刺骨,而语意却极温和。此不袭乐府之貌而深得乐府之神者也。”(《杜诗提要》卷三)

登　楼

花近高楼伤客心,① 万方多难此登临。②
锦江春色来天地,③ 玉垒浮云变古今。④
北极朝廷终不改,⑤ 西山寇盗莫相侵。⑥
可怜后主还祠庙,⑦ 日暮聊为《梁甫吟》。⑧

【注释】

①客：杜甫自谓。 ②万方多难：指到处都是战乱。 ③锦江：为岷江支流，自四川郫县流经成都西南，传说江水濯锦，其色鲜艳于他水，故名锦江，又名流江、汶江，俗名府河。春色来天地：谓春色从四面八方而来。 ④玉垒：山名，在今四川都江堰市北岷江东岸。此句以玉垒浮云的变幻不定喻古今世事之变化无常。即作者《可叹》所云："天上浮云似白衣，斯须改变如苍狗。古往今来共一时，人生万事无不有。" ⑤北极：北极星，一名北辰，喻指朝廷。《论语·为政》："为政以德，譬如北辰，居其所而众星拱之。"广德元年（763）十月，吐蕃陷长安，立广武王李承宏为帝。代宗逃奔陕州（今河南陕县）。十二月长安收复，代宗还京，转危为安，故曰"朝廷终不改"。 ⑥西山：即成都西雪岭。见前《野望》注①。西山寇盗：指吐蕃。广德元年十二月，吐蕃陷松、维、保三州及云山新筑二城，西川节度使高适不能救，于是剑南西山诸州亦入于吐蕃。因吐蕃陷长安立帝不成，唐朝廷稳固如初，故告以"莫相侵"。二句流水对。 ⑦后主：蜀先主刘备之子后主刘禅。后主庙在成都南先主庙东侧，西侧即武侯祠。后主宠信宦官黄皓，终致蜀汉亡国。代宗任用宦官程元振、鱼朝恩等，招致吐蕃陷京、銮舆幸陕之祸，故借后主托讽。后主昏庸，亡国还享祠庙，代宗尚未亡国，似胜于刘禅，但亦够可怜的了。 ⑧梁甫吟：乐府曲名。《三国志·蜀书·诸葛亮传》："亮躬耕陇亩，好为《梁甫吟》。"今传《梁甫吟》后人题为诸葛亮作，实不足信。此即指所咏《登楼》诗。作者将己诗比作《梁甫吟》，有思得诸葛以济世之意。聊为：有暂且借咏以寄慨意。

【品评】

广德二年(764)春在成都作。东汉末年王粲伤乱离而作《登楼赋》,诗题取意于此。“万方多难此登临”一句,为全诗纲领,余则皆从此生出。“花近高楼”,本可凭高饱览大好春色,却说“伤客心”,盖因正当“万方多难”之故。颔联写景虽气象雄伟,但浮云苍狗变幻,宛如多难人生,世事无常,睹景伤情,遂引出以下吐蕃陷京,代宗幸陕,寇盗相侵,国难孔急等情事。登高抒怀,抚今追昔,遂有后主祠庙,聊吟《梁甫》之深慨。情甚悲郁苍凉,但因作者取景壮阔,故虽伤心而无衰飒之气,又因作者爱国情深,坚信“北极朝廷终不改”,故情虽伤而不流于悲观。纪昀曰:“何等气象!何等寄托!如此种诗,如日月终古常见而光景常新。”(《瀛奎律髓刊误》卷一)

绝句六首(选二)

其　一

日出篱东水,云生舍北泥。[①]
竹高鸣翡翠,沙僻舞鹍鸡。[②]

其　五

舍下笋穿壁,庭中藤刺檐。[③]
地晴丝冉冉,江白草纤纤。[④]

【注释】

①"日出"二句：写在草堂所见景象。　②翡翠：水鸟名。鹍鸡，一种野鸡，形体较大。　③笋：竹笋。刺：刺破。　④地晴：指春天到来，地气转暖。冉冉：柔软下垂状。纤纤：细长貌。二句意谓春回大地，阳气上升，万物生机显现，各种游丝在空中飘荡；坚冰融尽，白波翻滚的江中，水草渐渐舒展开细长的枝叶。

【品评】

此组诗是广德二年(764)归成都后作。徐知道之乱平息后，杜甫初归草堂，凡目之所见、景之所触、情之所感，掇拾成诗。其一写积雨初晴之景，翡翠鸣、鹍鸡舞，正合此时喜悦心情。其五写草堂春景之幽致，流露出适意恬淡的心情。全诗写景细腻，风致宛然，王嗣奭谓"具见幽致"(《杜臆》卷六)。

绝句四首(选一)

两个黄鹂鸣翠柳，一行白鹭上青天。①
窗含西岭千秋雪，门泊东吴万里船。②

【注释】

①黄鹂：黄莺。白鹭：鹭鸶，羽毛纯白色，能高飞。　②窗含：窗口对山，似口中含。西岭：山名，今称西岭雪山。在四川大邑县西岭镇。因在成都西，故称西山、西岭。与《扬旗》中之"西岭"、

《野望》之“西山”，非一地。千秋雪：指岭上终年不化的积雪。门泊：门前停泊。东吴：今江浙一带，古代为吴国领地。江船本常见，以“万里”言之，谓战后交通恢复，船可畅行万里无阻。

【品评】

广德二年(764)春夏之交寓居成都草堂时作。其一写园中夏景，其二赋鱼梁，其四赋药圃。这里选的第三首是最脍炙人口的名篇。前两句写出了春夏之交清空明媚的景色，黄翠青白，相映相衬，着色有意无意，而出之自然，形成一幅色彩鲜明清丽的立体图画；后两句谓凭窗远眺，西岭上千年不化的积雪，晶莹剔透，着一“含”字，此景仿佛是嵌在窗中的一幅图画；回首门外，岸边停泊着堪能航行万里的江船，诗人不禁暗动乡关之思。“万里船”与“千秋雪”相对，一言空间之广，一言时间之久。诗人身在草堂，思接千载，视通万里，胸次开阔，出语雄健。全诗对仗精工，着色鲜丽，动静结合，声形兼俱，每句诗都是一幅画，又宛然组成一幅咫尺万里的壮阔山水画卷。

送韦讽上阆州录事参军[1]

国步犹艰难，兵革未衰息。[2]
万方哀嗷嗷，十载供军食。[3]
庶官务割剥，不暇忧反侧。[4]
诛求何多门，贤者贵为德。[5]

韦生富春秋，洞彻有清识。⑥
操持纲纪地，喜见朱丝直。⑦
当令豪夺吏，自此无颜色。⑧
必若救疮痍，先应去蟊贼。⑨
挥泪临大江，高天意凄恻。⑩
行行树佳政，慰我深相忆。⑪

【注释】

①韦讽于宝应元年(762)摄阆州录事参军，杜甫曾在绵州送之，有《东津送韦讽摄阆州录事》诗。后转正，有家在成都，去阆州赴任，故此诗题曰“上”。录事参军：为操持纲纪、纠弹贪污之职。②“国步”二句：言国家举步维艰，战乱尚未平息。 ③万方：指天下百姓。嗷嗷：饥困哀号貌。十载：指从安史之乱(755)到写作此诗时。供军食：供给军粮。 ④庶官：下级官吏。务：致力于。割剥：剥削。反侧：指百姓造反。 ⑤诛求：指搜刮。何多门：指名目众多。以上四句述说对于现实中官逼民反的忧虑。 ⑥韦生：指韦讽。富春秋：指年富力强。洞彻：看问题深刻。清识：有远见卓识。 ⑦操持纲纪地：指韦讽任录事参军一职。朱丝：用熟丝制成的琴弦。其韧性强，可以绷得很直，故用来比喻品行的正直。⑧豪夺吏：即指上面提到的那些强取豪夺的“庶官”。无颜色：没脸面。 ⑨疮痍：疮伤，指百姓的疾苦。蟊贼：食禾苗的害虫，比喻豪夺吏。二句是杜甫对韦讽的嘱望，表现了诗人一贯“忧黎元”的爱民思想和对豪夺吏的痛恨。 ⑩临大江：指站在江边送行，可知韦讽是走水路上任。凄恻：悲戚。 ⑪“行行”二句：意谓希

望您到阆州后树立佳政，以安慰我深深相忆之情。行行：催促语。

【品评】

广德二年(764)，韦讽被正式授为阆州录事参军，在将要赴任之际，杜甫在成都写此诗送别。韦讽是在国家时局动荡不宁之际，天下百姓遭受贪官污吏残忍剥削情况下赴任的，诗人因而希望韦讽为官正直，严明法纪，惩治强取豪夺之吏，以救百姓于水火之中。杜甫提出“必若救疮痍，先应去蝨贼”这一以民为本的为政思想。赵次公评曰：“此篇公忧国爱民之意切矣。”(《九家集注杜诗》卷八引)杨伦曰：“是救时切务语，无文饰。”(《杜诗镜铨》卷十一)

扬　旗[①]

江风飒长夏，府中有馀清。[②]
我公会宾客，肃肃有异声。[③]
初筵阅军装，罗列照广庭。[④]
庭空六马入，駊騀扬旗旌。[⑤]
回回偃飞盖，熠熠迸流星。[⑥]
来冲风飙急，去擘山岳倾。[⑦]
材归俯身尽，妙取略地平。[⑧]
虹蜺就掌握，舒卷随人轻。[⑨]
三州陷犬戎，但见西岭青。[⑩]

公来练猛士，欲夺天边城。[11]
此堂不易升，庸蜀日已宁。[12]
吾徒且加餐，休适蛮与荆。[13]

【注释】

①题下原注:“(广德)二年夏六月,成都尹郑公置酒公堂,观骑士试新旗帜。” ②“江风”二句:言江风吹走了六月的暑气,将军幕府十分清爽。长夏:农历六月。府中:指严武幕府。 ③“我公”二句:言严公大会宾客,来宾都为他治军有名而肃然起敬。我公:指严武。 ④“初筵”二句:饮宴开始便检阅军容,将士们队列整齐,新装照亮了广庭。 ⑤驳骕(pǒ ě):马头摇动的样子。⑥“回回”二句:形容军旗回旋,有如偃仰的飞盖;闪闪的光芒,有如飞迸的流星。熠熠(yì):光彩闪烁貌。 ⑦“来冲”二句:冲来如同风飙般迅疾,退去如同山岳之崩倾。 ⑧“材归”二句:旗手尽施其材,从马背上俯身贴近地面,绝妙地让军旗掠过地面。⑨“虹蜺”二句:手中的军旗如同一道彩虹,舒卷随人,十分轻盈。虹蜺:比喻军旗。 ⑩三州:指蜀地的松(治今松潘县)、维(治今理县)、保(治今理县新保关)三州。松、维、保三州为成都府西北屏障,与吐蕃接界,历来是唐、蕃战中的冲要之地,军事地位十分重要。广德元年,松、维、保三州被吐蕃攻陷。犬戎:指吐蕃。西岭:也称西山、雪山、雪岭,是唐代西蜀防御吐蕃侵扰的屏障。见《野望》注①。 ⑪天边城:指松、维、保三州。 ⑫此堂:指西川节度使公堂。不易升:言责任重大。庸蜀:春秋时古国名。庸国在今重庆东部、湖北西北部。蜀国在今四川成都一带。这里泛指

巴蜀地区。 ⑬“吾徒”二句：我辈将努力加餐为国效力，不学王粲远赴蛮荆。严武重新镇蜀之前，杜甫曾有东下湖湘的计划，故这里作这样的表示。加餐：努力。休适蛮与荆：王粲《七哀诗》：“复弃中国去，委身适荆蛮。”这里反用其意，言有严武重镇，蜀地可以安居。

【品评】

广德二年(764)六月作。据《新唐书·杜甫传》载，严武再次镇蜀，表荐杜甫为节度参谋、检校工部员外郎。诗写严武阅兵和启用新旗的场面，坚信蜀地由此可得安宁。并从侧面对严武治军有方、防秋有策给予称颂。诗分三层，各八句，首八句叙严公会客观旗。中八句备写扬旗的壮观场景，或偃仰飘忽，或风驰电掣，或排山倒海，或俯身略地，舒卷随人，掌握自如。末八句盼望严公保境安民。浦起龙评曰：“前妙在简净，中妙在镵刻，后妙在严重。”(《读杜心解》卷一之四)

宿　府

清秋幕府井梧寒，① 独宿江城蜡炬残。②
永夜角声悲自语，③ 中天月色好谁看。④
风尘荏苒音书断，⑤ 关塞萧条行路难。⑥
已忍伶俜十年事，⑦ 强移栖息一枝安。⑧

【注释】

①幕府：指严武节度使府。古时行军，将帅无固定驻所，以帐幕为府署，故称幕府。后遂用作地方军政长官与节度使衙署的代称。井梧：井边的梧桐树。 ②江城：指成都。蜡炬：蜡烛。③永夜：长夜。角声：号角声。 ④中天：一作“中庭”。 ⑤风尘荏苒：时光在战乱中流逝。荏苒：谓时间渐进推移。陶渊明《杂诗》其十：“荏苒经十载，暂为人所羁。”音书：指亲朋间的音信。⑥关塞：关隘要塞。萧条：寂寞冷落。 ⑦伶俜(líng pīng)：孤苦貌。十年事：从天宝十四载(755)安史之乱爆发到写此诗，前后凡十年。 ⑧强移栖息：勉强栖身。一枝安：《庄子·逍遥游》：“鹪鹩巢于深林，不过一枝。”句谓幕府供职。

【品评】

广德二年(764)六月，严武表荐杜甫为节度参谋、检校工部员外郎。此诗即为是年秋独宿节度使府时作。题是“宿府”，而“独宿”二字为全诗关键。诗借独宿所见所闻之景，抒发独身飘零之感、抑郁寂寞之情。首联“井梧寒”、“蜡炬残”，其景凄清，正见“独宿”。颔联进一层写独宿的孤寂无聊。二句均为上五下二句式，于“悲”、“好”处略作停顿。角声悲凉，响彻夜空，如怨如诉，犹似自语；皓月当空，月色虽好，谁来观赏！不是无人望月，而是无心赏月。元人张性说：“第二联雄壮工致，当时夜深无寐，独宿之情，宛然可见。”(《杜律演义》前集)角声是战乱的象征，明月是思乡的触媒，不由勾起独宿人无限的乡愁。颈联即写思乡难归的苦衷。作者《恨别》诗云：“洛城一别四千里，胡骑长驱五六年。草木变衰行剑外，兵戈阻绝老江边。思家步月清宵立，忆弟看云白日眠。”可作此二句注脚。那时流离风尘才五六年，而今已“伶俜十年”，怎堪忍受！末句照应首句，言幕府供职，本非初心，只是为了一家生计和彼此友谊，所谓“束缚酬知己，蹉跎效小忠”（《遣闷奉呈严公二十韵》），才勉强入幕的。此诗章法谨严，对仗工巧。吴农祥说：“八句皆对，既极严整从容，复带错综变化，此公之神境。”（《杜诗集评》卷十一引）

倦　夜

竹凉侵卧内，野月满庭隅。[1]
重露成涓滴，稀星乍有无。[2]
暗飞萤自照，水宿鸟相呼。[3]
万事干戈里，空悲清夜徂。[4]

【注释】

①庭隅：庭院的角落。　②“重露”二句：写深夜秋景。浓重的露滴凝聚竹上，形成了细小的水滴，稀疏的星星因靠近月亮而乍隐乍现。诗以露滴之滚落如泪，稀星之隐约无定，衬托辗转无寐的诗人形象，可谓体物入神。　③“暗飞”二句：借秋夜破晓前景色，寄托“无情无绪，无可自宽，亦无从告语”之情。月落以后，夜暗无光，萤飞自照而“不能照物”；水宿之鸟，竞相呼唤而“人或不如鸟”（王嗣奭《杜臆》卷六）。此都是作者竟夕不寐所闻所见，

实寓飘零之感。体物精细，感慨无限。 ④干戈：指战乱。徂（cú）：消逝。以上四句由写景转而感慨时局。

【品评】

广德二年（764）秋，杜甫请假暂归草堂后作。诗写秋夜不眠，为忧时伤乱所致。诗中完整地记录了身居异地之人倦夜之中的所见所闻所想。诗人辗转反侧，彻夜难眠。且萤火自照，水鸟相呼，乃有无限寂寞孤独之感。末二句直吐胸臆，点明全诗之旨，抒发了无限感慨与幽愤。全诗起承转合，井然有序。黄生曰："前六刻画清夜之景，无字不工。末用二字点明，章法紧峭。"（《杜诗说》卷六）

春日江村五首（选一）

农务村村急，　春流岸岸深。①
乾坤万里眼，　时序百年心。②
茅屋还堪赋，③ 桃源自可寻。④
艰难昧生理，　飘泊到如今。⑤

【注释】

①农务：指春耕劳作之事。春流，指浣花溪。 ②"乾坤"二句：极写飘泊衰谢之感。乾坤：指天地。万里眼：遥望故乡，远隔万里。时序：时间季节运行的次序。百年：指人的一生。 ③茅

屋:指浣花溪草堂。堪:可。赋:指作诗。 ④桃源:陶渊明在《桃花源记》中描写的田园胜境,此指浣花溪附近的美好风物及人情。⑤昧:不懂得,无知。生理:谋生之道。昧生理:犹言拙于谋生。飘泊:飘游四方,行止不定。上句是因,下句是果。

【品评】

永泰元年(765)春作于成都。江村,指成都西郊浣花草堂。五首以“江村”为题,内容却不以写江村景物为主,而是追忆来蜀后的生活经历和感想。组诗五首,这里选的是第一首,写春日江村之景,点明题目,然而有天涯羁旅、百年过客之慨。

三韵三篇(选一)

高马勿唾面,长鱼无损鳞。
辱马马毛焦,困鱼鱼有神。[①]
君看磊落士,不肯易其身。[②]

【注释】

①“高马”四句:以“高马”、“长鱼”起兴。唾面:唾其面;损鳞:损坏其鳞,均指污辱。 ②磊落士:光明正大的士人。易其身:改变其处世之道。

【品评】

永泰元年(765),杜甫在严武幕府任职,不堪拘束而辞归草堂,此诗便是为幕府中所受屈辱而发。诗以高马遭唾而毛焦,喻所受污辱;以长鱼有神而不损其鳞,喻脱身幕府而保持心志。此诗比兴讽谕,风骨寄托,有汉魏古诗遗风。

莫相疑行

男儿生无所成头皓白,牙齿欲落真可惜。①
忆献三赋蓬莱宫,自怪一日声烜赫。②
集贤学士如堵墙,观我落笔中书堂。③
往时文采动人主,④此日饥寒趋路旁。
晚将末契托年少,当面输心背面笑。⑤
寄谢悠悠世上儿,不争好恶莫相疑。⑥

【注释】

①男儿:杜甫自指。可惜:可悲。二句悲叹老而无成。②忆献三赋:天宝九载(750)冬,杜甫进献《朝献太清宫赋》、《朝享太庙赋》、《有事于南郊赋》,即所谓“三大礼赋”。蓬莱宫:即大明宫,高宗龙朔二年(662)改名蓬莱宫,亦称东内。声:声名。烜(xuǎn)赫:声势盛大。 ③集贤学士:玄宗开元十三年四月,改集仙殿为集贤殿,改丽正殿书院为集贤殿书院,院内五品以上为学士,六品以下为直学士。“集贤院学士,掌刊辑古今之经籍,以辨

明邦国之大典,而备顾问应对。凡天下图书之遗逸,贤才之隐滞,则承旨而征求焉。其有筹策之可施于时,著述之可行于代者,较其才艺,考其学术,而申表之。”(《唐六典》卷九)如堵墙,形容列观者之多,语出《礼记·射义》:“孔子射于矍相之圃,盖观者如堵墙。”《新唐书·杜甫传》云:“甫奏赋三篇,帝奇之,使待制集贤院,命宰相试文章。”集贤院隶属中书省,在中书省之政事堂考试文章,故曰“落笔中书堂”。甫《奉留赠集贤院崔于二学士》所云:“气冲星象表,词感帝王尊。天老书题目,春官验讨论。”即指此。④人主:指玄宗。往时文采动人主,即所谓“词感帝王尊”。⑤末契:对人谦称自己的情谊。语出《文选·陆机〈叹逝赋〉》:“托末契于后生,余将老而为客。”李周翰注:“言后生见我老,不与我交,以客礼相待,复增其忧耳。末契:下交也。”年少:犹后生,指幕府同僚。输心:表示真心、诚心。笑:嗤笑。谓年轻同僚当面一套,背后一套,玩两面手法。下句写尽后生轻薄。 ⑥悠悠:众多。世上儿:即上“年少”者。不争好恶,不与你们争高低。末谓我不想与尔等争权夺利,故而辞幕归隐,请你们不必乱猜疑。

【品评】

永泰元年(765)杜甫辞严武幕职后作。莫相疑,即不要疑忌。诗成之后,拈末三字为题。诗人追昔抚今,不胜悲慨,表现了对人情冷暖、世态炎凉的厌倦和憎恶。

去　蜀

五载客蜀郡,一年居梓州。①

如何关塞阻，转作潇湘游?②
万事已黄发，残生随白鸥。③
安危大臣在，不必泪长流。④

【注释】

①蜀郡：即成都。杜甫于上元元年(760)初借居成都草堂寺，后移居新建之草堂，至永泰元年(765)五月离蜀，前后共六年，其间有一年多流寓梓州、阆州等地，在成都前后合计约五年。②如何：犹岂料。关塞阻：谓长安难返。转作：反作。潇湘：二水名，在今湖南境，此泛指荆楚一带。本应北返长安，因关塞险阻，只好出峡东行，故曰“转作”。 ③黄发：谓年老。残生：犹余生。随白鸥：谓漂泊。即杜甫《旅夜书怀》所云“飘飘何所似? 天地一沙鸥”意。 ④大臣：泛指朝廷掌权者。杨伦曰：“结用反言见意，语似自宽，正隐讽大臣也。”(《杜诗镜铨》卷十二)二句意谓社稷安危自有大臣负荷，自己何必泪水长流，杞人忧天? 此乃无可奈何，强作排遣之词，实则反言诗人心系国家安危，时刻为其忧心流泪的情况。其中有痛惜，有激愤，有宽慰，包蕴极丰。

【品评】

永泰元年(765)五月作。四月，严武死，杜甫生活失去依靠，又预见到蜀中将乱，故决计出峡东归。将离蜀，作诗总结几年的漂泊生涯，故题曰“去蜀”。浦起龙曰：“自此长别成都矣……而六年中流寓之迹，思归之怀，东游之想，身世衰迟之悲，职任就舍之感，无不括尽，可作入蜀以来数卷诗大结束。是何等手笔!”(《读

杜心解》卷三之四）

禹 庙

禹庙空山里，　秋风落日斜。
荒庭垂橘柚，　古屋画龙蛇。[1]
云气嘘青壁，　江声走白沙。[2]
早知乘四载，[3] 疏凿控三巴。[4]

【注释】

①“禹庙”四句：写庙中所见之景，皆化用禹事。孙莘老曰：“橘柚锡贡，驱龙蛇，皆禹事，公因见此有感也。”（《集千家注批点杜工部诗》卷十二引）二句用禹典而不觉用事，此杜甫用事入化处。　②“云气”二句：写庙外山水之惊险。悬崖峭壁上，云雾笼罩；江水卷白沙，波涛汹涌。嘘：侵润。　③四载：传说大禹治水时所用之四种交通工具。《书·益稷》：“予乘四载。”孔安国传：“谓水乘舟，陆乘车，泥乘楯，山乘樏。”　④疏凿：疏通河道，开凿山岩。三巴：据《华阳国志》载：东汉献帝兴平元年（194），益州牧刘璋三分古巴国：以安汉以上为巴郡，治安汉（今四川南充）；以安汉以下为永宁郡，治江州（今重庆）；朐忍至鱼复为固陵郡，治鱼复（今重庆奉节东）。建安六年（201），改永宁为巴郡，巴郡为巴西，固陵为巴东，合称三巴。

【品评】

永泰元年(765)四月,严武病卒,杜甫遂于五月携家乘舟离成都,经嘉州(今四川乐山)、戎州(今四川宜宾)、渝州(今重庆)、忠州(今重庆忠县)而抵云安(今重庆云阳)。这首诗即为是年秋,杜甫由渝州去忠州时作。禹庙,夏禹之庙,在今忠县南,过岷江二里处。诗写经过忠州,见禹庙之荒凉,睹江峡之形势,而思夏禹疏凿之功。首二句,写秋山落日中的禹庙;三、四句,写庙内之景,而贡橘柚、放龙蛇均禹事;五、六句,写岩壁嘘云气、沙上走江声,由庙内而及庙外;七、八句,因禹庙而溯其疏凿之功。短短四十字中,风景形胜,庙貌功德,无所不包。其层次清晰,章法谨严,而气象弘壮,读之意味无穷。为唐人祠庙诗之典范。

旅夜书怀

细草微风岸,危樯独夜舟。①
星垂平野阔,月涌大江流。②
名岂文章著?官应老病休。③
飘飘何所似?天地一沙鸥。④

【注释】

①危樯(qiáng):高高的船桅杆。二句就近而小写旅夜之景,点明时间、地点和个人处境,连用“细”、“微”、“危”、“独”四字,不仅准确地写出了旅夜独宿的情景,而且深细入微地传达出诗人孤

寂悲凉的心情。　②大江：指长江。二句是就大而远者写旅夜之景，意象生动，境界壮阔，气势磅礴。“垂”、“阔”、“涌”、“流”四字，力透纸背，表现了诗人处于逆境中的博大胸怀和兀傲不平的感情。与李白《渡荆门送别》的“山随平野尽，江入大荒流”二句，可谓有异曲同工之妙。　③“名岂”二句：反言见意。正言之则为名实因文章而著，官不为老病而休，而以“岂”、“应”二虚字反言之，则愈见其悲愤之情。　④飘飘：不定貌。沙鸥：一种水鸟，飞于江海之上，栖息沙洲。二句以沙鸥自比，抒发漂泊流离中抑郁不平之气，用一问一答形式，愈见苍凉悲郁。黄生曰：“一沙鸥，何其渺！天地宇，何其大！合而言之曰‘天地一沙鸥’，作者吞声，读者失笑。”（《杜诗说》卷五）

【品评】

永泰元年(765)秋，杜甫由忠州(今重庆忠县)去云安(今重庆云阳)舟行途中夜泊时作。这首诗表达了诗人穷愁潦倒、漂泊江湖、有志难骋的悲愤抑郁心情。情调虽凄苦，却不衰颓，壮阔的境界，磅礴的气势，反映出诗人在危苦穷促中依然能保持阔大的眼界和旷远的胸怀。

长江二首(选一)

众水会涪万，[1]　瞿塘争一门。[2]
朝宗人共挹，[3]　盗贼尔谁尊？[4]

孤石隐如马，[5] 高萝垂饮猿。[6]
归心异波浪， 何事即飞翻？[7]

【注释】

①涪万：指涪州（今重庆涪陵）、万州（今属重庆）。 ②瞿塘：瞿塘峡，长江三峡之一。一门：指夔门。瞿塘峡的西口，两岸高山陡立，状如门户，众水争流，极为险要。 ③朝宗：长江奔向大海，有如诸侯归心于天子，故称。挹：同“揖”，揖拜，尊崇。 ④盗贼：指反叛朝廷的人，此时崔旰正在蜀中作乱。尔：指盗贼。谁尊：尊谁。 ⑤孤石：指滟滪堆，江心突起的礁石，在瞿塘峡口，形状似马。有《滟滪歌》曰：“滟滪大如马，瞿塘不可下。” ⑥“高萝”句：是说绝壁藤萝吊挂着饮水的猴子。 ⑦“归心”二句：是说归心既不同于江水那样能如愿以偿，却为什么也同江水一样地翻腾呢？写出归乡之切和欲归不得的心情。飞翻：既指江水汹涌，浪花翻腾，又状思归心潮之起伏难平。

【品评】

这组诗当作于永泰元年（765）。这是第一首，诗中描写了瞿塘峡的险要形势，并感怀时事。

三绝句

其 一

前年渝州杀刺史，　今年开州杀刺史。①
群盗相随剧虎狼，② 食人更肯留妻子？③

【注释】

①渝州：即今重庆。开州：今重庆开县。这两次杀刺史事，史书不见记载，故此诗可补史书之阙。　②相随：指二州刺史被杀后，群盗相继起而为乱。剧：甚。　③食人：指杀戮百姓。更肯：岂肯，即不肯。留妻子：此指掳掠人之妻子。

【品评】

这组诗当作于永泰元年(765)冬，杜甫时在云安。是年九月，吐蕃、吐谷浑、党项羌等拥众数十万，分兵进攻奉天(今陕西乾县)、盩厔(今陕西周至)等地，百姓大批逃难入蜀。闰十月，剑南西山都知兵马使崔旰攻剑南节度使郭英乂，英乂奔简州，为普州刺史韩澄所杀，蜀中战乱不断。这三首诗反映的就是在这种战乱中百姓遭受的惨重苦难。三首诗在形式上属绝句，但不受格律的限制，是所谓“古绝句”。第一首是痛骂地方军阀的专横残暴。

其　二

二十一家同入蜀，　惟残一人出骆谷。①
自说二女啮臂时，②　回头却向秦云哭。③

【注释】

①惟残：只剩下。残：余，剩下。骆谷：在今陕西周至县西南，是由秦入蜀的通道。出骆谷：即由骆谷入蜀。　②啮（niè）臂：以齿咬臂，表示诀别。这是因为恐怕不能两全，所以强下狠心，丢弃二女。　③“回头”句：写丢弃二女独得入蜀的百姓说到此处不禁痛哭失声的情景。秦云：指关中方向。

【品评】

这首诗写关中人民逃难入蜀的惨状。

其　三

殿前兵马虽骁雄，①　纵暴略与羌浑同。②
闻道杀人汉水上，③　妇女多在官军中。④

【注释】

①殿前兵马：指皇帝禁军。骁雄：勇健雄武。　②纵暴：《资治通鉴》卷二二三载，广德元年十月，吐蕃入长安，“剽掠府库市里，焚闾舍，长安中萧然一空”。而唐朝“六军散者所在剽掠，士民避乱，皆入山谷”，同时“诸将方纵兵暴掠”。故曰“略与羌浑同”。羌浑：指党项羌、吐蕃和吐谷浑入侵的敌兵。　③汉水：发源于陕

西宁强县。汉水上：这里指陕西、四川交界地区。　④“妇女”句：写唐朝官军，特别是禁军对百姓的抢掠奸淫。官军：即前所谓“殿前兵马”。

【品评】

此首写唐官军抢掠奸淫，危害百姓。将官军残害百姓的史实不加避讳地直书其恶，充分显示了杜甫诗歌的“诗史”精神。金圣叹评曰：“第一绝，言群盗则理当淫杀如此，若不淫不杀，亦不成为群盗；第二绝，言普天下人酷受淫杀之毒，我只谓都受群盗之毒；第三绝，始出正题，言近则闻道殿前兵马乃复淫杀不减，竟不知第二绝是受群盗毒，是受官军毒？谁坐殿上？谁立殿下？试细细思之！”（《杜诗解》卷四）

白帝城最高楼①

城尖径仄旌旆愁，② 独立缥缈之飞楼。③
峡坼云霾龙虎卧， 江清日抱鼋鼍游。④
扶桑西枝对断石， 弱水东影随长流。⑤
杖藜叹世者谁子？⑥ 泣血迸空回白头。⑦

【注释】

①白帝城：东汉初，公孙述割据筑城，自号白帝，因此为名。在今重庆奉节县东瞿塘峡口白帝山上。最高楼：白帝城上最高处

之楼。　②城尖:山势峭峻,城在其上,故曰"城尖"。径仄:山路倾仄而难走。旌旆:旌旗。城高而险,风掣旗翻,故云"旌旆愁"。③独立:独自一人立于高楼之上。缥缈:高远隐约貌。楼在最高处,檐角翼翘,其势若飞,故曰"飞楼"。　④"峡坼"二句:写登楼所见近景。坼(chè):裂开。霾(mái):阴霾,此有弥漫意。卧:一作"睡"。鼋鼍(yuán tuó):鼋,大鳖,俗称癞头鼋。鼍,一名鼍龙,又名猪婆龙,今称扬子鳄。"峡坼云霾"、"江清日抱",为眼前所见之景;"龙虎卧"、"鼋鼍游",系据所见而生发的艺术想象。⑤"扶桑"二句:写想象中远景,极言楼高望远。扶桑:东方神木名,传说为日出处。《山海经·海外东经》:"汤谷上有扶桑,十日所浴。"断石:指瞿塘峡。因扶桑在东,故曰"西枝"。弱水:古水名,古人认为是水弱不能载物,故称弱水。古称弱水者甚多,此指神话传说中的弱水。《山海经·大荒西经》:"(昆仑之丘)其下有弱水之渊。"《海内十洲记·凤麟洲》:"洲四面有弱水绕之,鸿毛不浮,不可越也。"长流:指长江。因弱水在西,故曰"东影"。　⑥杖藜:拄着藜杖。藜杖为用藜的老茎做的手杖。这里杖作动词用。这句是说那个拄着藜杖忧叹世事的老人是谁呢?不用说,是杜甫自己。这样设问更加有力。　⑦泣血:形容哭之哀。迸(bèng):散、洒。登楼而泣,泪洒空中,故曰"迸空"。白头:作者时已五十五岁,故云。

【品评】

大历元年(766)初到夔州(今重庆奉节)时作。此诗写登楼望远所见景象及由之而触发的危乱之感。首联写城楼高危之势,中二联写望中所见眼前近景及想象中的远景。其中“扶桑”二句，写江流西来东去，境界阔远，气象雄浑，衬托出诗人登高临深之心情。末联抒发对危乱时局的感喟。这是一首拗体七律，正好适合于写奇险之景和表达诗人心中勃郁不平之气。

武侯庙[1]

遗庙丹青落，[2] 空山草木长。
犹闻辞后主， 不复卧南阳。[3]

【注释】

①武侯：即诸葛亮。武侯庙：在夔州城西郊。 ②遗庙：指武侯庙。丹青落：庙里的壁画已经剥落。 ③后主：刘禅。辞后主：指诸葛亮辞别后主，北伐中原。南阳：诸葛亮辅佐刘备前曾在南阳隐居。卢元昌曰：“瞻仰武侯，犹闻其辞后主而出师，自言鞠躬尽瘁，死而后已。回首南阳，草庐尚在，不复更向南阳而高卧，其始终为汉何如也。”（《杜诗阐》卷二一）

【品评】

大历元年(766)，杜甫寓居夔州时作。首二句咏庙宇之凋残荒凉，末二句追怀诸葛亮上表于后主、率兵北伐之功德，对其鞠躬尽瘁、匡扶汉室的精神，给予最精炼的概括和最热情的礼赞。此诗情感深沉跌宕，词意悲婉，在凭吊诸葛武侯中寄寓了深沉的历史忧患意识，意境极为深远。

八阵图[①]

功盖三分国，[②] 名成八阵图。
江流石不转，[③] 遗恨失吞吴。[④]

【注释】

①八阵图：相传为诸葛亮所布设的作战石垒。八阵：指天、地、风、云、龙、虎、鸟、蛇八种阵势。图：法度，规制。诸葛亮所布八阵图，传说有多处，此指夔州八阵图，位于长江北岸鱼复浦平沙之上，遗址在今重庆奉节县南长江边。 ②三分国：指魏、蜀、吴三国。三国之中，曹操和孙权都有所凭藉，惟独诸葛亮辅佐刘备，白手起家，据蜀与魏、吴鼎足而三，故曰“功盖三分国”。盖：超、越。 ③“江流”句：谓年深日久，江流冲击，八阵图却屹然不动，故曰“石不转”。仇兆鳌《杜诗详注》卷十五引《刘宾客嘉话录》云：“夔州西市，俯临江沙，下有诸葛亮八阵图，聚石分布，宛然犹存。峡水大时，三蜀雪消之际，澒涌滉漾，大木十围，枯槎百丈，随波而下。及乎水落川平，万物皆失故态，诸葛小石之堆，标聚行列依然。如是者近六百年，迨今不动。”据此，杜诗乃是写实。 ④“遗恨”句：向来解说不一，约有四说：以不能灭吴为恨；以刘备征吴失计为恨；诸葛亮不能谏止刘备征吴之举，自以为恨；刘备征吴而不知用八阵图法，致使失败，故以为恨。当以第一说为近是。高步

瀛说："失吞吴犹言未能吞吴耳。以武侯如此阵图而不能吞吴，真千古遗恨，故精诚所寄，石不为转，大意与'出师未捷'二句同一感慨。"(《唐宋诗举要》卷八)

【品评】

这首诗为大历元年(766)杜甫寓居夔州时作。杜甫对诸葛亮是无限敬仰的，开头即以两个精巧工整的对偶句，盛赞他的丰功伟绩，而特标出八阵图以应题。诚如成都武侯祠的碑刻所说的："一统经纶志未酬，布阵有图诚妙略。""江上阵图犹布列，蜀中相业有辉光。"于是最后两句深致悲悼惋惜之意，融怀古与述怀为一体，虽参议论，但富于浓郁的抒情色彩，发人深思，余味无穷。

古柏行

孔明庙前有老柏，① 柯如青铜根如石。②
霜皮溜雨四十围，③ 黛色参天二千尺。④
君臣已与时际会， 树木犹为人爱惜。⑤
云来气接巫峡长， 月出寒通雪山白。⑥
忆昨路绕锦亭东， 先主武侯同閟宫。⑦
崔嵬枝干郊原古，⑧ 窈窕丹青户牖空。⑨
落落盘踞虽得地，⑩ 冥冥孤高多烈风。⑪
扶持自是神明力，⑫ 正直原因造化功。⑬
大厦如倾要梁栋，⑭ 万牛回首丘山重。⑮

不露文章世已惊，　未辞剪伐谁能送？[16]
苦心岂免容蝼蚁？[17]　香叶曾经宿鸾凤。[18]
志士仁人莫怨嗟，　古来材大难为用。[19]

【注释】

①孔明庙：即武侯庙，诸葛亮字孔明。杜甫在夔州还写有《诸葛庙》、《武侯庙》诗。　②柯：树枝。青铜：形容颜色苍老。如石：形容扎根坚牢。　③霜皮溜雨：指树干色白光滑。霜皮：一作“苍皮”。围：一人合抱为一围。四十围：极言柏粗。　④黛色：青黑色，形容柏叶葱郁之状。参天：高耸云霄。二千尺：极言柏高。⑤君臣：指刘备与诸葛亮。际会：遇合。二句谓孔明君臣因时遇合，功德在民，人民思其人犹爱其树，不加剪伐，故古柏长得高大。⑥巫峡：长江三峡之一，在夔州东。雪山：又称雪岭、西山，在夔州西。二句仍写古柏之高大。　⑦“忆昨”二句：忆成都武侯祠。锦亭：指杜甫在成都所居草堂，因紧靠锦江，中有台亭，故称锦亭。先主：指刘备。武侯：诸葛亮封武乡侯。闷（bì）宫：祠庙。因成都武侯祠原附在先主庙中，故曰“同闷宫”。而武侯祠在草堂东，杜甫常去拜谒，所谓“丞相祠堂何处寻？锦官城外柏森森”，故曰“路绕锦亭东”。　⑧崔嵬：高峻貌。　⑨窈窕（yǎo tiǎo）：深邃貌。丹青：指庙内壁画。牖（yǒu）：窗户。户牖空：谓寂静无人。⑩落落：卓立不群貌。得地：占得地势之利。　⑪冥冥：高远貌。孤高：独立高空。烈风：大风。　⑫“扶持”句：谓古柏不为烈风所摧折，似有神灵呵护。　⑬“正直”句：谓古柏正直，原本自然。正直：直立挺拔。原因：原是因为。造化功：自然化育之力。　⑭大

厦如倾：王通《文中子·事君篇》："大厦将颠，非一木所支也。"要：需要。 ⑮"万牛"句：谓古柏重如丘山，万头牛也拖不动，故徒然回首望之。 ⑯文章：文采。二句谓古柏不以文采炫世，却为世所敬重；不避砍伐愿作栋梁，而无人能为采运。 ⑰苦心：柏心味苦。容蝼蚁：为蝼蚁所蛀蚀。 ⑱香叶：柏叶有香气。宿鸾凤，为鸾凤一类高贵的鸟所栖宿。 ⑲仁人：一作"幽人"。二句点明题意，谓材大难为用乃自古如此，志士幽人不必为此叹息。明说莫怨嗟，实则大悲愤。王嗣奭曰："孔明材大而不尽其用，公尝自比稷契，材似孔明而人莫用之，故篇终而结以'材大难为用'，此作诗本意，而发兴于柏耳。"(《杜臆》卷七)

【品评】

大历元年(766)在夔州作。诗咏夔州武侯庙古柏，即《夔州歌十绝句》其九所云"武侯祠堂不可忘，中有松柏参天长"也。此诗虽咏古柏，实借咏柏以自况，抒发怀才不遇的感慨。全诗共二十四句，凡押三韵，每韵八句，自成段落。前八句咏夔州孔明庙前古柏之高大，引出君臣遇合的感慨。中八句与成都武侯祠古柏比较，突出夔州古柏的孤高正直。最后八句，"卒章显其志"，联系大厦将倾需栋梁的现实，发出"古来材大难为用"的深沉感慨。"不露文章"，写得身分高；"未辞剪伐"，写得意思曲。明里咏物，实以喻人，托物兴感，委婉含蓄，寄托遥深，极沉郁顿挫之致。

白　帝

白帝城中云出门，　白帝城下雨翻盆。①

高江急峡雷霆斗， 古木苍藤日月昏。[2]
戎马不如归马逸，[3] 千家今有百家存。[4]
哀哀寡妇诛求尽， 恸哭秋原何处村？[5]

【注释】

①“白帝”二句：谓城在山上，云从城门涌出，黑云压城，暴雨成灾。翻盆：犹倾盆。 ②“高江”二句：写临江山城暴雨骤至时惊心动魄的阴惨景象：峡中急流助以雨势，故声若雷霆之斗；树木蔽以阴云，故昏霾日月之光。句中自对，上下相对，两句叠用六个意象，声色并至，苍老雄杰，险夺人魄。江：指长江。峡：指瞿塘峡。日月：偏义复词，指日光。 ③戎马：出征之马。喻战乱。《老子》第四十六章：“天下无道，戎马生于郊。”归马：归田之马。《尚书·武成》：“偃武修文，归马于华山之阳。”逸：奔跑。戎马不如归马跑得快，可见马亦厌战，而人可知。 ④谓战乱和赋役使人民死亡十分之一。 ⑤哀哀：极言哀痛之深。诛求：指官府横征暴敛。恸哭：即痛哭。何处村：不知是哪个村，犹言村村、处处。二句谓战乱中死去丈夫的寡妇，又被官府诛求一空，村村如此，处处如此，秋天的原野一片痛哭之声，使人惨不忍闻。

【品评】

大历元年(766)秋在夔州作。白帝，即白帝城。题曰“白帝”，并非专咏白帝城之景，而是反映连年战争、残酷诛求给人民造成的深重灾难。前四句虽是写景，然而阴云暴雨，雷霆格斗，日月昏暗的阴惨景象，与后四句中“千家今有百家存”、“哀哀寡妇诛求尽，恸哭秋原何处村”的惨景，气氛一致，起到烘托作用。黄生评云：“人谓杜诗不宜首首以时事影附，然如此类即景寓意者，其神脉自相灌注，岂可不为标出？”（《杜诗说》卷九）

夔州歌十绝句（选一）

蜀麻吴盐自古通，[1] 万斛之舟行若风。[2]
长年三老长歌里， 白昼摊钱高浪中。[3]

【注释】

①“蜀麻”句：谓蜀地产麻，吴地出盐，麻盐贸易，自古通利。②万斛之舟：大船。斛：古代一种容量单位，十斗为一斛。 ③长年三老：三峡中人称船头把篙相水道者为长年，正艄者为三老。长歌：即后来所谓的“川江号子”。摊钱：一种赌博方式。仇兆鳌曰：“长歌者舟子，摊钱者贾客。”（《杜诗详注》卷十五）

【品评】

大历元年（766）作于夔州。这十首绝句，是吟咏夔州山川形势、自然风光和古迹名胜的。在艺术上吸收了巴蜀民歌《竹枝词》的特点。这里选的是第七首，写夔州水路交通的便利与当地的民俗风情。

秋兴八首(选三)

其一

玉露凋伤枫树林，巫山巫峡气萧森。①
江间波浪兼天涌，塞上风云接地阴。②
丛菊两开他日泪，孤舟一系故园心。③
寒衣处处催刀尺，白帝城高急暮砧。④

【注释】

①玉露：白露。萧森：萧瑟阴森。二句谓江峡之间，白露既下，凋伤枫林，殷红惨目，气象萧森。 ②江：长江。兼天：犹连天。塞：关隘险要之处，此指夔州。接地阴：指风云笼罩，地上阴暗。二句接上极写巫山巫峡秋气萧森之状。金圣叹云："'波浪兼天涌'者，自下而上一片秋也；'风云接地阴'者，自上而下一片秋也。"(《杜诗解》卷三) ③丛菊两开：即两见菊开，此是就去蜀时日而言。代宗永泰元年(765)五月，杜甫离开成都南下，秋居云安(今重庆云阳)，是一见菊开也。大历元年夏初，自云安至夔州，至秋，是两见菊开也。他日：常指后日，来日。也可指往日、前日。这里是后者。他日泪：犹言往日泪，流了多年的眼泪。孤舟一系：由蜀至夔，是沿水路乘舟东下，一身系于孤舟，故云。故园心：思念长安的心情。长安是唐王朝的首都，也是杜甫的祖籍所在地。因此，在这里故园、故国是合二为一的。这二句里的"开"、"系"都

有双关义：开，是指花开，也是指泪下。系，是指身系孤舟，也是指心系故园。 ④“寒衣”二句：谓深秋时节家家都在为游子赶制寒衣，傍晚时分白帝城高处传来阵阵捣衣声，更触动漂泊者的怀乡之情。催刀尺：赶裁寒衣。砧：捣衣石。

【品评】

大历元年(766)秋在夔州作。秋兴之兴，是感兴、发兴之意。杜甫漂泊多年，寓居夔州，往事历历，时萦胸臆。值兹秋日，见草木之凋谢，景物之萧森，触景伤情，引发了对长安的思念与回忆，写下了这组联章体七律。这组诗的内容，大致可分为两部分，第四首是过渡，前三首以咏夔州秋景为主而遥忆长安，夔州详而长安略；后五首以回忆长安为主而回应夔州，长安详而夔州略。八首是一个有机的整体，中心思想是“故国之思”。所思之情事，广泛而又具体，基本内容是：长安盛衰之变，个人遭遇之感。然国事多而己事少，体现了杜甫忧国忧乱忠君爱国的一贯思想。俞玚评曰：“身居巫峡，心忆京华，为八诗大旨。曰‘巫峡’，曰‘夔府’，曰‘瞿塘’，曰‘江楼’、‘沧江’、‘关塞’，皆言身之所处；曰‘故国’，曰‘故园’，曰‘京华’、‘长安’、‘蓬莱’、‘昆明’、‘曲江’、‘紫阁’，皆言心之所思，此八诗中线索。”(《杜诗镜铨》卷十三引)《秋兴八首》是杜甫惨淡经营之作，艺术上堪称登峰造极。沈德潜曰：“怀乡恋阙，吊古伤今，杜老生平，具见于此。其才气之大，笔力之高，天风海涛，金钟大镛，莫能拟其所到。”(《杜诗偶评》卷四)

第一首，是后七首的发端，自夔州秋景起兴，写面对三峡萧森景象而引起的羁旅怀乡之思。“故园心”三字，既是本诗主脑，亦是八诗枢纽。而末三字“急暮砧”又唤起次章首句之“落日斜”，可见针线之密。

其　二

夔府孤城落日斜，① 每依北斗望京华。②
听猿实下三声泪， 奉使虚随八月槎。③
画省香炉违伏枕，④ 山楼粉堞隐悲笳。⑤
请看石上藤萝月， 已映洲前芦荻花。⑥

【注释】

①夔府：即夔州。贞观十四年(640)在夔州设都督府，故云。②“每依”句：是说常常依循北斗的位置而远望长安。每依：言夜夜如此。北斗：北斗七星。或作“南斗”，非。杜诗《月三首》其一：“故园当北斗，直指照西秦。”《历历》：“巫峡西江外，秦城北斗边。”《哭王彭州抡》：“巫峡长云雨，秦城近斗杓。”则作“北斗”是。北斗在北，长安亦在北，故依北斗而遥望长安，抒发羁旅思乡之情。③“听猿”二句：郦道元《水经注·江水》：“故渔者歌曰：‘巴东三峡巫峡长，猿鸣三声泪沾裳。’”上句出此。听猿堕泪，身历苦境始觉其真，故曰“实下”。本应作“听猿三声实下泪”，因拘于声律，变化为“实下三声泪”。八月槎：张华《博物志》卷十：“天河与海通，近世有人居海渚者，年年八月，有浮槎去来，不失期。”而《荆楚岁时记》引《博物志》则作“汉武帝令张骞穷河源，乘槎经月而去”云云(据《苕溪渔隐丛话》前集卷十一引)。槎：木筏。杜诗乃借用二事。奉使：以严武比张骞，指严武奉命重镇蜀为剑南节度使。武

荐甫为节度参谋、检校工部员外郎,原应有随之返京朝天之一日,但因武死而化为泡影,故曰“虚随”。 ④画省香炉:指昔日在京华任左拾遗时。画省:汉代指尚书省,此指门下省。杜甫为拾遗之左省虽为门下省,然汉代无门下省,古人诗文往往假古之官署与今之相当者为代称,唐代以尚书、门下、中书三省并称,故三省皆可仿尚书省之例而称画省。且唐之三省其富丽亦各不相亚,于各省值宿,亦皆有侍史执香炉熏衣之种种供应,此在唐诗中往往言及。故门下省之可称画省,省壁之多画,与当时省中之有香炉,当为无可置疑之事,故门下省亦可称画省(详见叶嘉莹《杜甫秋兴八首集说》)。违:违离。伏枕:指衰病。违伏枕:乃言因衰病伏枕而与画省香炉相违。实为婉辞,深寓感慨。 ⑤山楼:指夔州城楼。粉堞(dié):白色的女墙,借指城墙。隐悲笳:悲凉的胡笳声隐没于山城楼墙间。 ⑥“请看”二句:是写伫望沉思之久,可见恋阙情深。石上藤萝月:是指初升的月亮。已映洲前:是说月升中天。金圣叹曰:“‘请看’二字妙,意不在月也。‘已’字妙,月上山头,已穿过藤萝照此洲前久矣,我适才得见也。”(《杜诗解》卷三)钱谦益亦曰:“细思‘请看’二字,又更是不觉乍见、讶而叹之之词”,“紧映‘每’字,无限凄断,见于言外。如云已又过却一日矣,不知何日得见京华也。”(《钱注杜诗》卷十五)

【品评】

第二首写由日落到夜深诗人伫立遥望长安的情景。“望京华”乃八章之旨,特于此章拈出,与首章“故园心”实一脉相承也。孤城落日、哀猿悲笳,是夔州眼前之景;而奉使虚随、画省香炉,乃思归感旧之情。“虚随”、“伏枕”，感慨颇深。尾联通过写月光的移动，突现自己伫望之久，思京之切，一片报国之情，跃然纸上。

其　六

瞿塘峡口曲江头，　万里风烟接素秋。①
花萼夹城通御气，② 芙蓉小苑入边愁。③
珠帘绣柱围黄鹄，④ 锦缆牙樯起白鸥。⑤
回首可怜歌舞地，　秦中自古帝王州。⑥

【注释】

①瞿塘峡：在夔州东，为三峡门户。曲江：为长安名胜之地。万里风烟：指夔州与长安相隔万里之遥。素秋：古人以秋属西方，其色白，故称素秋。此联高度浓缩，夔州与长安虽地悬万里，但一个“接”字联通时空，交织成苍远悲凉的艺术境界。此联既与第一首的“塞上风云接地阴”相呼应，又与颔联对句之“芙蓉小苑入边愁”一脉贯通。既写秋景之萧索凄凉，又深寓伤时念乱怀乡恋阙之悲。　②花萼：即花萼相辉之楼，在长安南内兴庆宫西南隅。夹城：复道。唐玄宗先后于开元十四年和开元二十年两次扩建兴庆宫，自大明宫沿长安东郭城经通化、春明、延兴三门，直到曲江、芙蓉园，修筑复道，以潜行往来，是为夹城。程大昌《雍录》卷二：“唐之夹城也，两墙对起，所谓筑垣墙如街巷者也。”因系唐玄宗为游赏方便所修，故曰“通御气”。　③芙蓉小苑：即芙蓉园。入边愁：传来边地战乱的消息。史载，安禄山反报至，唐玄宗在逃跑之前，曾登兴庆宫花萼楼置酒，四顾凄怆。边愁：指安禄山在边地叛

乱而引起的忧愁。 ④珠帘绣柱：指曲江行宫别院之楼亭建筑，极写其富丽华美。黄鹄：即天鹅。《汉书·昭帝纪》："始元元年春二月，黄鹄下建章宫太液池中。"因曲江宫殿林立，环绕水面，把黄鹄都包围其中了，故云"围黄鹄"。 ⑤锦缆牙樯：指曲江中装饰华美的游船。锦缆：彩丝做的船索。牙樯：用象牙装饰的桅杆。因曲江上舟楫往来不息，水鸟都被惊飞，故云"起白鸥"。 ⑥歌舞地：指曲江。曲江昔日为繁华的歌舞之地，可是如今屡遭兵燹，荒凉寂寞，真是不堪回首，故曰"可怜"。秦中：即关中。此借指长安。长安自古以来就是帝王建都所在，昔日歌舞地，今化为戎马场，意在告诫统治者勿耽于荒淫佚乐，宜自强自励。可怜、自古四字，正寓无限哀伤和感慨。

【品评】

第六首写回忆曲江当年歌舞游宴之繁华。诗人在万里之外的瞿塘峡口，回想昔日玄宗游幸曲江的盛况，自古帝王州的今昔盛衰变化，不禁感慨系之。

咏怀古迹五首（选三）

其一

支离东北风尘际，[①] 漂泊西南天地间。[②]
三峡楼台淹日月，[③] 五溪衣服共云山。[④]
羯胡事主终无赖，[⑤] 词客哀时且未还。[⑥]

庾信平生最萧瑟，[7] 暮年诗赋动江关。[8]

【注释】

①支离：犹流离。东北：指中原地区，与下“西南”相对。自蜀言之，中原则在东北。风尘：指战乱。际：适当其时。此句乃追忆安史乱时，自己在中原地区的流离生涯。 ②西南：指巴蜀。③三峡：通常指瞿塘峡、巫峡、西陵峡。此指夔州。楼台：泛指当地民居。淹：淹留、留滞。淹日月：言漂泊日久。 ④五溪：《水经注·沅水》：“武陵有五溪，谓雄溪、横溪、无（一作“沅”）溪、西溪、辰溪……夹溪悉是蛮左所居，故谓此蛮五溪蛮也……织绩木皮，染以草实，好五色衣，裁制皆有尾。”五溪在今湖南西部、贵州东部一带，位于夔州南。共云山：言与五溪蛮共处杂居。 ⑤羯胡：古匈奴族别部。此指安禄山。禄山父系出于羯胡。主：指唐玄宗。玄宗宠任安禄山，而禄山阳奉阴违，终致叛唐作乱，故曰“终无赖”。无赖：谓狡诈反复。羯胡亦指侯景之乱。景降梁又叛梁，反复无常，《南史·贼臣传论》谓其“多行狡算”，“因机骋诈，肆行矫慝”。《梁书·侯景传》亦谓“肆其恣睢之心，成其篡盗之祸”，“方之羯贼，有逾其酷”。庾信恰值侯景之乱，故下及之。 ⑥词客：杜甫自谓，兼指庾信。未还：作者未得还故乡，庾信未得还故国。⑦庾信：字子山，初仕梁。侯景之乱，信奔江陵，在庾家故居（江陵城北三里宋玉宅）暂住。后出使西魏，被羁留北朝长达二十八年之久，官至车骑大将军、开府仪同三司。信仕北朝虽位望通显，但常有乡关之思，乃作《哀江南赋》以寄慨：“信年始二毛，即逢丧乱；藐是乱离，至于暮齿。燕歌远别，悲不自胜；楚老相逢，泣将何

及……将军一去,大树飘零。壮士不还,寒风萧瑟……提挈老幼,关河累年。"庾信有二子一女死于侯景之乱,其父不久亦去世。在北朝家庭屡遭不幸,女儿和外孙又相继死去。晚年老病交加,景况凄凉,故曰"平生最萧瑟"。 ⑧"暮年"句:庾信晚年由于环境的变化,创作由绮艳变为苍劲,代表作是《哀江南赋》和《拟咏怀》二十七首,故曰"暮年诗赋动江关"。动江关:谓其诗赋感人之深。杜甫《戏为六绝句》又谓"庾信文章老更成,凌云健笔意纵横"。江关:指江南,庾氏初仕之地。而杜甫身遭安史之乱,漂泊流落西南,犹庾信遭侯景乱,滞留江北;二人的诗风也都经历了一个"豪华落尽见真淳"的过程。此"动江关"语意双关。

【品评】

这组诗为大历元年(766)在夔州作。诗借咏古迹以抒己怀,故题曰《咏怀古迹》,并非专咏古迹。五诗各自成篇,每篇各咏一人。第一首咏庾信,第二首咏宋玉,第三首咏王昭君,第四首咏刘备,第五首咏诸葛亮。

第一首以庾信自况。"词客哀时"四字,为全诗关键,前五句所以风尘漂泊,淹滞于三峡五溪者,皆由羯胡倡乱所致。而禄山之叛唐,犹侯景之叛梁,杜甫遭禄山之难,亦犹庾信值侯景之乱。杜甫支离东北,漂泊西南,赋诗哀时,亦犹庾信之羁留北朝,怀念故国而作《哀江南赋》。二人身世颇相类,一留江北而不得回江南,一滞江南而不能回江北,同病相怜,故后四句双管齐下,彼我兼举。前二句明自咏,暗咏庾信,后二句明咏庾信,暗自咏,实以庾信自比,感怀身世。之所以首咏庾信,是因为杜甫久有出三峡去湖湘的打算，即有江陵之行，而江陵有庾信故宅，故咏之。

其　三

群山万壑赴荆门，[①] 生长明妃尚有村。[②]
一去紫台连朔漠，独留青冢向黄昏。[③]
画图省识春风面，环佩空归夜月魂。[④]
千载琵琶作胡语，分明怨恨曲中论。[⑤]

【注释】

①荆门：山名，在今湖北宜昌市东南长江南岸。“赴”字用得极生动，把无生命的山川景物写得富有生命活力。　②明妃：即王昭君，名嫱，汉元帝时宫人，远嫁匈奴呼韩邪单于。晋人避司马昭讳，改昭君为明君，故曰“明妃”。昭君村，在今湖北兴山县南宝坪村，唐属归州。　③紫台：即紫宫，天子所居。此指汉宫。朔漠：北方沙漠之地，指匈奴。青冢：王昭君墓，在今内蒙古自治区呼和浩特市南。一去、独留：显得是那么寂寞孤独；连朔漠、向黄昏：显得是那样空旷凄清。“紫台”和“青冢”形成鲜明的对比，而造成这悲剧的不正是那居住在“紫台”的主人吗？　④画图：《西京杂记》卷二：“元帝后宫既多，不得常见，乃使画工图形，按图召幸之。诸宫人皆赂画工，多者十万，少者亦不减五万。独王嫱不肯，遂不得见。匈奴入朝求美人为阏氏，于是上按图以昭君行。及去，召见，貌为后宫第一，善应对，举止闲雅。帝悔之，而名籍已定，帝重信于外国，故不复更人。”省识：犹不识。案图召幸，自不能识人真面目。春风面：美丽面容。空归：魂归而身不得归，故云

"空归"。"省识"与"空归"对文,又形成强烈的对比:"省识",见出汉元帝的暴戾恣睢,草菅人命;"空归",显出王昭君的高尚情操,抱恨终身。 ⑤胡语:犹胡音。曲:指琴曲《昭君怨》。相传王昭君远嫁匈奴,心中不乐,乃作《怨旷思惟歌》,后人名为《昭君怨》。实不可信,当系后人伪托。二句意为千载以下,人们还分明从琵琶所奏的《昭君怨》一类歌曲中听到昭君在诉说她那无穷的怨恨。吴师道《昭君出塞图》:"琵琶马上无穷恨,最恨当年误入宫。"

【品评】

第三首是五首中写得最好的。诗开头就极有气势。长江两岸,层峦叠嶂,隐天蔽日,群山万壑,势若奔赴,直趋荆门。吴瞻泰赞曰:"发端突兀,是七律中第一等起句。谓山水逶迤,钟灵毓秀,始产一明妃,说得窈窕红颜,惊天动地。"(《杜诗提要》卷十二)接着"尚有村"句,说现在能看到的,就只有"昭君村"了,大有物是人非之感。表现了作者对昭君悲惨身世的深切悼念和无限同情。三、四二句,作者仅用十四个字就写尽昭君的一生,文字极为精炼,感慨却是无穷,把昭君生前死后的寂寞悲凉写得淋漓尽致。"画图"一句,作者把笔锋直接指向了悲剧的制造者,它深刻而又形象地揭露了汉元帝的昏庸和淫威。但昭君仍不忘故国,因为那是生她养她的地方,她生不能身归,那颗眷恋故国的心只好化为魂魄而伴着夜月归来。末句"怨恨"二字,点明全诗主题,为千载之下一切怀才不遇之士痛洒一掬热泪。作者通首咏昭君,实际上是在抒己怀;写昭君,也是写自己。杜甫曾自比稷契,立志要"致君尧舜上,再使风俗淳",但残酷的现实使他的理想最终化为泡影。王昭君是美女入宫而不见御，诗人是烈士怀忠而不见用。但诗人的感慨和爱憎全不直接写出，而是通过冷静的客观描写，让读者自己去领会、去体味。这正是杜甫的高超之处。难怪沈德潜盛赞："咏昭君诗，此为绝唱！"（《唐诗别裁集》卷十四）

其　五

诸葛大名垂宇宙，　宗臣遗像肃清高。①
三分割据纡筹策，②　万古云霄一羽毛。③
伯仲之间见伊吕，④　指挥若定失萧曹。⑤
运移汉祚终难复，⑥　志决身歼军务劳。⑦

【注释】

①宗臣：宗庙社稷之重臣。《汉书·萧何曹参传赞》："二人同心，遂安海内。淮阴、黥布已灭，惟何、参擅功名，位冠群臣，声施后世，为一代之宗臣。"《三国志·蜀书·诸葛亮传》注引张俨《默记》曰："亦一国之宗臣，霸王之贤佐也。"肃清高，言后人仰其清高而肃然起敬。　②三分割据：指魏蜀吴三分天下而成鼎足之势。纡筹策：用尽心智为之计谋策划。　③万古：犹言旷古。一：独也，特异之谓也。句谓诸葛亮乃旷古未有之奇才，犹如鸾凤高翔于云霄之上，不可企及。　④伯仲：兄弟行。伯仲之间，犹谓不相上下。曹丕《典论·论文》："傅毅之于班固，伯仲之间耳。"伊吕，指伊尹、吕尚。伊尹佐商汤，吕尚辅周文王、武王，都是开国元勋、历史名臣。句谓诸葛亮可与伊尹、吕尚比肩。彭羕《狱中与诸葛亮书》："足下当世伊吕也，宜善与主公计事，济其大猷。"　⑤指挥

若定：谓策划谋略若得实现则平定天下。失：犹“无”，淹没也。萧曹：萧何和曹参，皆为汉之开国元勋，所谓“一代之宗臣”。句谓倘若诸葛亮按计已定天下，则萧、曹之功业均不能与之相比。惜其早死未得实现。 ⑥运：国运，天运。祚：帝位。句谓国运转移，汉祚难复，诸葛亮辅佐刘氏恢复汉室的宏图终于不得实现。⑦志决身歼：即所谓“鞠躬尽瘁，死而后已”。军务劳：《三国志·蜀书·诸葛亮传》注引《魏氏春秋》曰：“亮使至，问其寝食及其事之烦简，不问戎事。使对曰：‘诸葛公夙兴夜寐，罚二十以上，皆亲览焉；所啖食不至数升。’宣王（司马懿）曰：‘亮将死矣！’”

【题解】

第五首专咏诸葛亮。“宗臣、清高”四字，为一篇之纲。既盛赞其才品独超，又痛惜其生不逢时。天运难复，则非宗臣之能事所及；志决身歼，则非清高之节操不坚。宗臣清高如此，能不令人仰大名而瞻遗像，以叹其遭时不遇也哉！此亦《蜀相》所谓“出师未捷身先死，长使英雄泪满襟”意也。王嗣奭曰：“通篇一气呵成，宛转呼应，五十六字，多少曲折，有太史公笔力。薄宋诗者谓其带议论，此诗非议论乎？公自许稷契，而莫为用之，盖自况也。”（《杜臆》卷八）

滟滪堆①

巨石水中央，江寒出水长。②

沉牛答云雨，如马戒舟航。[3]
天意存倾覆，神功接混茫。[4]
干戈连解缆，行止忆垂堂。[5]

【注释】

①滟滪堆：是夔州白帝城下长江瞿塘峡口江心的大礁石。分大、小滟滪，这是说大滟滪堆，因对行船非常危险，1958年冬整治长江航道时被炸掉。《古今乐录》称："晋宋以后有《滟滪歌》。"歌词云："滟滪大如马，瞿塘不可下。滟滪大如象，瞿塘不可上。滟滪大如牛，瞿塘不可流。滟滪大如幞，瞿塘不可触。滟滪大如鳖，瞿塘行舟绝。滟滪大如龟，瞿塘不可窥。" ②巨石：即指滟滪堆。长：读作 zhǎng，是"大"的意思。 ③"沉牛"句：是说百姓为祈求平安，杀牛沉江以祭祀水神。"如马"句：化用《滟滪歌》中"滟滪大如马，瞿塘不可下"句意。意谓当滟滪堆大如马时，就不宜行船了。 ④"天意"二句：言滟滪乃是天地开辟以来天然形成的险境。混茫：指远古之时。 ⑤"干戈"二句：言在海内干戈扰攘之际，我不停地解缆起航，当面临滟滪堆如此险恶的水程之时，反思自己的行止，感到万般无奈。垂堂：比喻面临危险境地。《史记·司马相如列传》云："家累千金，坐不垂堂。"意思是说要谨慎行事，怕被檐瓦砸中。

【品评】

大历元年(766)在夔州作。此诗写大滟滪堆奇险之状，形象生动，使人悚然骨惊。并由此而慨叹艰险的生活道路，对人民寄予关切之情。在写景中而兴家国身世之慨，黄生赞道："此诗，天道、神灵、人事、物理贯穿烂熟，又说得玲珑宛转，自非腹笋与手笔兼具者不能道只字。俯视三唐，独步千古，诚匪偶然。"(《杜诗说》卷五)

夜

露下天高秋气清，　空山独夜旅魂惊。①
疏灯自照孤帆宿，　新月犹悬双杵鸣。②
南菊再逢人卧病，③ 北书不至雁无情。④
步蟾倚杖看牛斗，　银汉遥应接凤城。⑤

【注释】

①秋气：一作"秋水"。二句谓空山无人，独处秋夜凄清之空山，令羁旅之人心惊。惊者，亦悲也。　②疏灯：谓灯光暗淡。悬：指月悬。本《易·系辞上》："悬象著明莫大乎日月。"或谓杵声在空，故曰"悬"。亦可参。双杵：古人捣衣，对立执杵如舂米，故曰"双杵"。金代麻九畴《秋怀诗》："月悬双杵若为夜，人在一隅偏觉秋。"即本杜句。　③南菊再逢：即两见菊开，是就去蜀而言。见《秋兴八首》其一"丛菊两开他日泪"注。时杜甫患有疟疾、头风、耳聋、风痹、眼疾等多种疾病，故曰"卧病"。　④北书：指北方长安、洛阳亲友故旧的书信。相传雁能传书，今北书不至，故曰"雁无情"。　⑤步蟾：走廊。牛斗：二星宿名，在天河边。银汉：

即天河。凤城：即凤凰城，此指京城长安。结联与《秋兴八首》其二“夔府孤城落日斜，每依北斗望京华”意同。

【品评】

大历元年(766)秋在夔州作。题一作《秋夜客舍》。诗写秋夜旅情，字字精炼，笔笔清拔，意境阔远，浑然无迹。遣词用意，都极似《秋兴八首》。

江 上

江上日多雨，萧萧荆楚秋。①
高风下木叶，永夜揽貂裘。②
勋业频看镜，行藏独倚楼。③
时危思报主，衰谢不能休。④

【注释】

①日：每日。萧萧：指风雨声。荆楚：这里指夔州。 ②永夜：整夜。揽貂裘：暗用苏秦典，含有功业未成的感慨。《战国策·秦策一》载：苏秦说秦王书十上而说不行，黑貂之裘弊，黄金百斤尽。 ③行藏：本谓出仕即行其所学之道，否则退隐藏道以待时机，后以指出处或行止。二句写长夜难眠情状：功业老而无成，故频频端详着镜中自己的白发；行止抑郁难与人言，只得独倚高楼，一厢怀想。 ④“时危”二句：谓当此国家的危急局面，欲报

效皇帝，虽然年老力衰也不能改变自己的这种志向。

【品评】

大历元年(766)秋，杜甫寓居夔州时作。诗写客居悲秋及旧臣忧国之怀。前四句写景，见旅客悲秋之况。后四句言情，表迟暮忧国之怀。前景后情，融会交织，感人至深。诗中空阔的秋景有力地衬托出暮年多病客居之身的孤微，眼前景与心中情紧密地联系在一起。意境苍凉悲壮，老迈沉雄。特别是颈联境界沉郁，韵味深长。李因笃评曰："此十字，至大至悲，老极淡极，声色俱化矣。"(《杜诗集评》卷九引)

吹　笛

吹笛秋山风月清，　谁家巧作断肠声？①
风飘律吕相和切，　月傍关山几处明？②
胡骑中宵堪北走，③　武陵一曲想南征。④
故园杨柳今摇落，　何得愁中却尽生。⑤

【注释】

①断肠声：指笛声使人闻之断肠。　②律吕：古代校正乐律的器具，借以指音乐。切：凄切。月傍关山：乐府横吹曲有《关山月》，是感伤离别的曲子，即上联所谓"断肠声"。二句写风送笛声，关山月明，闻笛声之凄切而感触遂深，借咏物表达乡关之思。

③“胡骑”句:《艺文类聚·乐部四·笳》引《世说》:“刘越石(刘琨)为胡骑所围数重,城中窘迫无计,刘始夕乘月,登楼清啸,胡贼闻之,皆凄然长叹。中夜吹奏胡笳,贼皆流涕,人有怀土之切,向晓又吹,贼并起围奔走。”此用其事。 ④“武陵”句:后汉马援南征武陵,曾作《武溪深》之曲。 ⑤故园:指杜甫在长安的旧居。笛曲有《折杨柳》,这二句是说笛中吹出《折杨柳》的曲调,让人顿生思乡之情。

【品评】

大历元年(766)秋在夔州作。此诗写作者月夜闻山中吹笛之声,遂联想到《关山月》、《折杨柳》、《武溪深》、《胡笳声》等笛曲以及有关典故,描绘出一片明月关山景色,并巧妙地抒发了淹留殊方的思乡之情。诗中用典贴切自然,不露痕迹。邵傅评之曰:“公闻笛思归,引用典故,忽翻变语。意既不着象,又不落空,真咏物妙诀哉!”(《杜律集解》七言卷下)郭濬亦评曰:“此诗句句凄远,咏物绝调。”(《杜诗详注》卷十七引)至于其结联之妙,陆时雍评曰:“结二语故国关情,有此千条万缕,用巧不见,乃为大家。”(《唐诗镜》卷二六)

偶　题

文章千古事,得失寸心知。[①]
作者皆殊列,名声岂浪垂?[②]

骚人嗟不见，汉道盛于斯。[3]
前辈飞腾入，馀波绮丽为。[4]
后贤兼旧制，历代各清规。[5]
法自儒家有，心从弱岁疲。[6]
永怀江左逸，多病邺中奇。[7]
騄骥皆良马，骐驎带好儿。[8]
车轮徒已斫，堂构惜仍亏。[9]
漫作潜夫论，虚传幼妇碑。[10]
缘情慰漂荡，抱疾屡迁移。[11]
经济惭长策，飞栖假一枝。[12]
尘沙傍蜂虿，江峡绕蛟螭。[13]
萧瑟唐虞远，联翩楚汉危。[14]
圣朝兼盗贼，异俗更喧卑。[15]
郁郁星辰剑，苍苍云雨池。[16]
两都开幕府，万宇插军麾。[17]
南海残铜柱，东风避月支。[18]
音书恨乌鹊，号怒怪熊罴。[19]
稼穑分诗兴，柴荆学土宜。[20]
故山迷白阁，秋水忆皇陂。[21]
不敢要佳句，愁来赋别离。[22]

【注释】

①曹丕《典论·论文》云："盖文章，经国之大业，不朽之盛

事。”古人亦有立德、立言、立功三不朽的说法。文章：这里主要指诗歌，属立言范围，传世不朽，故曰“千古事”。得失：成败。二句乃诗人创作经验之谈。王嗣奭曰：“二句乃一部杜诗所从胎孕者。‘文章千古事’，便须有千古识力为之骨；而‘得失寸心知’，则寸心具有千古。此乃文章家秘密藏，而千古立言之标准。从此悟入，而后其言立，可与立德、立功称三不朽，初无轩轾者也。”（《杜臆》卷八） ②作者：指前代诗人。殊列：各有其独到之处，方能存世。浪垂：轻易流传。 ③“骚人”二句：古代骚人所作成为绝响之后，乃有兴盛于汉代的五言诗。骚人：骚体诗作者。汉道：汉代的诗道，指五言诗。 ④前辈：指汉末魏初建安、黄初诗人。飞腾入：飞腾而入文苑，形容气势超群。馀波绮丽为：指六朝如齐梁诗人，鼓汉魏作者之馀波，崇尚绮丽，诗风变为轻浮绮艳。 ⑤清规：谓供人遵循的规范。二句认为后人继承前人传统而博采众长，推陈出新，不断发展，每个时代都有每个时代的特点。所谓汉赋、唐诗、宋词、元曲，证明杜甫所言非虚。 ⑥法：诗法。儒家作诗之法，指风、雅、颂、赋、比、兴所谓“六义”。弱岁：弱冠。意为自己早年即为作诗而耗费无数心力。杜甫自云：“七龄思即壮，开口咏凤凰。”（《壮游》）可证。 ⑦“永怀”二句：言仰慕江左诗人之飘逸，自愧不如建安诗人之瑰奇。江左逸：指江左飘逸的诗风。江左：长江下游地区。病：心以为歉。一作“谢”，逊谢，自愧不及。邺中：即邺城。故城在今河北临漳县西南三台村漳河北岸。东汉建安年间，曹操封魏王，以邺为王城。黄初元年（220），曹丕称帝，迁都洛阳，仍以邺为五都之一。曹操及曹丕、曹植父子好文学，一时文学之士孔融、陈琳、王粲、徐幹、阮瑀、应玚、刘桢等建安七子会聚邺中，史称邺中七子。邺中奇：指曹氏父子及建安七子瑰奇磊落的诗风。 ⑧“騄骥”二句：承上用千里马、麒麟喻建安诗人。曹丕《典论·论文》称孔融、陈琳、王粲、徐幹、阮瑀、应玚、刘桢七人“于学无所遗，于辞无所假，咸以自骋骥騄于千里，仰齐足以并驰。”騄骥：千里马。骐驎：一作“麒麟”。带好儿：南朝梁诗人徐摛有名当时，其诗风格新秀轻逸；其子徐陵更为著名，号称“一代文宗”。陵年数岁，高僧宝志见之，手摩其顶，称之为“天上石麒麟”。此喻曹操之有曹丕、曹植；阮瑀之有阮籍。 ⑨“车轮”二句：言自己作诗虽然已得心应手，而儿懒失学，不能如曹氏父子之承继家学渊源。斫轮，典出《庄子·天道》，轮扁对齐桓公语：“斫轮，徐则甘而不固，疾则苦而不入。不徐不疾，得之于手而应于心。口不能言，有数存焉于其间。臣不能以喻臣之子，臣之子亦不能受之于臣，是以行年七十而老斫轮。”斫：用刀斧砍削。堂构：筑室，以喻子承父业。典出《尚书·大诰》：“若考作室，既底法，厥子乃弗肯堂，况肯构?” ⑩“漫作”句：将自己作诗与王符作《潜夫论》作比，言自己政治上不得意，便作诗讥刺时政。虚传：杜甫自谦之词，意为外人传我之诗，赞为绝妙，实则虚誉也。东汉王符，字节信，安定临泾人，曾作《潜夫论》以讥时政。因不欲彰显其名，故名。幼妇碑：即曹娥碑。曹娥，汉代少女，投江寻找父尸，当时人于其死处立碑纪念。事见《后汉书·曹娥传》。这里的幼妇，指蔡邕评价碑文的隐语。《世说新语·捷悟》载：“魏武(曹操)尝过曹娥碑下，杨修从。碑背上见题作‘黄绢幼妇外孙齑臼’八字。魏武谓修曰：‘解不?’……修曰：‘黄绢，色丝也，于字为绝；幼妇，少女也，于字为妙；外孙，女子也，于字为好；齑臼，受辛也，于字为辞。

所谓“绝妙好辞”也。’” ⑪“缘情”句：是说自己作诗只是为了自慰漂泊之苦。缘情：循情之所至而作诗。抱疾：抱病。 ⑫经济：经世济民。惭长策：愧无好的策略。飞栖：比喻漂泊。假一枝：语出《庄子·逍遥游》：“鹪鹩巢于深林，不过一枝。”此指寓居夔州。⑬“尘沙”二句：言自己所居环境的险恶。蜂虿（chài）、蛟螭：峡中景物。虿：蝎子一类毒虫。蛟螭：传说中龙一类动物。 ⑭萧瑟：遥远貌。唐虞：喻太平盛世。联翩：接连不断。楚汉：秦末楚、汉相争时期，喻战乱之世。 ⑮兼盗贼：盗贼相兼而来，即连绵不断。异俗句：言夔州荒僻，风俗喧卑而无礼。杜甫曾说夔州“形胜有馀风土恶”（《峡中览物》）也是此意。 ⑯星辰剑：光耀星辰的利剑，典出《晋书·张华传》，谓豫章丰城有紫气上冲斗牛星宿，张华乃掘地得“精芒炫目”的宝剑。云雨池：出自《三国志·吴书·周瑜传》载周瑜语：“恐蛟龙得云雨，终非池中物也。”冠以“郁郁”、“苍苍”，谓宝剑埋藏未出，蛟龙困池未跃，比喻自己怀才不遇，无用武之地。 ⑰“两都”二句：言四方未靖，战乱不息。两都：指国都长安、东都洛阳。军麾：军旗。 ⑱南海：此泛指南方边地。铜柱：为后汉马援征交趾（今越南北部）时所立，为汉极南之标志。当时岭南战乱初平，故曰“残铜柱”。东风：喻唐朝。月支：古西域国名，故地在今甘肃省西部及青海一带。此喻吐蕃在西陲侵扰。⑲音书：指家乡的音信。乌鹊：即喜鹊。因乌鹊空啼报喜，而家乡弟妹音书不至，故云“恨乌鹊”。怪熊罴：厌闻夔州荒野中野兽号叫声。 ⑳“稼穑”句：言农作事烦，遂少闲暇和兴致作诗。柴荆：指在夔州砍柴植树的生活，土宜：当地风俗。 ㉑“故山”二句：回忆家乡景物，白峰阁旧迹难寻，皇子陂渺不可见。白阁：即白阁峰，在长安南终南山上。杜甫《渼陂西南台》："错磨终南翠，颠倒白阁影。"皇陂：即皇子陂，在长安南韦曲东。《太平寰宇记·关西道一·雍州》："皇子陂，在启夏门南三十里，陂北原上有秦皇子冢，因以名之。"杜甫《题郑十八著作文故居》："第五桥东流恨水，皇陂岸北结愁亭。"又《重过何氏五首》之二："云薄翠微寺，天清皇子陂。" ㉒"不敢"二句：是说寓居漂泊之中作诗已经不期望能得什么佳句，只是赋别离以寄托自己的愁思罢了。要(yāo)：期望。

【品评】

此诗为大历元年(766)秋，杜甫在夔州作。王嗣奭云："此公一生精力，用之文章，始成一部杜诗，而此篇乃其自序也。《诗》三百篇各自有序，而此篇又一部杜诗之总序也。"(《杜臆》卷八)杜甫针对当时人对其诗歌的批评而发，表达了他对诗歌的看法，全诗将身世家国之慨叹与平生遭遇经历以及自己的诗歌见解结合在一起。境界开阔，寄慨深沉。仇兆鳌曰："此诗是两段格，前半论诗文，以'文章千古事'为纲领。后半叙境遇，以'缘情慰漂荡'为关键。前段结云：'漫作潜夫论，虚传幼妇碑。'隐以千古事自期矣。后段结云：'不敢要佳句，愁来赋别离。'仍以'慰漂荡'自解矣。其段落之严整，脉理之精细如此。"(《杜诗详注》卷十八)

阁　夜①

岁暮阴阳催短景，② 天涯霜雪霁寒宵。③

五更鼓角声悲壮,[4] 三峡星河影动摇。[5]
野哭几家闻战伐,[6] 夷歌数处起渔樵。[7]
卧龙跃马终黄土,[8] 人事音书漫寂寥。[9]

【注释】

①阁:指西阁,故址在今重庆奉节白帝山上。唐大历元年(766)秋,杜甫移寓于此。 ②阴阳:犹日月。短景:冬天日短,故云“短景”。景:同“影”。 ③天涯:天边,此指夔州。霁:天晴,此指雪光明朗。 ④鼓角:更鼓和号角。《通典》卷一四九《兵二》:“军城及野营行军在外,日出日没时挝鼓三通。三百三十三槌为一通,鼓音止,角声动,吹十二声为一叠,角音止,鼓音动,如此三角三鼓,而昏明毕之。”五更鼓角,天将启晓。 ⑤三峡:指瞿塘峡、巫峡、西陵峡。西阁临瞿塘峡西口。星河:星辰和银河。⑥几家:一作“千家”。战伐:当指去年闰十月以来的崔旰之乱。⑦夷歌:指当地少数民族的歌曲。数处:一作“几处”,一作“是处”。起渔樵:起于渔人樵夫之口。 ⑧卧龙:指诸葛亮。《三国志·蜀书·诸葛亮传》载徐庶谓刘备曰:“诸葛孔明者,卧龙也。”跃马:指公孙述。述曾据蜀称白帝。左思《蜀都赋》:“公孙跃马而称帝。”终黄土:指都死而同归黄土。诸葛亮和公孙述在夔州都有祠庙,夔州有白帝城,故联想及之。 ⑨人事:指交游。时杜甫好友郑虔、苏源明、李白、严武、高适都已死去。音书:指亲朋间的音信。寂寥:孤独寂寞。漫:漫然,有随他去,不管他之意。此句似自我解脱,实则愤激之词。

【品评】

大历元年(766)冬,寓居夔州西阁时作。诗写阁夜所见所闻景象,悲壮动人。首联起势警拔,颔联尤为壮阔,使人惊心动魄。由鼓角悲壮而联想到野哭战伐,渔樵夷歌,由阴阳代谢而感世变无常,友朋凋谢,人事寂寥,独身飘零。意中言外,怆然有无穷之思。起承转接,犹如神龙掉尾,浑化无迹。胡应麟论“老杜七言律全篇可法者”,即举此篇与《登高》、《登楼》、《秋兴八首》等诗为例,认为:“气象雄盖宇宙,法律细入毫芒,自是千秋鼻祖。”(《诗薮·内编》卷五)

折槛行①

鸣呼房魏不复见, 秦王学士时难羡。②
青衿胄子困泥涂, 白马将军若雷电。③
千载少似朱云人, 至今折槛空嶙峋。④
娄公不语宋公语,⑤ 尚忆先皇容直臣。

【注释】

①折槛:典出《汉书·朱云传》:汉成帝时,朱云请诛安昌侯张禹,成帝怒,欲斩朱云。朱云手攀殿槛,槛折。将军辛庆忌冒死救之,得免死。后成帝知其忠心,修槛时,成帝命曰:“勿易!因而辑之,以旌直臣。” ②房魏:房玄龄、魏徵。秦王学士,唐太宗为秦王时,以杜如晦、房玄龄、于志宁、苏世长、薛收、褚亮、姚思廉、陆

德明、孔颖达、李玄道、李守素、虞世南、蔡允恭、颜相时、许敬宗、薛元敬、盖文达、苏勖等为十八学士。永泰元年(765),代宗命左仆射裴冕、右仆射郭英乂等文武之臣十三人于集贤殿待制。独孤及上疏,以为虽容其直而不录其言,故诗曰“时难羡”。 ③青衿:学士所服。胄子:士胄之家的子弟,青衿胄子:泛指文士。困泥涂:形容不被重用。白马将军:指武将。若雷电:与前“困泥涂”对比,见出武将们的赫赫威势。大历元年八月,鱼朝恩率六军诸将往国子监听讲,子弟皆服朱紫为诸生,遂以鱼朝恩判国子监事。④“千载”二句:慨叹当朝无朱云那样的忠臣,折槛之壮举至今已经杳不可见。嶙峋:高貌。 ⑤娄公:娄师德,是武则天朝的宰相,以谨厚著称。宋公:宋璟,是唐玄宗开元时的宰相,以忠谠著称。

【品评】

大历元年(766),杜甫在夔州闻鱼朝恩在朝恣横,且判国子监事,而集贤待制诸臣钳口不言,回忆先朝贤能之士如朱云折槛之直臣难见,遂感而作此诗以讥之。全诗表现了杜甫虽身在江湖但心存天下的耿耿心志。

立　春[①]

春日春盘细生菜，忽忆两京全盛时。[②]
盘出高门行白玉，菜传纤手送青丝。[③]

巫峡寒江那对眼，杜陵远客不胜悲。④

此身未知归定处，呼儿觅纸一题诗。⑤

【注释】

①立春：二十四节气之一，在阳历二月四日或五日。 ②“春日”句：唐代立春之日，食春饼生菜，号春盘，并相馈遗。首二句因立春食春盘生菜而忆起两京全盛之时。 ③“盘出”二句：以“白玉”形容盘之精美，以“青丝”美称生菜，全是描摹昔时之盛。④“巫峡”二句：言巫峡寒江之时，那料其更对春盘，因动远客之悲。那对眼：那堪对眼。杜陵远客：杜甫自谓。 ⑤归定处：最终归宿，指欲归两京。因世事不可逆料，无能为力，只好叫孩子拿来纸笔，题诗一首以解愁闷。

【品评】

大历二年(767)立春日，在夔州所作。全诗通过今昔对比，抒发了节气依旧而盛时难再的深沉感慨。既悲一身之漂泊，更悲两京之萧索，写得神情流动，一往情深。浦起龙曰：“忆两京，全从‘春盘生菜’触起。故三、四句述两京之盛，只用盘菜形容，不须别作铺张，而太平气象如见。”(《读杜心解》卷四之二)

即 事

暮春三月巫峡长，① 皛皛行云浮日光。②

雷声忽送千峰雨，　花气浑如百和香。[3]
黄莺过水翻回去，　燕子衔泥湿不妨。[4]
飞阁卷帘图画里，　虚无只少对潇湘。[5]

【注释】

①南朝梁作家丘迟《与陈伯之书》:“暮春三月，江南草长。杂花生树，群莺乱飞。”《水经注·江水》:“巴东三峡巫峡长，猿鸣三声泪沾裳。” ②皛皛(xiǎo):洁白而明亮。 ③百和香:汉武帝时月支国曾进贡百和香，是一种混和了各种香料而成的香。这里形容山野间花气的浓郁。 ④“黄莺”二句:写莺来燕往，是一幅万物适意的图画。湿不妨:湿而不妨。 ⑤“飞阁”二句:微露厌居夔州、思往潇湘的情绪。虚无:空旷平远。潇湘:代指湖南。

【品评】

大历二年(767)春作于夔州。前面铺写夔州一带的暮春景色，最后结出不能往赴潇湘的惆怅情怀。特别是中间二联，写景细致，画出一幅暮春山居图，故多为后人所称赏。

登　高

风急天高猿啸哀，[1] 渚清沙白鸟飞回。[2]
无边落木萧萧下，[3] 不尽长江滚滚来。[4]
万里悲秋常作客，　百年多病独登台。[5]

艰难苦恨繁霜鬓，[6] 潦倒新亭浊酒杯。[7]

【注释】

①猿啸哀：巫峡多猿，鸣声甚哀，所谓“巴东三峡巫峡长，猿鸣三声泪沾裳”（见《水经注·江水》）。 ②渚：水中小洲。回：回旋。 ③落木：落叶。萧萧：风吹叶动之声。 ④滚滚：相继不绝，奔腾不息。 ⑤“万里”二句：从天地风物之大环境紧缩至孤身一人。万里：远离故乡，指夔州距长安遥远，回京无望。常作客：长期漂泊在外。百年：犹言一生。多病：杜甫患有疟疾、肺病、风痹、糖尿病、耳聋等多种疾病。独登台：时逢佳节，诸弟分散，好友先死，孤客夔州，举目无侣，故云。宋人罗大经评此二句云：“万里，地之远也；秋，时之凄惨也；作客，羁旅也；常作客，久旅也；百年，齿暮也；多病，衰疾也；台，高迥处也；独登台，无亲朋也。十四字之间含八意，而对偶又精确。”（《鹤林玉露》卷十一） ⑥艰难：一指个人生活多艰，一指国家世乱多难。苦恨：极恨。繁霜鬓：白发日多。 ⑦潦倒：犹衰颓，因多病故潦倒，即《秋日夔府咏怀一百韵》所谓“形容真潦倒”意。新亭：最近方停。亭：通“停”。时杜甫因病戒酒。浊酒：混浊的酒，指劣酒。

【品评】

大历二年（767）九月九日作于夔州。前四句登高所见，极写暮秋夔峡惊心动魄之景色；后四句登高所感，抒发老病漂泊之苦情。情景交融，浑然一体。语言精炼而富变化，对仗工整且复自然。全诗八句皆对，首句即入韵。言简意丰，备极顿挫。胡应麟赞之曰:“杜‘风急天高’一章五十六字,如海底珊瑚,瘦劲难名,沉深莫测,而精光万丈,力量万钧。通章章法、句法、字法,前无昔人,后无来学。”并誉为“古今七言律第一”(《诗薮·内编》卷五)。

夜　归

夜半归来冲虎过,① 山黑家中已眠卧。②
傍见北斗向江低, 仰看明星当空大。③
庭前把烛嗔两炬, 峡口惊猿闻一个。④
白头老罢舞复歌, 杖藜不睡谁能那?⑤

【注释】

①冲虎过:形容夜路危险难行。 ②“山黑”句:谓家中人已经睡下。“山黑”,衬上句的“夜半”。 ③傍见:斜见。明星:金星之别名,又名启明星、太白星。大:此指亮度大。二句写出旷野夜行景色。 ④嗔两炬:嫌家中燃两支蜡炬太浪费。嗔:嗔怪。闻一个:听到一声。以上六句,写夜归之景。 ⑤老罢:谓年老则百事皆罢,犹言老朽。舞复歌:边舞蹈边唱歌。那:即奈,乃针对家人的促睡之语而言。杜甫因心中不能平静,而又不好诉说,所以“杖藜不睡”,且舞且歌。

【品评】

大历二年(767)在夔州作。此诗写醉后归家所见所闻深夜景象，以及边歌边舞之醉态。王嗣奭曰："黑夜归山，有何奇特？而身之所经，心之所想，耳目所闻见，皆人所不屑写；而一一写之于诗，字字灵活，语语清亮，觉夜色凄然，夜景寂然，又人所不能写者。"（《杜臆》卷九）陈式曰："至今读其诗，声音颜色，勃勃纸上，描写形容，《左》、《史》最称绝妙，如公自状无之。"（《问斋杜意》卷十八）

短歌行赠王郎司直

王郎酒酣拔剑斫地歌莫哀，① 我能拔尔抑塞磊落之奇才。②

豫章翻风白日动，鲸鱼跋浪沧溟开。③ 且脱佩剑休徘徊！④

西得诸侯棹锦水，欲向何门趿珠履？⑤

仲宣楼头春色深，⑥ 青眼高歌望吾子，眼中之人吾老矣！⑦

【注释】

①酒酣：半醉。左思《咏史八首》其六："荆轲饮燕市，酒酣气益震。哀歌和渐离，谓若傍无人。"拔剑斫地：鲍照《拟行路难》其六："对案不能食，拔剑击柱长叹息。"斫（zhuó）：用刀斧砍。②拔：提拔，拔擢。抑塞：犹抑郁，谓才不得展。磊落：光明坦荡。③"豫章"二句：以大木、大鱼为喻，比王郎之才华过人，终当为世

所用。豫章：大木，樟类。陆贾《新语·资质》：“夫楩楠豫章，天下之名木，生于深山之中，产于溪谷之傍，立则为太山众木之宗，仆则为万世之用。”《神异经·东方经》：“东方荒外有豫章焉，此树主九州，其高千丈，围百尺，本上三百丈。”白日动：树大则风大，白日为之动。跋浪：犹乘浪。沧溟：即碧海。鲸掀巨浪，沧溟为之开。浦起龙云：“‘白日’、‘沧溟’，喻当时之有势力者。白日为动，沧溟为开，正其必能见拔处。”(《读杜心解》卷二之三) ④脱：取下。徘徊：犹豫不决，指哀歌之态。既能翻风跋浪，奇才终当大用，何须拔剑悲歌耶？故曰“休徘徊”。 ⑤诸侯：即指蜀中节镇。得：得其信任。锦水：即锦江，在成都。棹：划水行船。趿(tā)：《说文·足部》：“趿，进足有所撷取也。”珠履：缀珠之鞋。《史记·春申君传》：“春申君客三千馀人，其上客皆蹑珠履以见赵使。”李白《寄韦南陵冰》：“堂上三千珠履客。”二句谓王郎西去成都干谒诸侯，将去做谁的上客呢？向何门：戒其谨慎择人。 ⑥“仲宣”句：点明送别之时、地。王粲：字仲宣，避乱荆州依刘表，曾作《登楼赋》，后人遂称其所登之楼为“仲宣楼”。 ⑦青眼：《晋书·阮籍传》：“籍又能为青白眼。”待贤者以青眼，待不肖者以白眼。高歌：犹放歌。吾子：相亲之词，指王郎。望：望其得遇知己以施展奇才。眼中之人：指王郎。陆云《答张士然》诗：“感念桑梓域，仿佛眼中人。”邢邵《七夕》诗：“不见眼中人，谁堪机上织。”浦起龙曰：“在王则劝之‘莫哀’，在我则‘高歌’以‘望’，照耀生动。结又以单词鼓励之，以为‘眼中之人’，如吾者则老而无所用耳，言下跃然。”(《读杜心解》卷二之三)

【品评】

大历三年(768)暮春,在江陵(今湖北荆州)送别友人王郎作,抒发了怀才不遇的抑郁悲愤之情。王郎,不详何人。杜甫在成都作《戏赠友二首》,其二曰:“元年建巳月,官有王司直。”当即此人。司直,官名。一在大理寺,一为东宫官属。全诗共十句,上下各五句,“每四句后用一单句,单句虽一语,实是一段文字。篇法、调法,并为奇绝”(《杜园说杜》卷八)。即前五句押四平韵,劝慰王郎勿醉酣拔剑悲歌,以其有翻风跋浪之奇才;后五句押四仄韵,遥想王郎赴蜀干谒侯门之惨状,惟望知己遭逢,以慰我衰老之人。可谓气势突兀横绝,跌宕悲凉。徐增评曰:“子美歌行,此首为短,其层折最多,有万字收不尽之势。一芥子内,藏一须弥山王,奇绝之作。”(《而庵说唐诗》卷四)曾国藩亦云:“《短歌行》瑰玮顿挫,跌宕票姚,可谓空前绝后。”(《求阙斋读书录》卷七)

江　汉

江汉思归客,[①]　乾坤一腐儒。[②]
片云天共远,　永夜月同孤。[③]
落日心犹壮,　秋风病欲苏。[④]
古来存老马,　不必取长途。[⑤]

【注释】

①思归客:思归故乡的游子,作者自指。　②乾坤:犹天地。

腐儒:迂腐的儒者。与《旅夜书怀》“飘飘何所似?天地一沙鸥”同意。 ③“片云”二句:慨叹自己像片云一样飘荡于远离故乡的天边,与孤月共度长夜。情虽凄苦,景却阔大,忧思深沉。永夜:长夜。 ④落日:比喻暮年。时作者五十七岁。心犹壮:壮心犹在。此即曹操《龟虽寿》“烈士暮年,壮心不已”意。病欲苏:病要好了。苏:苏活,指病愈。二句触景起兴,情景交融,意境阔大而豪壮。⑤“古来”二句:用老马识途的故事说明自己还可以为国家作些贡献。《韩非子·说林》:“桓公伐孤竹,返,迷惑失道,管仲曰:‘老马之智可用也。’乃放老马而随之,遂得道焉。”谓老马不必求其长途奔驰,但其智可用。

【品评】

大历三年(768)秋作。这年正月,杜甫由夔州出峡东下,秋由江陵去公安。这一带长江因汉水汇入,故称江汉。诗中写江上行舟所见景象,以及引发的感慨,表达了诗人年迈而犹壮心不已的精神。此诗写景简约,情景交融,句句精警。方回评曰:“此诗,余幼而学书,有此古印本为式,云杜牧之书也。味之久矣。愈老而愈见其工。中四句用‘云天’、‘夜月’、‘落日’、‘秋风’,皆景也,以情贯之,‘共远’、‘同孤’、‘犹壮’、‘欲苏’八字,绝妙。世之能诗者,不复有出其右矣。”(《瀛奎律髓》卷二九)

岁晏行

岁云暮矣多北风,① 潇湘洞庭白雪中。

渔父天寒网罟冻，[②] 莫徭射雁鸣桑弓。[③]
去年米贵阙军食，[④] 今年米贱太伤农。[⑤]
高马达官厌酒肉， 此辈杼轴茅茨空。[⑥]
楚人重鱼不重鸟， 汝休枉杀南飞鸿。[⑦]
况闻处处鬻男女， 割慈忍爱还租庸。[⑧]
往日用钱捉私铸， 今许铅铁和青铜。[⑨]
刻泥为之最易得，[⑩] 好恶不合长相蒙。[⑪]
万国城头吹画角， 此曲哀怨何时终？[⑫]

【注释】

①云：语助词，无意义。 ②罟(gǔ)：网。 ③莫徭：湖南的一个少数民族。《隋书·地理志下》："长沙郡又杂有夷蜑(dàn)，名曰莫徭。自云其先祖有功，常免徭役，故以为名。"桑弓：桑木制成的弓。 ④去年：指大历二年(767)，据《旧唐书·代宗纪》载，大历二年十一月，唐王朝令官僚、百姓捐钱以助军粮。 ⑤伤农：粮价太低，农民的收入因而大大减少。 ⑥"高马"二句：拿达官贵人的享乐生活与老百姓的穷困生活对比。厌：同餍，吃饱喝足。此辈：指上述穷苦百姓。杼(zhù)轴，织布工具。茅茨：草屋。⑦"楚人"二句：照应前面"莫徭"句，说楚人不爱吃鸟肉，莫徭射雁也不能换来收入，岂不是白白害了鸿雁的性命！枉杀：指莫徭猎禽也改变不了穷困处境。楚人：湖南一带之人。 ⑧"况闻"二句：控诉赋税的苛重。鬻(yù)：出卖。租庸：唐王朝曾实行"租庸调"的赋税制度，每丁岁纳租粟二石或稻三斛，叫做"租"；每户纳绢二匹，绫绸各二丈，棉三两，麻三斤，非蚕乡则输银十四两，叫做

"调";每丁岁服劳役二十日,不能服役,一天纳绫绢绸三尺,叫做"庸"(见《旧唐书·食货志》)。 ⑨"往日"二句:抨击朝廷容许地主商人私铸铜钱。唐初曾禁止私铸钱,规定"盗铸者身死,家口配没"(见《旧唐书·食货志》)。天宝以后,地主商人私铸钱,在铜里掺和铅锡,牟取暴利。官府则听之任之,所以说"今许"。 ⑩"刻泥"句:实际是一句气话,意思是用泥土做成钱岂不是更容易,更不费成本! ⑪"好恶"句:申明必须禁止私铸,不应让好钱和坏钱长相蒙混下去。蒙:蒙混。 ⑫"万国"二句:现在到处是战乱,老百姓的苦难没个完,那哀怨的曲调何时才有个终了?意谓这种战乱的局面不知何时才能结束。万国:天下。军中用鼓角指挥,所以"吹画角"就是指战争。

【品评】

此诗当是大历三年(768)冬舟次岳州(今湖南岳阳)时所作。诗以写实手法反映了在官府繁重赋税的压榨下,劳动人民到年底时的穷困潦倒,无以为生。感慨当时钱法太坏,对以射猎为生的少数民族表示了同情。本诗揭露深刻,忧愤深广,是杜甫晚年反映民生疾苦的一篇力作。

登岳阳楼[①]

昔闻洞庭水,[②] 今上岳阳楼。
吴楚东南坼,[③] 乾坤日夜浮。[④]

亲朋无一字，[5] 老病有孤舟。[6]
戎马关山北，[7] 凭轩涕泗流。[8]

【注释】

①岳阳楼：即岳州巴陵县(今湖南岳阳)城门西楼，俯瞰洞庭湖。 ②洞庭水：即洞庭湖。 ③坼(chè)：分裂。大致说来，湖在楚之东，吴之南，中由湖水分开，故曰“坼”。 ④乾坤：指日月。《水经注·湘水》：“(洞庭)湖水广圆五百馀里，日月若出没于其中。” ⑤字：指书信。 ⑥老病：杜甫时年五十七岁，身患多种疾病，故云。有孤舟：谓水上漂泊，只有以舟为家。 ⑦戎马：指战争。据史载，大历三年秋冬，吐蕃屡侵陇右、关中一带，京师戒严。因其地在岳阳西北，故曰“关山北”。 ⑧凭轩：倚楼上栏杆。涕泗：眼泪曰涕，鼻涕曰泗。涕泗流：犹言老泪纵横。张载《拟四愁诗》：“登崖远望涕泗流。”

【品评】

杜甫大历三年(768)正月中旬离开夔州乘舟出三峡，经江陵，过公安，舟抵岳阳，已是岁暮，这一年他全是在波涛汹涌的长江上的一叶孤舟中度过的。诗人以年老多病之身，登上岳阳名楼，放眼八百里洞庭，自是感慨万千。故首联抚今追昔，正寓无限感慨。颔联极写洞庭浩瀚无际的壮阔景象，语虽雄浑豪健，但亦寓家国身世之感。故诗的下半自怜身世，举目无亲，老病孤舟，忧怀国事，戎马关山，涕泗横流，可谓泣尽继之以血，令人感叹嘘唏，不能自已，体现出杜甫忧国忧民的博大胸怀。黄生评曰：“前半写景，如此阔大，转落五、六，身世如此落寞。诗境阔狭顿异，结构凑泊极难。不图转出‘戎马关山北’五字，胸襟气象，一等相称，宜使后人搁笔也。”（《杜诗说》卷五）刘辰翁谓其“气压百代，为五言雄浑之绝”（《集千家注批点杜工部诗集》卷十九），胡应麟誉为盛唐五言律第一，王士禛赞为“千古绝唱”，实不为过。

南　征

春岸桃花水，云帆枫树林。①
偷生长避地，适远更沾襟。②
老病南征日，君恩北望心。③
百年歌自苦，未见有知音。④

【注释】

①“春岸”二句：写南征途中之景。桃花水：即春水，因水生于桃花盛开时，故称。　②避地：避难于异地。杜甫晚年多次避乱，故云“长避地”。适：去，到。沾襟：伤心流泪。杜甫晚年一直念念不忘北返家园，而此时为逃难，不得不往南行，身南心北，故心伤悲。　③君恩：指代宗之恩。杜甫在阆州时，代宗曾召补其为京兆功曹，未受。后因严武表荐，授检校工部员外郎，赐绯鱼袋。即杜甫这里所谓“君恩”。　④“百年”二句：结出不得不南征之故，感慨很深。但杜甫在叹息知音稀少的同时，又表现出对自己极度的自信。杜甫在当时诗坛确实是寂寞的，其诗歌的成就和价值尚

未得到世人的承认和肯定。杜甫对同代的诗人多能给予高度的评价，而他自己却诗名不彰，故倍感孤独。天宝末，殷璠编《河岳英灵集》以及杜甫死后高仲武编《中兴间气集》，都未收录杜诗，可见当时人们对杜诗的不朽价值尚未有充分认识。

【品评】

大历四年(769)春，杜甫由岳阳去潭州(今湖南长沙)所作。潭州在岳阳南，故曰"南征"。诗写避难异地，日益远离中原家乡引起的感伤和对朝廷的眷念。尤其是最后两句，言其一生的诗歌创作，未见知音，感慨十分深长。垂暮的诗人感到了无尽的孤独，但杜甫在这份孤独之中却并没有消沉，而是显出更为强烈的自信，因为他坚信自己"歌自苦"的诗歌，终究会得到人们接受和理解。

清明二首(选一)

此身飘泊苦西东，右臂偏枯半耳聋。①
寂寂系舟双下泪，悠悠伏枕左书空。②
十年蹴鞠将雏远，万里秋千习俗同。③
旅雁上云归紫塞，家人钻火用青枫。④
秦城楼阁烟花里，汉主山河锦绣中。⑤
春水春来洞庭阔，白蘋愁杀白头翁。⑥

【注释】

①偏枯：麻痹。半耳聋：一只耳聋。据杜诗《复阴》："夔子之国杜陵翁，牙齿半落左耳聋。"可知当时杜甫左耳已聋。 ②系舟：杜甫出峡后，长期系身于船上，故云。双下泪：两眼流泪。伏枕：比喻卧病。左书空：因右臂偏枯，故仅能用左手。书空：在空中虚写。《世说新语·黜免》载：殷浩被废后，终日书空，作"咄咄怪事"四字。以上四句写漂泊生活和病痛情况。 ③十年：从乾元二年(759)入蜀算起，到此时已有十年。蹴(cù)：踢。鞠：用皮革做的球。将雏：携子女。同：同于故乡。蹴鞠、秋千等都是古代清明节时的游戏。 ④上云：飞上云际。紫塞：相传秦筑长城，土色紫，故称紫塞。这里泛指北方。钻火：钻木取火。旧俗清明节前为寒食，家家禁火，故清明须取新火。用青枫：楚地多枫树，故用青枫取火，这与北方多用榆柳不同。这里用楚地习俗和北方的不同，暗喻漂泊思乡的心情。 ⑤"秦城"二句：因清明而遥想京城的春景。秦城：指长安。烟花：春日的繁华景色。汉主：以汉喻唐，指唐皇。 ⑥"春水"二句：言洞庭春汛水涨，看到水上随波漂流的白蘋，想到自身漂泊苦况，引起无限愁思。白头翁：杜甫自谓。

【品评】

此诗作于大历四年(769)二月，杜甫初至潭州时。清明，农历二十四节气之一。大历四年清明在农历二月二十四日。组诗二首，此为其二，感叹长年漂泊，寂寞病残，向往京华长安。佚名《杜诗言志》卷十二云："看他二首，句句绾定清明，句句对照自己，而一顺一逆，极行文变化之能事。乃又恰是近体长句，所谓诗律之细，洵非老杜不办也。”杨伦曰：“前首从湖南风景叙起，说到自家；后首从自家老病说起，结到湖南，亦见回环章法。”（《杜诗镜铨》卷十九）

江南逢李龟年

岐王宅里寻常见，① 崔九堂前几度闻。②
正是江南好风景， 落花时节又逢君。③

【注释】

①岐王：玄宗之弟李范。岐王宅在东都洛阳尚善坊。寻常见，即经常见。 ②崔九：原注：“崔九，即殿中监崔涤，中书令湜之弟。”为玄宗宠臣。《旧唐书·崔涤传》载：“涤多辩智，善谐谑，素与玄宗款密。兄湜坐太平党诛，玄宗常思之，故待涤逾厚，用为秘书监，出入禁中，与诸王侍宴不让席，而坐或在宁王之上。后赐名澄。”李范和崔涤都卒于开元十四年（726）。 ③落花时节：指暮春。君：指李龟年。

【品评】

大历五年（770）春流寓潭州时作。李龟年，玄宗时著名歌唱家。安史乱后，流落江南，与杜甫相遇，遂有此诗。此为杜甫七绝名篇。诗写今昔盛衰之感，身世蹉跎之叹，大开大阖，言简意赅，寓慨深沉。前二句忆昔，后二句慨今。“寻常见”、“几度闻”，言己与李龟年早就相识，且交情颇深。今老朋友久别重逢，又在山清水秀的江南，本应兴高采烈、喜不自胜才是，但是不然。“落花时节”，既是指落花纷纷的暮春时令，又寓有深广的社会内容，彼此的衰老飘零，社会的凋敝丧乱，都在其中。一个“又”字，绾合过去和现在，今昔五十年的盛衰变化尽在此一字中。正如作者《观公孙大娘弟子舞剑器行》所云：“五十年间似反掌。”昔盛今衰又见君！岂不令人感慨万千，潸然泪下。孙洙曰：“世运之治乱，年华之盛衰，彼此之凄凉流落，俱在其中。少陵七绝，此为压卷。”（《唐诗三百首》）

风疾舟中伏枕书怀三十六韵奉呈湖南亲友[①]

轩辕休制律，　虞舜罢弹琴。
尚错雄鸣管，　犹伤半死心。[②]
圣贤名古邈，　羁旅病年侵。[③]
舟泊常依震，　湖平早见参。[④]
如闻马融笛，　若倚仲宣襟。[⑤]
故国悲寒望，　群云惨岁阴。[⑥]
水乡霾白屋，　枫岸叠青岑。
郁郁冬炎瘴，　濛濛雨滞淫。[⑦]
鼓迎非祭鬼，　弹落似鸮禽。[⑧]
兴尽才无闷，　愁来遽不禁。[⑨]

生涯相汩没，时物正萧森。[10]

疑惑樽中弩，淹留冠上簪。[11]
牵裾惊魏帝，投阁为刘歆。[12]
狂走终奚适，微才谢所钦。[13]
吾安藜不糁，汝贵玉为琛。[14]
乌几重重缚，鹑衣寸寸针。[15]
哀伤同庾信，述作异陈琳。[16]
十暑岷山葛，三霜楚户砧。[17]
叨陪锦帐坐，久放白头吟。[18]
反朴时难遇，忘机陆易沉。[19]
应过数粒食，得近四知金。[20]

春草封归恨，源花费独寻。[21]
转蓬忧悄悄，行药病涔涔。[22]
瘗夭追潘岳，持危觅邓林。[23]
蹉跎翻学步，感激在知音。[24]
却假苏张舌，高夸周宋镡。[25]
纳流迷浩汗，峻趾得嵚崟。[26]
城府开清旭，松筠起碧浔。[27]
披颜争倩倩，逸足竞骎骎。[28]
朗鉴存愚直，皇天实照临。[29]
公孙仍恃险，侯景未生擒。[30]

书信中原阔，干戈北斗深。㉛
畏人千里井，问俗九州箴。㉜
战血流依旧，军声动至今。㉝
葛洪尸定解，许靖力难任。㉞
家事丹砂诀，无成涕作霖。㉟

【注释】

①风疾：风痹病。伏枕：指卧病。杜甫早有风疾，此时加剧，不能起身，故伏枕写诗。　②轩辕：即黄帝，相传黄帝曾制律以调八方之风。典出《汉书·律历志》："黄帝使泠纶，自大夏之西、昆仑之阴，取竹……制十二筒以听凤之鸣，其雄鸣为六，雌鸣亦六，比黄钟之宫，而皆可以生之，是为律本。至治之世，天地之气合以生风。天地之风气正，十二律定。"《礼记·乐记》载，虞舜弹五弦之琴以歌《南风》之诗，而天下治。半死心：典出枚乘《七发》："龙门之桐，高百尺而无枝"，"其根半死半生"，"于是背秋涉冬，使琴挚斫斩以为琴，野茧之丝以为弦"。这里诗人是以半死桐犹能制琴发音，来形容自己临终写作此诗的心情。浦起龙曰："发端奇绝，言轩律、虞琴，本以调八风而应熏风者，乃今此之风，足以致疾，必其有管错心伤处也。则不如勿制也，勿弹也。由其以风得疾，故诡为追咎之语。"（《读杜心解》卷五之四）　③"圣贤"二句：言轩辕、虞舜那些古代圣贤之事非常遥远，诗人的现实生活是羁旅贫病，年甚一年。古邈：古远。　④震：卦名，主东方。湖：指洞庭湖。参（shēn）：星宿名，二十八宿之一，西方白虎七星末一宿。猎户座七星之一，冬月昏见南方。诗人这里是以八卦和星座来表

明自己所处的方位。 ⑤马融笛:马融,字季长,东汉扶风茂陵(今陕西兴平东北)人。才高学博,曾著《长笛赋》,其序云:“有洛客舍逆旅吹笛……融去京师逾年,暂闻其悲。”仲宣襟:王粲,字仲宣,建安七子之一,其《登楼赋》中有“人情同于怀土兮”、“凭轩槛以遥望兮,向北风而开襟”之句。萧涤非先生认为,这二句“是写风疾发作时的耳鸣和手战”(《杜甫诗选注》)。联系下文“故国”云云,亦有怀恋故土之意。 ⑥悲寒望:寒冬之际,眺望故国而不见,故曰“悲寒望”。岁阴:即岁暮,年底。 ⑦白屋:茅屋。水气迷濛,笼罩茅屋,故曰“霾”。青岑:青色山峦。湖南地气炎热,故冬天仍有浓重的瘴气。冬日细雨绵绵,故曰“雨滞淫”。 ⑧“鼓迎”二句:写所见湖南当地的土俗。非祭鬼:指当地的淫祀之风。鸮禽:即猫头鹰。贾谊曾在长沙见猫头鹰,感到不祥,遂作《鹏鸟赋》。这里诗人是因见土人捕获鸮鸟而兴不祥之预感。以上六句写舟中所见之景物。 ⑨“兴尽”二句:刚刚因兴尽而开怀,转瞬又感到无尽的哀愁。无闷:高兴。遽:立即,马上。不禁:制止不住。 ⑩“生涯”二句:承上言悲愁之因。生事沉沦,景物萧条,正增旅人伤感。汩没:沉沦。萧森:萧索,落寞。 ⑪“疑惑”句:《风俗通义·怪神》载:应郴为汲令,请主薄杜宣饮酒,北壁悬赤弩,照于杯中,影似蛇,宣恶之,及饮得疾。后郴知之,复延宣于旧处饮酒。乃谓曰:“此乃弩影耳。”宣病遂瘳。此句言因世事险恶,使得自己不免多疑。“淹留”句:言自己长期漂泊流落,难得归朝。冠上簪:指代自己的官职。 ⑫“牵裾”句:用辛毗谏曹丕的典故。辛毗:字佐治,颍川人,是三国时一位有胆识的谋士。初事袁绍父子,后归曹操,很受器重。辛毗为人刚正,能犯颜直谏。有一次,曹丕准备把冀州十万户民迁往河南，当时河南遭蝗灾，群司以为不可，群谏，丕不听，辛毗牵着曹丕的袍角苦谏，终于说服了曹丕（见《三国志·魏书·辛毗传》）。此句杜甫回忆自己为左拾遗时疏救房琯之事，当时杜甫言辞激烈，故以辛毗“牵裾”之事自比。“投阁”句：用扬雄事。《汉书·扬雄传》载：扬雄，字子云，博学多才，曾教弟子刘棻作奇字。王莽时，刘棻因献符命得罪，雄受牵连。当使者来收捕时，扬雄从天禄阁上“自投下，几死”。刘歆：为刘棻之父，扬雄投阁，乃为刘棻，大概此处是为了押韵，而将刘棻改为刘歆。 ⑬狂走：指自己终身漂泊。奚适：何往。微才：对自己的谦称。所钦：所钦敬的人，这里可能指曾周济过杜甫一家的湖南亲友。 ⑭糁：以米和羹。《庄子·让王》载，孔子绝粮于陈蔡之间，曾“七日不火食，藜羹不糁”。吾安藜不糁：言自己安于贫穷困顿。汝贵玉为琛：乃对湖南亲友的恭维话。琛：宝玉。《晋书·宋纤传》：酒泉太守马岌，造宋纤不得见，铭诗于石壁曰：‘其人如玉，维国之琛。’” ⑮乌几：乌皮几案。因日久损坏，故用绳子层层缚牢。鹑：小鸟名，其尾短秃。鹑衣：形容衣服的破烂不堪。寸寸针：补了又补。 ⑯“哀伤”二句：是以庾信和陈琳自比。言自己不能回归故乡的哀伤就如同写作《哀江南赋》的庾信，才能却比不上陈琳那样敏捷。庾信：字子山，初仕南朝，后奉使西魏，被留不放。被迫身仕北朝，官至骠骑大将军。信虽位高，常怀南朝，曾作《哀江南赋》，中云：“天意人事，可为凄怆伤心者矣。”陈琳：字孔璋，建安七子之一。初为何进主簿，后归袁绍，当时为袁绍作讨曹操檄文，曹操读后，风疾豁然而愈。 ⑰“十暑”二句：是对自己半生漂泊生活的总结。即在蜀地十年，在楚地三年。岷山:代指蜀地。葛:葛布衣,古人夏天衣葛避暑。杜甫自乾元二年(759)入蜀,至大历三年(768)出峡,共经十年,故曰“十暑”。三霜:三载。杜甫自大历三年出峡至今已经三载,故曰“三霜”。砧:捣衣石,这里指捣衣声。 ⑱“叨陪”二句:言自己曾有幸承地方长官接待,得以在锦帐中陪坐,还每每吟诗助兴。白头吟:言以年老之身而为应酬之作。 ⑲反朴:即“还淳反朴”。杜甫的志向是“致君尧舜上,再使风俗淳”。在生命的最后一刻,杜甫意识到实现自己理想的时机是终生难遇了,自己终身为之奋斗的理想看来难以实现了。忘机:即忘却尘世俗务。陆沉:《庄子·则阳》:“与世违而心不屑与之俱,是陆沉者也。”既然放弃了对理想的执着,过起归隐生活,则不禁令诗人有陆沉之感。 ⑳应:大约。应过:大概不会超过。数粒食:极言困窘之情。张华《鹪鹩赋》云:“巢林不过一枝,每食不过数粒。”得近:亦是否定之意,不得近,难得近。四知金:申明自己没有接受过非分之财。《后汉书·杨震传》载:昌邑令王密夜怀十斤金遗杨震,曰:“暮夜无知者。”震曰:“天知、神知、我知、子知,何谓无知!”遂不受。这二句言自己虽飘零憔悴,食不果腹,然从未接受过非分之财。 ㉑“春草”二句:言春草隔断归乡之路,于是想在湖南找个“桃花源”那样的安身之处,却很难找到。杜甫大历三年春出峡至江陵,本可北归,不知因何未果,后遂漂泊湖湘,故云“归恨”。 ㉒转蓬:蓬草随风飘转,这里形容自己如蓬草一样辗转漂泊,未得安居,因而常常感到“忧悄悄”。行药:服药,即指治疗风疾、消渴诸病的中草药。涔涔:头脑胀痛貌。病涔涔:言服药无效,病痛依然。 ㉓“瘗夭”句:悲痛小女在旅途中夭亡。西晋诗人潘岳,在往长安途中,小女儿生数月夭亡。其《西征赋》云："夭赤子于新安，坎路侧而瘗之。"杜甫《入衡州》诗云："犹乳女在旁"，可见晚年杜甫有一个尚在吃奶的小女儿，则此句之"瘗夭"，当指此女。持危：即行走不便。觅：寻找。邓林：《山海经·海外北经》："夸父与日逐走……道渴而死，弃其杖，化为邓林。"言自己之老病，须拄杖而行。㉔"蹉跎"句：承上"持危"而来，言自己老年腿脚不便，反倒像刚学步的孩童一般步履蹒跚。学步：暗用"邯郸学步"事。知音：指湖南亲友。借用伯牙、子期事。㉕假：借重。苏张舌：苏秦、张仪的辩才。苏秦、张仪为战国时著名的纵横家，二人均辩才无碍。这里指湖南亲友。周宋镡：指天子之剑。镡(xín)：剑鼻。《庄子·说剑》："天子之剑，以燕溪石城为锋，齐岱为锷，晋卫为脊，周宋为镡，韩魏为铗。"这二句言湖南亲友们对自己的夸赞，实在让我既感激又惭愧。㉖"纳流"二句：恭维湖南亲友的大度和宽容。浩汗：水大貌。嵚崟(qīn yín)：山高貌。杨伦曰："纳流、峻址，言诸公能包容而合小以成大也。二句即'泰山不让土壤，故能成其高；河海不择细流，故能就其深'意。"(《杜诗镜铨》卷二十) ㉗"城府"二句：美称幕府所在地。清旭：朝晖。松筠：松竹。浔：水边。㉘披颜：开颜。倩倩：形容笑容。逸足：良马，喻才华出众之人，以此美称幕府诸公。骎骎：奔驰貌。㉙鉴：镜子。朗鉴：明亮的镜子，喻湖南亲友的见识高超。存：包涵、宽容。愚直：杜甫自称。因杜甫生性拙直，常以此得罪人，而湖南亲友却能包容其愚直之性，此恩此德，皇天在上，实照临之。这里表示了对湖南亲友的感激之情。㉚公孙：东汉初，公孙述据蜀自称白帝。恃险：因蜀中地形险要，故曰"恃险"。这里指那些割据不臣的藩镇势力。侯景：南朝梁叛将，曾破建康，围梁武帝萧衍于台城，使之饿死。并自立为汉王，到处烧杀掳掠，后兵败被杀。这里指当时作乱的军阀。这二句写杜甫对安史之乱平后，当时军阀割据、战乱不休现实的无限忧虑。㉛中原：指家乡洛阳。阔：阔绝。因家乡遥远，战乱频仍，与家乡音问不通，故曰“阔”。干戈：指战争。北斗：指朝廷所在地长安。因战乱不止，归朝无期，遥望长安，深感遥不可及，故曰“深”。㉜千里井：唐李匡乂《资暇集》卷下：“谚云：‘千里井，不反唾。’盖由南朝宋之计吏泻剉残草于公馆井中，且自言相去千里，岂当重来？及其复至，热渴汲水，遽饮，不忆前所弃草，草结于喉而毙。俗因相戒曰：‘千里井，不反剉。’复讹为唾耳。”问俗：《礼记·曲礼上》：“入境而问禁，入国而问俗。”九州箴：《汉书·扬雄传赞》：“（雄以为）箴莫善于《虞箴》，作《州箴》。”注引晋灼曰：“九州之箴也。”古代中国有九州，问俗而至于九州，可见漂泊异地之频繁与艰辛。　㉝“战血”二句：谓自安史作乱以来，至今仍战乱不休，时闻军声，时见流血，令人扼腕长叹。　㉞葛洪：自号抱朴子，东晋道教理论家、炼丹术家，曾在罗浮山炼丹，积年而卒。其亡时，颜色如平生，体亦软弱，举尸入棺，其轻如空衣，时咸以为尸解得仙。这里杜甫以“尸定解”喻自己绝无生理。许靖：字文休，汝南平舆人。《三国志·蜀书·许靖传》：“孙策东渡江，皆走交州以避其难。靖身坐岸边，先载附从，疏亲悉发，乃从后去，当时见者莫不叹息。”“（许靖）每有患急，常先人后己，与九族中外同其饥寒。其纪纲同类，仁恕恻怛，皆有效事。”二句谓：不能效法葛洪尸解成仙，携家逃难，有如许靖，然途穷力尽，亦恐难胜任。难：一作“还”。　㉟丹砂诀：成仙之方。二句承上言丹诀难学，最终无成，令人悲泣成霖。浦起龙曰:“结联语妙,思之失笑。家事只靠丹砂,则将登仙乎?况又无成也!作霖乃活人之本,而以涕为之,则是饮泣待毙耳。言外若曰:亲友亦念之否?”(《读杜心解》卷五之四)

【品评】

这首诗为杜甫的绝笔诗。大历五年(770)冬,杜甫由长沙赴岳阳,船经洞庭湖时,正因风疾卧病的诗人强撑病体,拼尽最后一丝气力,写下这首五言排律,诗中对自己将不久于人世有了明确的预感,诗人追溯了生平种种经历,向湖南亲友诉说羁旅贫病的苦况,并请求他们帮助。此后不久,诗人便病死在湘江的破船之上。浦起龙称此诗“絮絮叨叨,纯是老人病惫时,追思历历寄谢种种情状。然细寻之,条理仍复楚楚”(《读杜心解》卷五之四)。全诗可分为三段。自开头至“时物正萧森”,为第一段,记“风疾舟中”。首四句点明身染疾而气失调,故而难“制律”,亦“罢弹琴”。继写羁旅生活使病情日益加剧与冬令洞庭湖中景物,而“伏枕书怀”,以马融、王粲等“圣贤名古邈,羁旅病年侵”者自况,抒难以排遣的愁绪。由“疑惑樽中弩”至“得近四知金”,为第二段,继续书怀。因漂泊而追忆往事,指出救房琯为奔走窜逐之由,以“十暑”、“三霜”计其因丧乱而蜀楚浪游之迹,其生活潦倒不堪。由“春草封归恨”至末为第三段,奉呈亲友。先写入湖南后,形如飘蓬、病身行药、小女夭亡、行须扶杖的苦况,即抒衰年留滞之感,继而称美湖南亲友的大德峻才,感激他们的高谊厚情,最后慨叹乱离时事,“战血流依旧,军声动至今”,这哀伤沉疴之身,哪堪继续乱离漂泊，恐不久于人世，再灵的“丹砂诀”于身已无补，于绝望中再致“奉呈”之意，即望亲友怜顾。这篇五言排律长达三十六韵，杜甫以垂暮之年，将殁之躯，犹能成此扛鼎力作，让人惊叹诗人艺术腕力的强劲；更何况全篇所押之“侵”韵，乃是韵字极少的窄韵，可是在杜甫笔下，竟能履险如平，一韵到底，更是让人惊服诗人登峰造极的艺术造诣！只可惜这是他为后人所作的最后一次示范了。夏力恕评云：“暮年诗格严整如此，思之深而运之熟也。诗家每称杜律，谅哉！”(《杜诗增注》卷二十)

名家精注精评本已出书目

书　名	主要编选者
李白集	郁贤皓（中国李白研究会原会长）
杜甫集	张忠纲（中国杜甫研究会原会长）
韩愈集	卞孝萱（中国韩愈研究会原会长）
白居易集	严　杰（南京大学教授）
王维集	董乃斌（上海大学教授、中国唐代文学学会副会长）
李商隐集	周建国（中国李商隐研究会理事）
柳宗元集	尚永亮（武汉大学教授、博导）
刘禹锡集	吴在庆（厦门大学教授、中国唐代文学学会理事）
杜牧集	罗时进（中国唐代文学学会副会长）
柳永集	王星琦（南京师范大学教授）
欧阳修集	刘扬忠（中国宋代文学学会副会长）
苏轼集	陶文鹏（中国社科院文学所研究员、博导）
三曹集	张可礼（山东大学中文系教授、博导）
陶渊明集	陈庆元（福建师大教授、博导）
二李集	蒋　方（湖北大学教授）
辛弃疾集	刘乃昌（中国李清照辛弃疾学会原会长）
王安石集	王兆鹏（武汉大学教授、博导）
陆游集	蒋　凡（复旦大学教授、博导）
李清照集	王英志（苏州大学教授、博导）
黄庭坚集	蒋　方（湖北大学教授）
李贺集	吴企明（苏州大学教授）
纳兰性德集	施议对（澳门大学教授）